視る民
読む民
裁く民

目次

凡例

・〔　〕は引用者による補足および参照原著、頁を示し、文献は巻末に記載した。
・〔……〕は引用者による中略、前文略、以下略を示す。
・★は註記号を表し、註記は巻末に記載した。

視る民、読む民、裁く民

——ロマン主義時代におけるもうひとつのフォルク

序章　フォルク概念の変容とその問題

1　本書の目的

本書は、近現代ドイツ思想における最重要概念の一つである「フォルク（Volk）」が一九世紀初頭のドイツ文学のなかでどのように捉えられたか、そしてそこには作家のどのような問題意識が反映されているのかを考察するものである。

「フォルク」とは、通常「民族」あるいは「民衆」と訳される概念である。しかし、一九世紀初頭の作家たちが示したフォルク観には、実際にはそれらの訳語に回収しきれない諸要素が含まれている。本書はそうした多面的・複層的なフォルク観を、当時のテクストに即してつまびらかにする。

近代国民国家の形成が遅れていた一八世紀後半のドイツ語圏で、国民の基盤となるものが求められたとき、フォルクはドイツ特有の概念として理想化されたと考えられている。それまでは単なる「下層民」を表す言葉であったフォルクは、イギリスの産業革命やフランスの政治革命に由来する社会構造の変化に対し、「ドイツ人」としてのアイデンティティが模索されるなかで新たな意味を持ったのである。一つにはドイツに固有の文化や歴史を共有する集団として（民族）、もう一つには近代の負の側面、すなわち生活様式の極端な合理化や均質化といった弊害を被っていない、純粋な生を体現する理想像として（民衆）。

だが、そうした「下層民」から「民族」あるいは「民衆」へというフォルク概念の格上げは、かならずしもなめらかに進んだわけではない。フォルクという言葉が政治的な意図を帯びて用いられるようになったとされる一九世紀初頭にも、その言葉は使用者の問題意識を複雑に反映した形で多義的に用いられている。むしろこうした多義性にこそ、フランス革命からナポレオンの台頭を経て人類史上初の国民戦争へとつながっていく、激動の時代の人々の思考を正確に捉えるためのヒントを見出すことができるはずである。

こうした観点から、本書はフォルクの多義性、より正確に言えば、一九世紀初頭の作家がフォルクという言葉を用いながら、しかし「民族」や「民衆」という理想的概念とは一括りにできない何かを表現した部分にこそ注目したい。それを明らかにするために、具体的には、ハインリヒ・フォン・クライスト（一七七七―一八一一）、ヨーゼフ・ゲレス（一七七六―一八四八）、ヨーゼフ・フォン・アイヒェンドルフ（一七八八―一八五七）という三人の作家たちを対象に、その戯曲、小説、表明文、政治論文、手紙から導き出されるフォルク観を分析する。

　とはいえ、なぜいまフォルクをあえて取り上げ、再検討する必要があるのか。そしてその際、彼らを考察対象とすることがいかなる点で有効なのか。本書の問題意識を明確にするために、まずはフォルクの概念史を概観し、論点を整理しておきたい。

2　「はざま期」とフォルク概念の変容

　そもそもフォルクという言葉が現代のような「民族」や「民衆」の意味で使われるようになったのは、長い歴史のなかでようやく一八世紀後半のことである。それ以前には、フォルクは「ドイツ」という概念と結びつくことはなく、むしろ様々な規模の集団を指して用いられていた。R・コゼレックらによる『歴史基礎概念事典』の記述によれば、一八世紀後半以前にフォルクと名のつく概念は、多くは「神の民（Gottesvolk）」、「軍隊（Kriegsvolk）」、「住民（Bevölkerung）」といった、神学的、軍事的、地理的な意味での集団を指している。国家形態論の文献において例外的に「人民

（Staatsvolk）」の意味で用いられることはあっても、それは「ドイツ人」を指すのではなく、無産者や無学者を含む「下層民（Unterschicht）」の意味で捉えられるのが常であった。[★1] とりわけ一八世紀に入ってからは、フォルクという言葉はおおよそ統治者に対置される臣民ないし民草を表す言葉として用いられた。

こうしたフォルクの捉え方に最初の「コペルニクス的転回」をもたらしたのは、文芸批評や言語・歴史哲学等の多岐にわたる分野で活躍した思想家ヨーハン・ゴットフリート・ヘルダー（一七四四―一八〇三）である。ヘルダーは一七六九年、リガからナントへ渡る船旅の途上で、各地域にはそれぞれ固有の文化的性質を持った集団が存在するという考えを打ち出し、それを「フォルク」という言葉で表現した。さらにヘルダーは一七七三年の芸術論のなかで、当時優勢を誇っていたフランス宮廷文化に対抗すべく、「教養のない感性的なフォルク[★2]（ungebildetes sinnliches Volk）」を「生き生きとした（lebendig）」ものとして表現し、それを「賎民（Pöbel）」と区別したばかりでなく[★3]、「民謡（Volkslied）」を始めとした「フォルク」の文学にこそ「自然な（natürlich）」特質が宿ると主張したのだった。[★4] こうして、「ヘルダーが初めてフォルクを言語、精神、特性を与えられた集団的個性へと価値を引き上げることによって、決定的な意味の変化を導いた[★5]」のである。

このヘルダーの思想を嚆矢として、一八世紀後半から一九世紀初頭にかけて、フォルク概念には新たな意味が付与されていくのだが、ヘルダーが最初の着想を得た一八世紀中葉とは、コゼレックが「はざま期（Sattelzeit）」と名づけたように、[6] 社会構造や経済関係の変化に伴い、「古い時代」から「新しい時代」へと、人々の思考法や価値観もまた根底から大きく変化した時代であった。こうした過渡期的状況は、フォルクの捉え方においても確認される。一八世紀から一九世紀への転換期に出版されたJ・C・アーデルング編『高地ドイツ語辞典』（一七九三―一八〇一）を繙くと、当時フォルクという言葉が軽蔑的な意味合いで用いられていること、しかし同時にその言葉に新たな概念として期待が寄せられていることがわかる。以下にそれを確認してみよう。

アーデルングはまず、フォルクの意味を大きく二つに分類する。それは（1）「多数、または若干数で集まって生きる被造物の群れ」と、（2）「数名の人々からなる特定のまとまり、ただし狭義においては、共通の祖先を認め共通の言語によって結びついた大勢の人々」というものである。[7] このとき後者のフォルクには「民族」という訳語を当てることができよう。ここから「民族」としてのフォルク概念が当時すでに普及していたことが確認されるが、他方、この時点ではその言葉が依然として下層の人々を表すものでもあったことが、次の記述によって示される。

国民、あるいは以下の第二の意味におけるフォルクのうち、手工業により生計を立てる下層の構成員。この場合、その言葉は卑俗な生活を表すものとして、拭い去り難い軽蔑的なニュアンスを伴って用いられた。[8]

それでもアーデルングは、こうした従来の用法に対抗するかのようにして、近年もたらされつつある新たな意味に期待を寄せる。

近年の幾人かの著作家たちは、国民あるいは市民社会（Nation oder bürgerliche Gesellschaft）の最大部分を占めながら底辺に置かれた人々を表すこの〔フォルクという〕言葉の品位を再び高めようとしてきた。こうした試みが一般の賛同を得ることが望まれる。というのも、国家の最大部分でありながら、不当にも最も軽蔑されているこの人々を表すための高貴で穏当な言葉が目下存在しないからである。★9

こうしてフォルクは「下層民」から「国民（Nation）」へ、少なくとも国民の予備軍へと変化を遂げることで、新たな意義と価値を獲得したのだった。その意味で、当時起こったフォルク概念の格上げは、近代的ナショナリズムの成立・展開と大きく関係している。そして、このナショナリズムとの関係こそが、フォルクの捉え方をめぐって種々の問題をもたらすこととなる。

3　ドイツとフランス、二つの国民概念

フォルクが単なる下層民ではなく「国民」の内実とみなされたことにより、近代国民国家としての「ドイツ」創設を願う者たちは、いかにしてこのフォルクを「国民」へと作り上げていくかを模索した。このとき国民概念の展開は、ドイツとフランスで大きく異なっていたとされる。絶対王制国家の枠内で国民意識が徐々に育っていったフランスとは違い、「ドイツ国民（Nation）の神聖ローマ帝国」という名に反して統一国家を持たなかったドイツ語圏では、近代的な国民国家の形成はいっこうに進まなかった。こうした事情から、フランスでは政治的・領域的な国民意識が形成されていったのに対して、ドイツではエスノ文化的な国民の理念が追求されたというのである。[★10]

この対立は、ヨーハン・ゴットリープ・フィヒテ（一七六二―一八一四）とエルネスト・ルナン（一八二三―一八九二）という二人の思想家が提示した対照的な国民概念に典型的に示される。すなわち、フランスのルナンが『国民とは何か』（一八八二）のなかで、「国民」を「豊かな記憶の遺産の共有」と「現在の同意」を通じて成り立つ変革可能な集団とみなしたのに対し、[★11]ドイツではフィヒテが『ドイツ国民に告ぐ』（一八〇四―〇八）のなかで、「国民」の基礎を、古来より固有で自然なドイツ語を話し続けている「根源的民族[★12]（Urvolk）」に、すなわちまさにルナンが批判した「種族」と「言語」に由来する集団に求めた点に、両国の国民概念の対立が集約されていると長いあいだ考えられてき

たのである。

両者の国民観についてはすでに様々な形で問い直しがなされているものの、[13]この古典的対立が「今日にいたるまで両国のネーション意識を深い部分で特徴づけている」[14]こともまた否定しがたい。少なくとも、一九世紀初頭にナポレオンの勢力拡大を前にしたフィヒテがドイツ・フォルクを――そうした捉え方がフィヒテにおいて実際には例外的であったとしても[15]――「始原的な（ursprünglich）」ものと呼び、他民族に対するその優位性を主張したことが、のちにナチズムにおける民族至上主義の源流として批判されたのだった。

こうした批判の目は、ヘルダーにもしばしば同様に向けられる。嶋田洋一郎によれば、ナショナリズムの概念がヘルダーの名前と結びつくと、おのずと「第三帝国時代の「悪しき民族主義」すなわち排他的で自民族中心主義的なイメージと結びついてしまう」[16]という。ヘルダーを「反民主主義的な「偏狭なナショナリズム」の先駆者」[17]とみなす見方に対しては反論も多いが、[18]他方でそうした見方は近年のナショナリズム研究においても根強く、一九八〇年代以降のナショナリズム研究の新古典とされるB・アンダーソンの『想像の共同体』においても、民族性の概念を打ち出したヘルダーは「すばらしく狭小なヨーロッパ的国民概念、私有財産的言語と結合した国民の概念」をもたらし、「ナショナリズムの性格に関する後年の理論化に影響を及ぼした」[19]人物とみなされている。

4　ナチズムの源流としての「ロマン主義」

あわせてここで指摘しておきたいのは、ヘルダーやフィヒテに代表される「民族」としてのフォルクの理想化が、しばしば「ロマン主義」という言葉で捉えられてきたことである。

ロマン主義とは、狭義ではシュレーゲル兄弟やノヴァーリスといった、一八〇〇年前後のイェーナに集まった若き文学者たちを中心に構想・展開された文学運動である。しかし一連の思想・文化運動としては、その時代的な幅をほぼ一七九〇年代から、あるいはヘルダーに代表される「プレ・ロマン主義」を含めるなら一七七〇年代から一八三〇年代までに設定しうる。[★20]本書が対象とする時代とほぼ重なるこの時期に展開されたその思想内容は、ごく大まかには、フランスに端を発する「近代的な自由の理念」を「ドイツ的な精神文化のなかにどう根付かせるか」という問いのもと、「社会の産業化と自然の有用化」に抗して「有機体論的な自然観」にもとづく社会の復活を目指すものであったと定義される。[★21]こうした思想上の特徴から、二〇世紀になると、「ロマン主義」はナチズムの精神的源流として槍玉に挙げられたのだった。

すでに一九三五年に、ナチズムの批判者であるH・プレスナーはそのイデオロギーを理解するために「民族（Volk）の歴史」を遡る必要を唱えたが、[★22]同内容の論考を一九五九年に『遅れてきた国民』

として再出版した際、彼はナチズムの源流を一九世紀初頭の「ロマン主義」にはっきりと見出した。

ナチズムの綱領的著作のなかで呼び起こされる表象世界は、その起源を一九世紀初頭より以前に遡ることはほとんどない。ほとんど、と言ったのは、ドイツ愛国主義の根はたしかにそれより深く一八世紀のうちに敷かれた培養土を必要としていたからなのだが、それでもその有機体は、ロマン主義（Romantik）と反ナポレオン主義に支えられてようやく枝葉をぴんと伸ばしたのである。[★23]

ここでは「ロマン主義」は先述のような文学運動ではなく、対ナポレオン戦争の文脈で先鋭化した、形而上的な「ドイツ」を求める愛国主義として扱われている。そしてその「ロマン主義」が提示したとされる諸観念こそが、ナチズムの綱領を支えたものとして批判されるのである。

アメリカではP・ヴィーレックが一九四一年に、「ロマン主義（romanticism）」を「西欧の遺産に対する永遠のドイツの反抗の一九世紀版」[★24]とみなし、ロマン主義とナチズムの関係性を次のように説明してみせた。

言い換えれば、ロマン主義とは、現代のナチからいかに隔たっているように見えようと〔……〕、

ナチズムを可能にしたドイツの内面の深い分裂の表出なのである。★25

さらに「民族」に関して、ヴィーレックは次のように述べている。

民族（Volk）――政治的ロマン主義によるこの高揚した統一的有機体は、次第に人種の面へと適用されていった。現代の北欧人種理論は、驚くほどに一九世紀ドイツ・ロマン主義の産物である。★26

こうして、西欧文明に自らを対置させる精神性と、「民族」という有機的統一体を求める思考法が「ロマン主義」と形容され、ナチズムはその帰結とみなされることにより、「ロマン主義」はドイツ内外で悪名高い存在となったのだった。★27

こうした捉え方は、戦後の研究においてもほとんど修正されなかった。G・L・モッセは一九六四年、ナチズムの基盤となった「フェルキッシュ（völkisch）」すなわち民族至上主義的なイデオロギーが、決して一部の偏狭な者たちによるものではなく、教養ある人々に広く支持された「思想」であったことを改めて突きつけたが、その際に彼は「フェルキッシュ思想の知的・イデオロギー的特徴は、一九世紀ヨーロッパのロマン主義運動の直接の産物であった★28」として、その思想の源流をやはり「ロマン主義」に帰したのであった。

たしかにロマン主義の祖たるヘルダーは、フランスやイギリスといった当時の先進国に対抗すべく、「ドイツ民族」の固有性を見出そうと努めた。フィヒテが対ナポレオン戦争の文脈で、言語を基盤とした「民族」の団結を要求したことも揺るぎのない事実ではある。だが、それらをロマン主義と一括りにするのでは、ロマン主義の本質を捉え損なうばかりか、一九世紀初頭のフォルク観を一面的にしか理解することができない。それを歴史的に理解するためには、当時の言説を丹念に読み解いたうえで、それらのあいだに見られる差異こそを明確にする必要がある。

もちろん、上記のような、ナチズムの源流を「ロマン主義」に指摘した見方に対し、これまで反論がなかったわけではない。それは大きく分けて二つの方向からなされている。一つは、ロマン主義におけるフォルクの称揚が、元来は決して排外的なものではなかったことを強調するものである。例えば、I・バーリンはヘルダーに関する研究のなかで、ヘルダーが共通の文化を持つ「民族」のまとまりを求めたことを認めつつ、その彼による「自分の国を自慢することは、自慢の中で最も愚かなものである」、「ある人の祖国が他の人の祖国と流血の戦いを構えるのは、人間の為しうる最低の野蛮行為である」という言葉を引用し、「彼の国民感情は政治的なものではなかったし、そうなったことは一度もない」と主張した。[★29] ヘルダーのみならず、民族の文化的固有性を重視する態度一般についても、それが特定の文化の保全を目的とする限りでは、同様に擁護することができるはずである。

もう一つは、ナチズムという現象自体を新たに捉え直すことにより、それをロマン主義と差異化するものである。R・ザフランスキーが近年改めて提示した問いは、ナチズムとは「野生化したロマン主義というより、むしろ錯綜した合理主義ではなかったか」というものであった[30]。ザフランスキーによれば、たしかにナチズムの論者たちは「ロマン主義的伝統」から、「民族と民衆文化（Volk und Volkskultur）に関する理念」、「国家と社会に関する有機体的組織体の観念」、そして「神話解釈」を取り出し、自分たちのイデオロギーへと応用した。それでも彼らにおける現実主義的な視点は、一九世紀初頭の「歴史的ロマン主義」をもっぱら批判すべき対象とみなしたのであり、むしろその克服を目指してゲッベルスは「鋼鉄のロマン主義」なる言葉を生み出したのだった[31]。

これらの研究は、ロマン主義とナチズムのあいだに一面的な連続性を見出す見方を退け、ロマン主義への豊かな視座をもたらしてきたと言える。とはいえ、いずれの立場からの反論も、一八世紀末から一九世紀初頭に決して一様ではなかったはずのフォルク観そのものについて新たな見方を提示するものではない。しかしながら、当時フォルクという言葉がもっぱら理想的概念としてのみ用いられたわけではないことは先に確認した通りである。そうであるなら、むしろ次のような問いを立てることはできないだろうか。すなわち、まさにロマン主義とナショナリズムの時代であるはずの一八世紀末から一九世紀初頭のドイツで、同時代のフォルクをめぐる言説に違和感をおぼえ、そのいびつさを表現した作家はいないのか、と。

5　対象の選択――「受容」を重視した「ロマン主義者」たち

こうした視点に立って、本書が明らかにしたいのは、「ドイツ」を束ねるためのイデオロギー的概念でも、近代市民社会へのアンチテーゼとなる理想像でもなく、しかし同時にそれまでのような下層民とも異なる、近代的国民の諸側面として現れるフォルク像である。

近代における「国民」の成立を、B・アンダーソンの「想像の共同体」論は、「新聞」や「小説」等のメディアの発達による俗語文化の拡大という観点から説明づけている。それに従うなら、広義の文学が誰に、どのように受容されるかという意識は、当時の国民観を捉える際の指標となるはずである。

こうした観点から、本書は考察対象を、対ナポレオン戦争の文脈で民族主義的ナショナリズムを推し進めた「ロマン主義者」とされる人物のうち、文学や言論の受容に強い関心を示した人物に定める。具体的には、クライスト、ゲレス、アイヒェンドルフの三者を対象とするが、ここではそれぞれの特徴についてより詳しく紹介したうえで、彼らを取り上げる理由を明確にしておきたい。

ハインリヒ・フォン・クライスト（一七七一―一八一一）は、ナポレオン占領下のプロイセンで活動した劇作家・小説家である。「ドイツ」に侵攻するナポレオンへの敵対心を燃やした彼は、『ヘルマンの戦い』のような愛国的戯曲を書いただけでなく、自ら新聞を企画し、対仏戦争を鼓舞する言論をいくつも残した。文学作品上の特質から彼をロマン主義とみなすことには慎重であるべきだが、ナポレオン戦争に際して先鋭化した反仏ナショナリズムを「ロマン主義」と呼ぶ場合、その代表者として真っ先に名が挙がる人物である。[★32] しかし彼は、早世の晩年には、当時はまだ珍しかった日刊紙である『ベルリン夕刊新聞』を約半年間にわたって編集・発行するなど、ジャーナリズム史に残る画期的な仕事を果たしてもいる。そうした彼の国民観は、その反ナポレオン的姿勢からのみならず、言論とその伝達に対する彼の関心に目を向ける形で再検討されなければならない。

ヨーゼフ・ゲレス（一七七六―一八四八）は、こちらも近代ジャーナリズムの祖であると同時に、グリム兄弟に先駆けて「民衆本（Volksbuch）」の蒐集を行なった、「盛期ロマン主義（Hochromantik）」を代表する人物の一人である。彼もまた同時代のフランス文化の優勢に対抗すべく、「ドイツ」に伝わる「民衆文学」を抽出しようとした。そうした活動や、そこから展開された神話論は、ナチズムにおける「ドイツ民族」の理念に形を与えたとされている。だが、フランス革命の直接の影響下にあったラインラントという特殊な環境に生まれ育った彼の国民観、そして「ドイツ」に対する姿勢は、決して一義的なものではなかった。それらは、「フォルク」の「意志」を政治に反映することを求めながらも、自らの理想を「民主主義」と表現することはなかった彼の「フォルク」に対するアンビヴァレンスをふまえて初めて理解されるのである。

ヨーゼフ・フォン・アイヒェンドルフ（一七八八―一八五七）は、現在でも人々に親しまれる歌の原詩を数多く残した、後期ロマン主義を代表する詩人である。「民衆的」とも評価される彼の詩や小説の世界は、しばしばロマン主義における民衆憧憬の典型とみなされるが、ナチス時代にはそれが「ドイツ的な」ものとして積極的に受容された過去もある。★33 事実、アイヒェンドルフは対ナポレオン戦争の義勇軍に参加しており、「ドイツ」を守るという意志を強く持っていた。しかし、法学を修め、プロイセンの公務にも携わった彼は、同時代の政治問題について論じ、その頃もまだ統一国家をなさない「ドイツ」の輪郭を、歴史および法の観点から導き出そうとしてもいる。そのなかで「フォルク」はロマン主義的「民衆」として単純化できない意味を持つ。

以上のように、本書が取り上げる三人の作家たちは、いずれも反仏、特に反ナポレオンの立場からドイツ愛国主義に与したという点で、二〇世紀に批判された「ロマン主義者」の典型とみなしうる人物たちである。しかしながら、各章で具体的に論じていくように、彼らのフォルク観は、決して理想的な「民族」や「民衆」の観念にとどまるものではなかった。彼らは「ドイツ」の民族的統一を目指す場合でさえも、「フォルク」を全面的に賛美しているわけではない。彼らはむしろ「フォルク」という言葉でもって、新たな国民像を認識すると同時に、その負の側面をも、すでに作品のなかに描き込んでいるのである。

6　本書の視座――群衆、読者、審判者

以上の観点から、本書では従来のような「民族」「民衆」とは異なるもうひとつのフォルク像を明らかにすることを試みる。そのための手がかりとして、「群衆」「読者」「審判者」をキーワードに、次の三つの視座を設定しておきたい。

（1）フォルクは不特定多数の「群衆」として他者を監視する

体系的な群衆論は、一九世紀末にギュスターヴ・ル・ボン『群衆心理』（一八九五）によってようやく理論化されるが、それを待つまでもなく、一九世紀初頭の作家たちは近代以降の現象としての「群衆」の形姿を「フォルク」という言葉でもって的確に捉えている。しかもそれは、例えば革命に典型的に見られるような、直接的・物理的な行動主体として現れるだけではない。「フォルク」は不特定多数の目として他者の行動に対する監視の機能を持ちうる。またこの「フォルク」は、

何者かによって扇動・操作されるような場合にも、それに対し「声」を発し反応を示すことにより、扇動者と相互的な関係にある。

（2）フォルクは「読者」として「公共圏」を担う

これと関連して、「フォルク」は広義の文学の「読者」として捉えられる。民衆の読書という歴史的現象については、これまでおもに無教養層に対する識字・啓蒙運動や政治的解放運動に関する社会史・政治史研究のなかで取り上げられてきた。それに対し、「ロマン主義」は、その理想とは裏腹に実際の民衆を排除したとして、現在でもしばしば批判される。しかし、当時の作家たちがもたらした読書する民衆としてのフォルク像は、歴史的事実とは一致しないとしても、彼らの国民意識の表れとして重要な意味を持つ。そこでの「フォルク」は、潜在的な読者を含めた「受容者」であり、それは理性的な「公論」を形成せずとも、出版物を通じた「公共圏」全体に強大な影響を及ぼすのである。

（3）フォルクは「審判者」の力を持つ

こうした「フォルク」は、個人や社会に裁きを下す「審判者」となる。その力は、まさにそれが不特定多数によるものであるがゆえに、一層強大なものとなる。以下は各章で詳しく論じるが、例えばクライスト作品において、「フォルク」は人物の正否を裁き、その生死をも決める、いわば無名の裁判官としての役割を担う。ゲレスは「多数者」である「フォルク」の選択に、政治的言論の正当性を担保する力を見出そうとした。アイヒェンドルフは知的・政治的エリートの社会通念とは別の価値観にもとづいて生きる「フォルク」を教養層の文化に対する批判者として描いている。

これらの視座にもとづいて、一八世紀末から一九世紀初頭に書かれたテクストを分析することにより見えてくるのは、そこに描かれた「フォルク」が一つの理想像に収斂されないばかりか、それが知的・政治的エリートの言動に対する反作用となる現実の力として捉えられていたことである。そうした「フォルク」に対し、作家たちは期待と同時におそれを抱いたのである。

こうしたフォルク観は、のちにナチズムに連なるとされる「ロマン主義」の民族観および民衆観とは別種のものであるばかりか、そうして理想化された概念とは正反対のものですらある。彼らは、「フォルク」という言葉で、国民国家の形成に寄与する以上に、その際に生じる問題を当時にすでに認識し、表現してもいたのである。

7　本書の構成

本書は大きく分けて三つの部分から構成される。第一章と第二章はクライスト、第三章と第四章はゲレス、第五章と第六章はアイヒェンドルフをそれぞれ対象とする。

第一章ではまず、クライストの初期の手紙を対象に、身分制および革命に対する彼の考え方について考察する。そのうえで短編小説『チリの地震』を読み解き、そのなかで彼の描く「フォルク」が下層民ではなく近代的な「群衆」として特別な意味を持つことを明らかにする。第二章では、対仏戦争を鼓舞するために書かれたとされる戯曲『ヘルマンの戦い』を中心に、クライストのナショナリズム的思考の内実について考察する。ここでもクライストの特殊なフォルク観が、「群衆」をキーワードにして明らかにされる。

第三章では、ゲレスの初期にあたる一七九〇年代のジャーナリズム活動を手がかりにして、彼が「フォルク」に当時の公共圏におけるいかなる役割を期待したのかを示す。ここでは「共和主義」を掲げたゲレスが「市民」と「民衆」の架橋をどのように図ろうとしたのかが問題となる。そしてここで示したゲレスのフォルク観が一八〇六年以降の「民衆本」の蒐集にも引き継がれていることを明らかにするのが第四章の目的である。ここではハイデルベルクにおける「盛期ロマン主義」のアルニムやグリム兄弟との比較から、ゲレスの「民衆本」構想の独自性が導き出される。

アイヒェンドルフを対象とする第五章と第六章では、解放戦争時代とその後の一八三〇年代という二つの時代を挟んだ社会状況の変化、とりわけ文学をめぐる状況の変化が重要なテーマとなる。第五章では、初期の長編小説『予感と現在』のなかでアイヒェンドルフが示した理想の詩人像と、それを支えうる「フォルク」の意義について論じる。最後の第六章では、「三月前期」におけるナショナリズムの変化のなかでアイヒェンドルフがとった政治的立場とその意味を、解放戦争時代と一八三〇年代という二つの時代の比較を通じて考察する。それにより、アイヒェンドルフが「フォルク」に対し抱いた葛藤とその意味が明らかになるだろう。

第1章　下層民から〈裁く〉群衆へ

――クライスト『チリの地震』における偶然性と匿名の声

1　必然性への懐疑をめぐって

フランス革命勃発から約一六年が経ち、ナポレオンの勢力がドイツ語圏の国々を本格的に脅かし始めた一八〇五年五月から翌年夏にかけて、[★1] クライストは短編小説『ヘロニモとホセーフェ――一六四七年チリ地震の一場面』[★2] を書いた。のちに表題を改め、『チリの地震』として一八一〇年に彼の小説集に編み込まれることになるこの作品は、[★3] 初め一八〇七年九月に新聞に掲載され、それまで戯曲を中心に執筆してきたクライストが最初に発表した小説となった。

それゆえこの作品は、小説という新たな表現方法をとったクライストの執筆技法について関心を集めたが、同時に、革命やナポレオン戦争に対するクライストの意識の表れをそこに見出そうとする研究も数多くなされてきた。本章でもまた、テクストの歴史的文脈を重視する立場から、近代市民社会に関する問題圏のなかで『チリの地震』を扱う。とはいえ、それを単に同時代の言説分析の対象としてではなく、あくまでクライストに固有の問題を反映した作品として取り上げることで、彼の社会認識と自己意識についての考察を試みる。それにより、クライストの独特なフォルク観と、同時代の社会へ向けた先駆的な視点を明らかにする。まずは研究史を概観したうえで（第一節）、初期の手紙を参照しつつ、身分制に対するクライストの意識を確認し（第二節）、それらをふまえて『チリの地震』における「フォルク」の意味について考察したい（第三節）。

＊＊＊

「偶然」の物語、あるいは解釈への懐疑

一六四七年にチリで実際に起こった大地震を題材にしたこの小説は、一つには地震という天災によって、もう一つには群衆の暴動という人災によって個人の運命が変転する様を描いた「偶然（Zufall）」の物語である。物語は、貴族の娘ホセーフェとその家庭教師のヘロニモが恋仲になるところから始まる。二人の関係を許さないホセーフェの父は娘を修道院に入れるが、それでもなお二人

は「幸運な偶然によって」〔K3, 189〕修道院の庭で一夜を共にし、その結果身籠ったホセーフェが祭典行列のさなかに産気づくというスキャンダルを招く。神聖な場での姦通を咎に二人は直ちに逮捕。斬首刑を言い渡されたホセーフェが処刑台へと連れられ、絶望したヘロニモが獄中で首をくくろうとしたまさにそのとき、突如大地震が街を襲う。あらゆる人々が逃げ惑う一方で、むしろ目の前の死から解放された二人は、生まれたばかりの息子フィリップを合わせて再会を果たし、他の避難民に混じって、一時は失われかけた生を享受する。そればかりか、同じく被災しながらも彼らを暖かく迎えてくれたドン・フェルナンドとその家族の輪のなかで、ヘロニモとホセーフェは再びこの街で暮らしていけるという希望に胸を弾ませるのであった。こうして自分たちの運命を変えた神への畏敬の念から、地震の翌日、二人は崩壊を免れた教会でのミサに参列する。だが、それが悲劇の始まりとなる。ミサのなかで説教師が当の地震を、不埒な二人に対する神の怒りであると主張すると、煽動された群衆がたちまち暴徒と化し、二人は無残にも殺されてしまう。

主人公のこの運命の変転をどのように解釈すべきか。修道院や聖体祝日といった舞台設定に加え、ザクロの木のような聖書由来のモチーフを多用して描かれるこの物語は、★4 悲劇的展開の背後に宗教的意味づけを求めさせずにはおかない。よく知られているように、作品成立の背景には「弁神論（Theodizee）」をめぐる論争があった。★5 その論争とは、いささか乱暴にまとめてしまえば、神の全能を擁護したライプニッツがいまある世界を神が創った最善のものとみなしたのに対して、一八世紀の思想家たちが異を唱えたことに由来する。とりわけ一七五五年のリスボン大地震の惨状は、ライプニッツの説く最善説を幻想以外の何ものでもないものにした。『チリの地震』は、現世の出来事への神の意思の介入をめぐるこの論争に対するクライストの回答――とはいえ冷やかに距離をとった回答――であった。

小説のなかでクライストはまず、全体の破局が個人の救いとなりうるという逆説的状況を描きつつ、登場人物たちにその救いを神の意思によるものと解釈させている。主人公の二人はそれぞれ死を目前にしながらも、「何千もの人間が落命した」〔K3, 189〕大地震によってむしろ命を救われ、それにより「あたかもそこがエデンの谷であるかのような」〔K3, 201〕幸福を味わうのである。このとき彼らは「自分たちが幸福になるためにどれだけの不幸がこの世にもたらされなければならなかったかを思うと、心を大きく揺さぶられるのだった」〔K3, 203〕。こうして高まる二人の感情は、ドン・フェルナンドとその家族の暖かさに触れることを通じて、地震という出来事にさらなる意味づけを施していく。

ヘロニモの胸にもホセーフェの胸にも、ある種の奇妙な考えが芽生えた。自分たちがこれほどの親しさと思いやりをもって扱ってもらえるのを目の当たりにして、これまでのこと、つまり処刑場、牢獄、刑の開始を告げる鐘の音のことをどのように考えたらよいのかがわからなくなったのである。〔……〕ホセーフェは、私は天国の人たちのなかにいるのかしらと思った。自分でも抑えきれない感情が、かの過ぎし日〔地震のあった当日〕のことを、その日世界にどれほどの不幸がもたらされたのだとしても、天がかつて彼女に与えたことのないほどの恵みと呼んだ。〔K3, 205/207〕

加えて小説の語り手もまたしばしば神に言及し、二人の救済を神の意思とみなす解釈へと読者を誘導する。★6 そもそもヘロニモとホセーフェを「私たちの不幸な二人」〔K3, 215〕と呼ぶ語り手が、教会での暴動のさなかに彼らを守ろうと決死の働きを見せるフェルナンドを「神々しい英雄」と表現し、対する暴動の首謀者らには「サタンの一党」という名を与えていることからも〔K3, 221〕、語り手が神の存在をほのめかしつつ主人公たちに肩入れしているのは明らかだ。

それにもかかわらず、最終的に彼らにもたらされるのは悲惨な死であり、神による救済の予感は裏切られることとなる。★7 それどころか、主人公たちが、教会に集まった「イエスの聖堂に集まった全キリスト教徒」〔K3, 217〕によってまさに神の名のもとに殺されることを考えると、この結末をキリスト教に対するクライストの不信感の表れとみなすこともまた妥当であろう。★8 しかし問題は宗教の次元にとどまらない。★9 大地震という、万人に関わる一つの事件が受け手によってまったく別の意味を持つという筋書きには、現世の出来事への形而上学的な意味づけそのものがすべて主観的解釈にすぎないというクライストの虚無的な世界認識が反映されている。[10] 結局のところ、『チリの地震』の根底にあるのは一義的な真理など存在しないというシニシズムであり、[11] クライストはそうした認識にもとづき、宗教的不寛容と並んで、出来事に意味を求めて解釈する人間一般に対し皮肉な眼差しを向けるのである。

研究の動向

実際、小説中では「偶然」の出来事の頻出によって、[12] あらゆるものの必然性が意図的に退けられている。この「偶然」という主題は『チリの地震』のみならずクライスト作品全体において重要な役割を担っており、[13] これまでの研究でも繰り返し取り上げられてきた。とりわけ一九六〇年代以降、ヨーロッパ文学研究一般に新たな学問的方法論がもたらされるなかで、[14] クライスト文学における「偶然性」、「不確定性」、「矛盾」——いずれも『チリの地震』に典型的に表れている——は、合理性や計画性から逸脱する例外的な事象として、とりわけ個人の「自我」を重視する立場から注目を集めた。[15] クライスト作品の持つこうした特徴は、さらにその後、「大きな物語」の解体を唱えるポストモダンの思想にも積極的に受容された。クライストがいわゆる「カント危機」を通じて普遍的真理の存在自体に懐疑的になったという伝記的事実も相俟って、[16] クライストにおける偶然性は、近代に生じつつある普遍的秩序体系に対する同時代人の反応として大きな意味を持ったのである。[17]

そうしたポストモダン的思弁の多くは作品の歴史性をいわば括弧に入れたため、一九八〇年代以降の研究においては「決然たる歴史化の要求と歴史性を排する脱構築とが拮抗する」[★18]という状況が生じた。こうした状況は方法論の多種乱立を生み、もたらされた研究の数は「専門家でさえ全体を見渡すことはほとんど不可能なほどに」[★19]膨れ上がった。なかでも「小説ジャンルの卓越した例」[★20]と評され、かつテクスト自体に多義性を孕む『チリの地震』が多様な解釈を許す（あるいは誘う）作品として格好の分析対象となったことは、この小説を共通テクストとして様々な方法論的読解のモデルを集めた論文集が刊行されたという事実からも伺える。[★21]しかし、この論文集は、多種多様な方法論をあまねく取り上げる一方で、作品への恣意的な解釈が不可能であることをも改めて確認することとなった。先に触れたように、小説のなかですでに人間の主観的解釈そのものが否定されるがゆえに——論文集での表現を借りれば、テクスト自体が「物語の体裁をとった解釈批判」[★22]であるために——小説内の出来事に解釈を通じて意味を見出そうとする試みはどれも挫折してしまうのである。

問うべきはむしろ、そうした「偶然」をクライストがいかなる経緯からことさら取り上げるに至り、それをいかなる意図をもってどのように表現したかであろう。そもそもクライストが抱いた必然性への懐疑は、それ自体が強い歴史性を持っている。[★23]「一七七〇年から一七八〇年生れの世代に限っては、カントとフランス革命に表現される地すべりがもたらした空前の衝撃と不連続性意識を過小評価すべきではない」[★24]とは、和仁陽による村上淳一批判――村上はポストモダン的解釈からクライストの文学世界を「「フレクシブルな」秩序」[★25]と形容した――の言葉だが、実際のところ、貴族の家に生まれたクライストは旧秩序の崩壊をそれほど「フレクシブル」に喜ぶことはできなかったはずである。偶然の世界を描くとき、クライストはそれによって既存の秩序の破壊を望んだのではなく、それまで必然と思われていた歴史の連続性のあいだに生じた亀裂に戸惑いながら、アンビヴァレントな立場で時代の変化を鋭敏に察知し、それを複雑な形で表現したのである。

以下、当時の社会に対するクライストの認識を明らかにすべく、小説の主人公の運命を左右する力として用いられる「地震」と「群衆」という二つのモチーフに注目してテクストを分析してみたい。まずはクライストが体験した同時代の社会状況の変化、すなわち革命および身分制の解体に関して、それが小説中でどのように描かれているのかを確認しておこう。

2　身分制と革命――クライストの自己意識

地震、あるいは平等のユートピア

身分差の問題が小説の主題の一つであることは、暴動場面における人物の関係図からも明白である。暴動の中心人物となるのは「靴直し屋」のペドリーニョ親方、すなわち社会の下層に属する者であるが、彼は「かつてホセーフェのために仕事をしたことがあり、この娘のことを少なくとも彼女の小さな足と同程度にはよく知っていた」〔K3, 215〕ことからもわかるように、靴を作るという象徴的な行為において貴族の娘であるホセーフェの足元に跪いていたのであった。そのペドリーニョが自ら彼女を手にかけるという筋書きにより、暴動は下層民による貴族の虐殺という意味を帯びる。

だが、これを貴族であるクライストによる革命嫌悪と早合点するのは軽率である。忘れてはならないのは、下層民によって殺される当のホセーフェ自身、その行動を通じて身分差に抗おうとしていたということである。そもそも物語の発端は、貴族の娘と家庭教師の恋、すなわちクライストの時代にもなお身分違いの恋とみなされる恋愛関係であり、二人を取り巻く宗教的・社会的秩序の不寛容さが悲劇を生むのである。このとき、二人の関係をわざわざ父に告げ口するホセーフェの兄、そしてそれを受けて娘に修道女として生きることを強要する父の姿において、一人の人間としての娘の幸福よりも家柄や体面を優先させるという貴族社会の悪しき側面がむしろ浮き彫りにされる。『チリの地震』に、ルソーの影響を受けたクライストによる「社会的不平等の告発と、身分差別の無意味さの暴露」★26を見るH・M・ヴォルフは、この二人の身分差を強調し、人為的に作られたにすぎない身分制秩序に固執する者たちこそをクライストが非難したと論じた。この見方に従うなら、ヘロニモとホセーフェによる掟破りはまさに旧体制的秩序への反抗を意味し、それに対し彼らを抹殺しようとする教会の暴動は、むしろ二人の行動によって崩れかけた秩序を再び構築する試みに他ならないものとなる。[★27]

登場人物たちのこうした両義的とも言える行動に対し、地震は既存の秩序を否応なしに破壊する。震災直後の情景は、ホセーフェの視点から次のように描かれる。

彼女〔ホセーフェ〕は数歩も進まないうち、瓦礫となった大聖堂のなかからぼろぼろの姿で引き出された大司教の亡骸に出くわした。副王の宮殿は沈下し、彼女に判決を言い渡した裁判所は炎に包まれ、彼女の父の家があったところには湖の水がなだれ込み、赤々とした煙がもうもうと湧き上がっていた。〔K3, 199〕

ここで被害を受けているのがいずれも旧秩序を象徴する建物であることをふまえると、地震そのものを革命と重ねる見方も成り立つだろう。事実、一八〇〇年前後には、地震を始めとした自然災害が革命のコノテーションとしてしばしば用いられた。[★28] そして『チリの地震』では、その後の展開のなかで地震は肯定的な意味をも持ちうる。というのも、その破壊は人々に平等をもたらすことになるからだ。以下は地震の直後、小高い丘の上に集まった避難民の様子である。

実際のところ、人間の持つ地上の財がすべて灰燼に帰し、すんでのところで自然界全体が根こそぎひっくり返されるところであったこの恐ろしい瞬間のさなかで、人間精神そのものが美しい花のごとく咲き開いたようであった。見渡す限りの野には、王侯貴族も乞食も、貴婦人も農婦も、国務に就く者も日雇い労働者も、修道士も修道女も、あらゆる身分の人間たち（Menschen von allen Ständen）がごちゃまぜになって横になっていた。彼らは互いに同情を寄せ合い、相互に手を差し伸べ、自らの生命維持のためにやっとのことで持ち出したものを喜んで分かち合っていた。それはまるで万人に降りかかる不幸が、それを逃れた被造物すべてを一つの家族に（zu *einer* Familie）したかのようであった。〔K3, 207 強調は原文〕

身分制に対する批判的眼差しと、革命を暗示する地震がもたらす平等状態。これらを見る限りでは、クライストが身分制の解体を積極的に望んだようにも思われてくる。

もっとも、この平等状態が束の間のユートピアにすぎないことも、その後の結末が物語っている。「人間精神」の開花として表現された情景は、結局のところ「短い幕間劇のようなもの」にとどまり、すぐにまた「過去の先入見と非人間的な行動様式」を伴って、それまでと何ら変わらない社会構造が再建されるのである。★29　こうした展開からは、身分制および革命に対するクライストの考え方を一義的に定めることはできない。あるいはこう言った方が正確かもしれない。クライストは身分制の解体によってもたらされる社会的平等という理想をそれ自体認めながらも、その実践の不可能性を冷笑的な眼差しで描いたのだ、と。では、クライストのこの両義的な態度は、彼が貴族であることに由来する保守性の表れにすぎないのであろうか。その真偽を探るため、次に手紙における彼の発言を追うことにしよう。

貴族、市民、民衆――クライストの手紙から

革命に関してクライストははっきりしたことを語っていない。それが例外的に話題に上るのは、一八〇一年七月、パリ来訪時の手紙においてである。もっとも、ここでも彼は革命そのものについて語るのではなく、七月一四日のバスティーユ監獄崩壊記念日を祝う人々の様子を「品位を欠いたもの」として軽蔑するのみである〔K4, 240〕。

では身分制についてはどうか。クライストはプロイセンの由緒ある軍人貴族の家に生まれたが、彼の時代には世襲財産のみを頼りに生活することはもはや困難になっていた。軍人としての出世コースがかろうじて残されてはいたものの、軍務に従事するなかで「人間（Mensch）として行動しなければならないのか、士官（Offizier）として行動しなければならないのか、いつも疑念にさいなまれる」という分裂状態に陥った彼は、結局「その二つの義務を一致させること」が不可能だと

いう理由から「軍人という身分に見切りをつけ」〔K4, 27〕、二一歳で除隊を申請する。それが一七九九年四月付けで認可されると、一度は希望通りに学問の道へと進んだものの、その後ほどなくして当時の貴族の若者たちの多くと同様、市民社会のなかで何かしらの職業に就くことを余儀なくされた。

とはいえこのときクライストは、貴族としての生き方を脱することに対しては、それなりの期待も抱いていた。それどころか、クライストが婚約者に宛てて書いたいくつかの手紙は、彼がむしろ市民的な、さらには民衆的な生活に並々ならぬ憧れを抱いていたことを伝えている。

婚約者ヴィルヘルミーネに宛てたクライストの手紙に度々見られるのは、家柄や社交を重んじる宮廷社会に対する反感と、愛し合う夫婦と子から成る近代市民的核家族への憧れである。家柄という条件にもとづく富や名誉ではなく「愛」によって生きようと婚約者に語るクライストの口調は熱を増し、ついには貴族の出自そのものを否定するに至る。

なんて多くの人たちがわずかな財産で〔……〕愛の幸せを享受していることだろう。それなのに僕らは貴族であるばっかりにそうしたこととは無縁だというのか。僕は思ったんだ、偏見なんて全部いらない、貴族だなんてことも、地位や身分なんてものもいらない、とね——僕らは善き人間（*gute Menschen*）でいましょう、そして自然がくれる喜びで満足しましょう。僕らは

愛し（*lieben*）合い、互いに教養を高め（*bilden*）ましょう。〔K4, 153 強調は原文〕

身分とは無関係の「善き人間」として「教養を高める」という啓蒙の原理に従いつつ、「家庭での幸福（häusliches Glück）」〔K4, 151〕に至上の価値を置くクライストの生のイメージは、同時代の市民社会の価値観、すなわち「より高次の可能性を追求し、より正しい自己像を希求する」ために、その条件として「濃密な情愛関係で結ばれた夫婦と親子」の関係性のなかに居場所を求めるという考え方と大きく重なっている。[★30] 少なくとも家族観に関して言えば、クライストは「家柄」を重んじる貴族よりも「家庭」に幸せを求める市民の生き方に憧れ、その妨げとなる自らの貴族性を否定していたと言える。[★31]

他方で、職業決定の問題、すなわち市民社会のなかで何者かにならなければならないという課題は、青年クライストの心に重くのしかかった。現実的な選択肢として有力だったのは、王に仕え国務を担う「官職」に就くことであったが、それに対し彼は強い拒否感を示した。クライストは当初、官職に就きたくないとする理由を「国家が要求することを僕はしなければならず、一方でその要求がはたして善なのかどうかを僕が精査してはならない」〔K4, 150〕という点に求めていたが、それは徐々に形を変え、自らの非社交性への不安と重ねられていく。とりわけ印象的なのは、官職が「社交の場」との関連で捉えられ、それに「家庭での幸福」〔K4, 151〕が対置されることである。

ともあれ一番決定的なのは、官職そのものが、たとえそれが大臣のポストであれ、僕を幸福にはできないということ、これです。僕には駄目だ、ヴィルヘルミーネ——なぜって、一つ確実なことに、僕は家にいるときに幸せを感じるのだから。舞踏会やオペラハウス、社交の場（Gesellschaft）といったものは、それが王侯貴族の集うものであれ、それどころか我らが王の催したものであれ、どれも駄目なのです。〔K4, 151〕

クライストは他の手紙でもこうした「社交の場／人の集まり（Gesellschaft）」に対する同様の嫌悪感をしばしば表明しているが、それらは一定以上の身分の者たちによる社交の場か、あるいは親族をも含めた近しい人々の輪を指しており、現代の意味での「社会」とは異なる。★32 その意味では公的のみならず私的な関係性をも含むこの「社交の場」に対し、クライストは強い嫌悪感ないし恐怖感を抱き、そこに自分が馴染むことができないという点に自らの市民的生活の破綻を見るのである。

こうして作家活動を始めるまでのクライストは、貴族の出自を否定し、愛にもとづく市民的家族の生活に憧れを抱く一方で、「社交の場」への不適合性の自覚から前途への絶望感を強くしていった。そんな彼が行き着いたのは、スイスに土地を求め「耕作人（Bauer）」ないし「農夫（Landmann）」〔K4, 275〕になるという生き方であった。すでに一八〇一年五月二一日付の手紙でクライストは「農夫」への憧れをほのめかしていたが、★33 同年一〇月にはその着想を具体的に実現すべく、計画を喜々として婚約者に書き送る。この生き方は、クライストが抱える種々の不安を一挙に解消するように思われた。そもそも「人がうじゃうじゃいる」〔K4, 187〕王都ベルリンや「高慢で放埒で化け物じみたパリ」〔K4, 235〕といった大都市を嫌ったクライストにとって、「農夫」になることにより得られる自然のなかでの暮らしは、都市の喧騒や腐敗した文化、そして「社交の場」のしがらみを逃れ、愛を紐帯とした家族関係を頼みに生きることを実現させてくれるはずであった。

だが結局この提案は婚約者に拒否され、二人の婚約関係もやがて破綻する。クライストは単身スイスに渡り、トゥーン湖畔に仮初の居を構え、一八〇一年の末から翌年夏までの期間をそこで暮らすこととなる。当初の宣言とは裏腹に彼が実際に「農夫」になることはなかったが、この地で筆を執ったことがその作家人生の出発点となった。

3 「フォルク」という名の群衆

下層民でも理想的民衆でもなく

さて、ここで一度用語にこだわってみたい。自然を賛美するルソー的立場から民衆的生活の実践を試みようとしたクライストであるが、同時代のロマン主義者たちとは異なり、自然な生を体現する存在を彼が「フォルク」と呼ぶことはなかった。「農夫」として生きることを夢見たクライストの自然な生への憧れがルソーの影響によるものであることは、彼自身がしばしばその名を挙げていることからも明らかである。[★34]クライストが『チリの地震』を執筆した当時のドイツでは、これと同様の考え方、すなわち腐敗した宮廷文化や都市文化に「自然な」民衆文化を対置させる論法が一つのトポスとなっていた。[★35]ヘルダーに始まり、その後数多のロマン主義者たちに受け継がれていくこの思考類型のメルクマールを、都市や学識、そして貴族を中心とした宮廷文化への敵対心に見るならば、クライストの「農夫」への憧れはまさに同時代のロマン主義的民衆憧憬の典型例とみなしうる。それにもかかわらず、クライストは理想化された民衆像を「フォルク」という言葉で表現することはない。

　それはなぜか。結論を先取りして言えば、クライストにとって「フォルク」とは理想化された集団ではなく、あくまで雑多な人間の集団を表す言葉であり続けたのである。クライストは自然的・民衆的生に関する同時代の言説を共有しており、[★36]「フォルク」を従来のような「下層民」として忌避することはなかった。それでも「社交の場」ないし「人の集まり」を嫌悪したクライストにとって、群れとしての「フォルク」は決して理想的概念にはなりえなかった。だがそれゆえにこそ、クライストは近代の新たな現象としての、そして現代にも通じる「群衆」の姿を的確に捉

えたのである。★37

作家となったクライストが描く「フォルク」の姿を、まずは『チリの地震』から引用してみよう。地震の翌日、ドン・フェルナンドの家族とともに避難していたヘロニモとホセーフェのもとにミサ開催の知らせが届く場面のことである。

そうこうするうちに午後になり、地震の揺れもやわらいだことであたりに群がる避難民の気分もようやく少しばかり落ち着きかけた頃、地震による被害を免れた唯一の教会であるドミニコ派教会で修道院の高位聖職者により直々に厳粛なミサが執り行なわれ、さらなる不幸がもたらされぬよう天に祈願することになっているという知らせが早くも広まった。すでに群衆（Volk）がそこら中から姿を現し、大きな流れをなして市街地へと急いでいた。〔K3, 209〕

ここで描かれる「フォルク」は教会を訪れようとする人々、すなわちサンチャゴ市のキリスト教徒一般を指しており、決して下層民に限定されるものではない。事実、ドン・フェルナンドの一行のあいだでもこのミサに参加しようとの声が上がり、彼らがすぐさまこの人波に加わることからしても、ここでの「フォルク」にはフェルナンドの家族やホセーフェを始めとした貴族が含まれる余地があることが示されている。

こうして「フォルク」は、地震の直後に丘の上に避難した人々の集まりによって生じた（かのように思われた）「一つの家族」の場合と同様、平等状態にある人間の集団を表現する言葉として用いられる。先に引用した通り、丘の上の避難民たちは「王侯貴族も乞食も、貴婦人も農婦も、国務に就く者も日雇い労働者も、修道士も修道女も、あらゆる身分の人間たちが入り混じる」〔K3, 207〕ことで「一つの家族」を形成したかのように見えたが、いま引用したミサへと向かう「フォルク」もまた、「万人の集まる行列（der allgemeine Zug）」〔K3, 209〕と言い換えられることからもわかるように、地位や身分の差を持たない人間の集団として描かれるのである。

平等のフォルクの意味

この平等の「フォルク」には、作品を歴史的に解釈するために重要な二つの要素を指摘しうる。一つは「国民（Nation）」という要素である。小説における「フォルク」は、同一の社会に属する限りでの普遍的な人々を指している。たしかにこの「フォルク」の直接の帰属先は、サンチャゴ市、あるいは同市のキリスト教社会であるが、それでも作品全体として見ると、「副王」の存在を通じて「チリ王国」という国家の枠組みが幾度もほのめかされている。小説の舞台は一七世紀の絶対王制国家ではあるものの、小説の「フォルク」を描くにあたってクライストは、同時代に輪郭を見せ始めた近代国民国家を念頭に置いていたはずである。

おそらくこれと同様の見方から、クライストにおける群衆を「パルチザン」とする解釈も生まれたのであろう。同時代的言説分析の手法をとるF・A・キットラーは、クライストの群衆を「パルチザン」、すなわち非正規的でありながら国民的な戦闘員の形姿として意義づけた。キットラーによれば、クライストにおいて地震とは「古ヨーロッパの権力劇場を拒否する軍勢」、もっと言えばフランス革命軍の表現であり、ミサの場面での暴動は、迫り来るフランス軍に対する「全面的国民戦争（totaler Volkskrieg）」を表している。[★38] このことについて林立騎は次のように説明する。[★39] すなわち、一八〇六年一〇月のイェーナ・アウアーシュテットの戦いでナポレオン率いるフランス軍に大敗し、屈辱的とも言えるティルジット条約が締結されると、巻き返しを狙うプロイセンは国家を挙げて軍制改革に力を注いだ。このとき、シャルンホルストら軍制改革者たちはそれまでの旧制度的な徴兵方法をやめ、「国民」全体を動員する必要性を唱えたが、その一方で彼らは「国家による暴力の独占」を手放そうとはしなかった。そのような彼らに対し、クライストの構想はさらに別のところにあった。クライストは「軍制改革者たちが危険視した、秩序を破壊しかねない存在様態の国民」、すなわち「国家の統率のもとに国民を動員することではなく、皇帝の命には従うものの武力行使に関してはいかなるコントロールも受けないパルチザン」[★40]をも動員することによって、国内の無秩序に代えても外敵との交戦力を優先させることを求めた、というのである。[★41]

だが、いくら『チリの地震』の群衆に「パルチザン」と符合する特徴が見出されるにせよ、それによってクライストが作品を通じて「読者の行動に直接の影響を及ぼす」[★42]ことを意図したとみなすには、その短所ないし危険性の方が際立ってはいないだろうか。ここで取り上げたいのは、小説の「フォルク」が持つもう一つの要素、すなわち「群衆」としての側面である。

狭義の「群衆」は近代以降、特にフランス革命以後の現象であるとされているが、クライストはまさに革命直後の世界で「社会的威力」となった群衆への「驚きの体験」[★43]を鮮やかに表現した。『チリの地震』には暴動の場面以外でも様々な形で群衆が登場するが、それらの姿は一九世紀末にようやく理論化される群衆論を先取りしている。[★44]とりわけカネッティが『群衆と権力』のなかで定式化した「迫害群衆（Hetzmasse）」の類型、すなわち、「目標の表明だけで、死ぬべき者が誰かを広める（verbreiten）だけで」すぐにも形成され、「誰もが参加を望み」、「たとえ、自分で一撃を加えることができなくとも、生け贄が他の誰かによって打ちのめされるのを見ようと欲する」[★45]というあり方は、『チリの地震』における群衆の姿と見事に一致する。[★46]小説の冒頭では、街の人々は処刑が決まったホセーフェの死を安全な場所から見物しようとし（「処刑の行列が彼女を引き回すことになっている通りでは、窓が貸し出され、家々の屋根は外され、敬虔な町娘たちは友達を招待して、神の復讐に供されるその舞台にかしましく肩を並べて居合わせようとした」〔K3, 191〕）、後半の教会の場面では、説教を務める司教座聖堂参事会員が、姦通罪を犯したヘロニモとホセーフェを「冒涜行為」の「咎人」〔K3, 215〕として断罪し、それをそれを人々に告げただけで、ミサの参加者たちはすぐさま彼らの殺害という目標を共有し、それを

実行に移すのである。★47

たしかにこうした群衆の行動パターンは、彼らを一定の方向に導こうとする者にとっては使い勝手のいいものでもあり、クライスト自身、政治的な意図にもとづいてそうした群衆の利用を目論んだ可能性がないわけではない。だが、群衆の外部にいる者にとってそれは恐ろしい殺戮集団でしかなく、小説ではまさにこの側面こそが強調的に描かれている。ましてやクライストが迫害される主人公たちに自らと婚約者の姿を重ねていたのだとすれば、★48 この作品を読者への「パルチザン」戦のための呼びかけとみなすのは勇み足であると言わざるをえない。

それよりも、教会で暴動を起こす群衆がミサへと向かう人波を形成していた平等の「フォルク」から成るものであるという事実は、クライストにおいて「国民」と「群衆」という二つの人間集団がいかに表裏一体のものであったかを教えている。「フォルク」に対する彼のアンビヴァレンスはここに由来する。クライストは、一方では共同体を構成する「フォルク」を下層民に限定されない普遍的な存在として描き、国内外の政治的文脈でそれに関心を寄せながらも、他方でその「フォルク」が他者への迫害行為をもたらす「群衆」へといかに容易に変容しうる存在であるかを表現することで、それに対する危惧を示してもいるのである。

情報を媒介するフォルク

加えて指摘しておきたいのは、クライストが「フォルク」として描いた群衆が、直接の暴力行為によって他者を迫害する存在にとどまらないということである。むしろクライストの「フォルク」は、情報を媒介するという言論的機能を持ち、さらにはそのなかで他者に対する評価や承認を行なうことにより、他者の同一性をも揺るがすのである。もっとも、クライストは群衆を表すのに「フォルク」以外に「群れ（Haufen）」や「大勢（Menge）」といった言葉を用いてもいる。さしあたりはそれらの言葉で表される群衆をも考察対象としたうえで、クライストがそれでもやはり「フォルク」にこそ特別な意味を与えていることを示したい。

クライストの群衆像の原型は、一八〇〇年九月一一日、南ドイツの街ヴュルツブルクを訪れた際の手紙に見ることができる。そのなかでクライストは「全体がこれぞまさしくカトリックだという様相をなしている」〔K4, 112〕という街の印象を皮肉たっぷりにこう伝えている。

街中が聖者や使徒や天使でいっぱいで（wimmeln）、通りを歩けばキリスト教徒の天国を歩いているみたいに思えてきます。しかしその錯覚は長くは続きません。なぜなら坊主どもや修道士どもの大群（Heer）が、皇帝軍と同様、色とりどりに編成されてひっきりなしにこちらに向かって来て、ここが俗悪極まりない地上だということをすぐに思い出させるからです。〔K4, 112〕

時代はナポレオンがドイツ語圏の国々を続々と占領していった頃のことである。その例外ではなかったヴュルツブルクの地で、フランス軍への怖れから人々の信仰心が異常に高揚する様をクライストは捉えているが、翌日の手紙ではそうした危機的状況によってもたらされる喧騒と混乱がさらに次のように描写される。

通りで目にする暮らしぶりが、フランス人を怖れてどんなことになっているか、それを君に言葉で伝えることはできません。避難民が通るかと思えば、今度は坊主ども、はたまた皇帝軍という具合に、あらゆるものが色とりどりに行き交い、状況を尋ねては答えるというやりとりを繰り返し、新しい情報が伝わったと思えば二時間後にはそれが誤報だったとわかるのです。〔K4, 115〕

ここに描かれる人々の群れが階層や職能における差異を持たない平等の群衆であることを、そこに聖職者や軍人といった高位身分の者たちが含まれているという点からまずは確認しておきたい。だが、それよりも重要なのは、この群衆が情報を、それも往々にして誤報となる不確かな情報を媒介する存在だということである。

たしかにこの手紙でこそ「フォルク」という言葉は使われていないが、情報〔誤報〕を媒介する群衆の姿は『チリの地震』に受け継がれ、そこではそれはまさに「フォルク」として描かれる。以下はヘロニモが地震によって崩壊した牢獄から脱出し、安否の分からぬホセーフェを捜して街中をさまよう場面である。

彼〔ヘロニモ〕はそこら中で財産を救い出そうと躍起になって市門から堰を切ったように飛び出してくる群衆（Volk）のなかに混ざっていった。そしておずおずしながらも、アステロン家の娘〔ホセーフェ〕のことを思い切って人に尋ねてみた。その娘の処刑は終わってしまったのでしょうか、と。だがそんなややこしい説明を要するような情報をわざわざ与えてくれる者はいなかった。〔……〕ある女性が通り際に、あたかもその目で見てきたかのような口ぶりで、その娘なら首を刎ねられたよ、と言った。〔K3, 195〕

群衆の内部にいるヘロニモは、群衆によって与えられた情報の真偽を判断することができない。★49 その点で、小説に描かれたこの群衆像は先の手紙におけるものと一致する。ホセーフェが実際には処刑されていないこと、この情報が全くの虚偽であることは読者には自明であり、その意味では不必要ですらある「あたかも（als ob）その目で見てきたかのような」という非現実の表現は、ここではむしろその情報がいかにもっともらしく語られたかを伝えるものとなる。「フォルク」のなかに現れたこの名前のない女性に悪意があったのかどうかを判別する術はない。それでもここからクライストにおける「フォルク」を、少なくとも次のように定義することができよう。すなわち、それは不確かな情報を、さらには意識的か無意識的かは別にしても明らかに虚偽の情報を発信する匿名の存在なのである。

4　「偶然の糸」と匿名の声

ここまで『チリの地震』を中心にクライストにおけるフォルク像を考察してきたが、それは小説の主題の一つである「偶然」の理解にも大きくかかわっている。当初は「一貫性、連関性、一体性」〔K4, 39〕を重んじていた若きクライストは、自ら掲げる「人生設計」を「偶然」に対置させ、理性的な計画に従って生きることのできない者を「いつまでも成年状態には達せず、その運命は偶然の劇であり続ける」〔K4, 38〕者と呼んで手厳しく批判していた。それに対し、「カント危機」以後には彼のなかで「偶然」と「計画」の力関係が逆転する。一八〇一年四月九日付の婚約者宛の手紙で、クライストは「偶然」による「計画」の崩壊と、それによる「自由」の喪失を次の嘆いて次のように述べている。

> ぼくたちは自由だと思い上がっているが、偶然はそんなぼくらを細く紡いだ千の糸にゆわえて絶大な力で先へと引っぱるのだ。〔……〕自分では最上の意志を持ちながら、それでもまったく正しくないことをしなければならない羽目に陥ることはありませんか。〔K4. 214f. 強調は原文〕

この手紙では「偶然」を前にして「目的（Zweck）」や「分別（Verstand）」がいかに無力であるかが切々と綴られる。一見すると、それは真理への懐疑をめぐる哲学的主題を扱ったもののように思われるが、実はそうではない。大仰な語り口に反して、この「偶然の糸」という比喩が具体的に表現しているのは、日常の人間関係のなかで生じるあやふやな情報伝達と、しかしそれが持ちうる絶大な影響力のことである。

このときクライストは、真理なるものへの不信、そして真理の認識手段であるはずの学問への不信から目標を喪失し、そこから立ち直るための気晴らしとなる旅行を計画していた。彼にとってそれは初め「大きな散歩」〔K4. 214〕という程度のものであったが、その計画が親類たちに知られ、また旅券発行の必要まで生じたために、皮肉にも旅の「目的」を求められてしまったのである。さらには苦し紛れにそれを「学問のため」と称したことにより、計画に引っ込みがつかなくなってしまった。上の引用は、こうした一連の出来事を不本意に思うクライストによる不満の吐露にすぎない。

この出来事自体はクライストのあまりに個人的な体験と言えるだろう。だが、クライストが「偶然の糸」として捉えた人間関係のしがらみは、不特定多数の集団においても同様に想定しうるものである。そして『チリの地震』における不特定多数の「声」は、それを向けられる個人に深刻な打撃をもたらす。[★50] そこでは個人を視る、評価する、さらにはその評価を別の者に伝えるという行為が、暴力となって主人公たちを襲うのである。

そもそも小説における群衆暴動は、ミサの説教のさなか、ヘロニモとホセーフェの姦通罪を断じた「司教座聖堂参事会員の話を騒々しく遮って」〔K3, 215〕突如上がった「声」に由来する。

> 道をあけよ、サンチャゴ市民諸君（ihr Bürger von St. Jago）、ここにいま言った神を畏れぬ人間どもがいるぞ！　すると彼らのまわりに驚きの輪がぐるりと形成されるなか、別の声（eine andere Stimme）がぎょっとして、どこだと問うた。ここだ、と第三の者が答え、神聖な非道さ（heilige Ruchlosigkeit）たっぷりに、ホセーフェをその髪の毛をつかんで引き倒そうとした。〔K3, 215〕

この時点ですでにホセーフェには物理的な暴力が加えられてもいるが、それ以前に主人公たちを「神を畏れぬ人間ども」として「市民」の前に晒す機能を「声」が担っていることに注目したい。「神聖な非道さ」という矛盾した形容に示されるように、暴動者らの行為は通常の人道的見地からすれば明らかに道を外れたものである。それにもかかわらず、説教師の言葉に支えられ、その行為は神の名のもとになされるのである。その評価ないし意義づけが、そしてホセーフェらを「ここにいる」と知らしめること自体が彼らにとって強烈な暴力となることは言うまでもない。

地震をどのように解釈するか、すなわちそれを神による救いや恵みとみなすか、あるいは罰とみなすかという問題が小説内部ですでに取り上げられていることは、本章第一節で述べた通りである。この解釈をめぐる問いに最終的な決着をつけるのが群衆である。彼らは不特定多数の「声」として現れることにより、出来事や人物の正／不正を決める審判者となるのである。

そしてこの審判者としての群衆は、クライストにおいてまさに「フォルク」と重ねられている。「大きな散歩」としての旅行の末、一八〇一年七月にパリを訪れたとき、革命記念日の祝祭を目にしたクライストはその感想を次のように語った。

用意された催しはすべて根本思想を忘れさせ、吐き気がするほどにこれでもかと積み上げられた数々のエンターテインメントによって大衆の心（Geist des Volks）を紛らわそうとする意図に

満ちている。〔K4, 240 強調は原文〕

ここでの「フォルク」は、革命の理念など顧慮せず、お膳立てされた祝祭を享受するだけの「大衆」である。そしてその「フォルク」を前に、統治者は巨大な娯楽を供することによってその「心」を「紛らわさ」なければならないのである。

こうしてクライストにおける「フォルク」は、匿名の「声」を形成し、他者の不正を取り上げては集団的暴力によってそれを断罪する群衆として定義される。その群衆によって承認されないこと、あるいはそれどころか攻撃対象とみなされることは、その者にとって死を意味する。クライストのテクストは、不特定多数による「声」が、それが「偶然」のものであれ、個人の運命をいかに惨たらしいまでに変転させるかを示している。

第2章　国家なき国民戦争
——クライスト『ヘルマンの戦い』における国民と自由

1　クライストはプロパガンダ作家か

前章では小説『チリの地震』を中心に「群衆」として描かれたフォルク像を取り上げたが、ナポレオン戦争という歴史的文脈に照らして、やはり「民族」の意味でのフォルク観に触れないわけにはいかない。近代ドイツ史の泰斗T・ニッパーダイの「初めにナポレオンあり」という言葉が表すように、[★1]一九世紀初頭のドイツ国民運動は何よりもまずナポレオンの強大な勢力とそれに対する応答のなかで展開された。このときナポレオンを「不倶戴天の敵」〔K4, 482〕と呼び、フランス打倒に向けた全ドイツ国民戦争を求めたクライストは、当時のナショナリストの典型として扱われることも少なくない。そもそも道徳的見地からは決して受け容れやすいとは言えないクライストの作品が一般に読まれ、上演されるようになったのは、彼の死後約半世紀が経った一八六〇年代、ドイツ統一運動に伴うナショナリズムの再燃を受けてのことである。[★2] 要するにその受容史において、クライストはまず愛国作家として人気を博したのだった。

なかでもトイトブルクの戦い、すなわち古代ゲルマン人がローマ人による他民族支配を打ち破った記念碑的戦争に取材した戯曲『ヘルマンの戦い』は、特に愛国的関心を集めた作品の一つである。成立はおそらく一八〇八年五月から一二月のあいだ、[★3] スペインでの民衆蜂起やオーストリア軍の参戦といった、反ナポレオン勢力の拡大を追い風に取り組まれ、クライスト自身「ひたすら目下の状況を考慮して[★4]」すぐにも上演されることを望んだこの戯曲には、何よりもまず「フランスによる他民族支配に対する戦いをプロパガンディストとして鼓舞する[★5]」という意図が指摘される。作家の意に反して生前の上演は果たされず、初演は一八六〇年のことであったが、[★6] この時期は先述のようにドイツ統一運動が激化した頃であり、上演の背後に政治的な意図があったことは明らかである。[★7] その後も『ヘルマンの戦い』は、二度の世界大戦に際して熱狂的に受容されたため、戦後にはその反省から作品の上演はもとより、作品について論じること自体が一種のタブーとされたほどであった。現在ではここまで偏った受容はまず見られないが、それでもなおこの戯曲は評価をめぐって研究者たちを悩ませる。クライストが作品のなかで古代ゲルマン人とローマ人の戦いを同時代のドイツとフランスの対立になぞらえたのは明白であり、そのなかで展開されるローマ人「殲滅戦」に向けた「憎しみに満ちた一面性」は、この戯曲を「クライストの戯曲作品のなかで特殊な位置を占めている」★8とみなすに十分だからである。

しかし裏を返せば、むしろその過激さゆえに『ヘルマンの戦い』はプロパガンダの効果を損なってはいないだろうか。作中で形成されるゲルマン人の戦闘的共同体は、通常の意味での理想的な国家のあり方からはかけ離れている。ゲルマニアの統治者となるヘルマンは、偉大な英雄とは程遠い姑息な策略家であり、虚偽の同盟や戦争被害の自作自演といった奸計の多用によって戦況を有利にする。その彼に導かれるゲルマン人たちは、自国を占領するローマ軍を撃退するだけでは満足せず、彼らの根絶をも願ってさらなる戦いへと猛進する。この一連の筋書きは、戦いへの士気を鼓舞するどころか、見る者に不快感さえ与えかねない★9。

もしクライストが本当に対仏戦争に向けたドイツ国民の決起を望み、そのために文学というメディアを通じたプロパガンダを目論んだのであれば、「ドイツ民族」を理想化し、国民の象徴となる英雄像を提供することもできたはずである。だが彼はそうしなかった。いや、彼自身はあくまで国民意識の高揚を目指して筆を執ったのかもしれない。だとしても、それは結局のところ作家の問題意識をいびつに反映した奇妙な戯曲に仕上がった。現代にこの作品を読むのであれば、このいびつさこそを取り上げるべきである。

あるいは、種々の異様さを孕んだこの戯曲をプロパガンダのための劇ではなく、プロパガンダについての劇とみなす見方もある。Ｂ・アレマンは、クライストが作品の受容者として念頭に置いていたのは一般庶民ではなく君主たち、すなわちプロイセン王とオーストリア皇帝であるとする説を唱え、「その戯曲は彼らに向けた勧告の意味を持つ」[★10]と主張した。『ヘルマンの戦い』を統治者への教導の書と捉えるこの見解は示唆的だが、しかしそれによって作品の異様さにすべて説明がつくかと言えばそうではない。たしかに戯曲のなかでヘルマンのとる策略はどれも功を奏し、ゲルマン人たちは国民戦争に向けて一丸となるように見えるが、その共同体の内実がはたしてヘルマンが意図した通りのものであったかどうかは疑わしい。これに対し、戯曲における「プロパガンダ戦略」についてさらに詳細に論じたＰ・Ｐ・リードルは、「『ヘルマンの戦い』がたとえプロパガンダ劇なのだとしても、それは表層的なものにすぎない」としたうえで、「それは何よりまずプロパガンダについての、そのメカニズム、戦略、機能についての戯曲であり、明らかにその厄介さをも美化したり偽装したりせずに、仮借なきまでに、いや、狂信的なほどに暴き立てたものである」[★11]と結論づけた。リードルのこの説が示すように、クライストは「プロパガンダ戦略」の負の側面をもありありと描き出している。これではおそらく作品を鑑賞する統治者の心にも一抹の不安を残さずにはいなかったに違いない。

これらをふまえ、本章では『ヘルマンの戦い』をクライストにおける異質なプロパガンダ作品とはみなさず、あくまで多義性を孕んだクライストらしい作品として扱い、彼が当時抱いた問題意識に迫りたい。その際に明らかにしたいのは、戯曲の持つ不可解さが、前章で導き出した〈裁く〉群衆としてのクライスト特有のフォルク観に由来するということである。クライストにとって「フォルク」が理想的「民衆」を意味する概念とはならなかったのと同様、「民族」の理念にも――愛国的主題を熱心に扱いながらも――彼は信頼を置くことができないのである。クライストのこのアンビヴァレンスにおいて、ドイツ民族意識が本格的に高まるナポレオン戦争時代におけるフォルク概念の多義性が明らかになるはずである。

2　戦う目的の不一致――自由観の差異

作品のいびつさとしてまず注目したいのは、ヘルマンの「戦い」の目的の不明瞭さである。舞台の設定に従えば、その目標は打倒ローマとして見紛うものではない。だが、それにしては戯曲の冒頭での登場人物たちのやりとりは奇妙に映る。第一幕で、ローマ人の侵略に悩むゲルマンの族長たちがヒェルスカ族の長ヘルマンのもとに集結し、対ローマ戦争に向けた同盟を彼に求めるとき、ヘルマンはそれを拒み、彼らに背を向ける形でその場を去ってしまうのである。

同盟を求める族長たちにヘルマンが出した条件は、女子供の避難、所有する金銀の放棄、そして田畑や家畜を含む所有地の焼却であった。このとき集まった者たちはヘルマンの考えを理解することができない。というのも、彼らにとって守るべきものとはもっぱらそれらの財産であるからである。一同のなかから「それこそが、我々がこの戦争で守ろうとしているものではないのか！」との声が上がるとき、それを遮ってヘルマンは言う。「さあ、それだ。思っていたのだ、君たちの言う自由（Freiheit）はそんなものではないかと」〔K2, 462〕、と。このやりとりを通じて浮上するのは、ヘルマンと他の族長たちを分かつ自由観の差異である。

束縛を受けない状態を表すこの「自由」という言葉は、古代より「友愛」の概念と密接に関係し、共同体への帰属を通じて外部の暴力から保護されることを含意するが、[12] 一九世紀初頭の文脈では特に「祖国（Vaterland）」や「国民（Nation）」の概念と結びつけられた。[13] 戯曲の登場人物たちが求める「自由」もまた基本的には「祖国」を指している。彼らは外敵に脅かされる祖国ゲルマニアの防衛に向けて、「ドイツの野に立ちはだかるローマ軍の首を射抜く」〔K2, 454〕あるいは「連戦連勝でローマの鷲をわれらドイツ人の地から追い払う」〔K2, 458〕といった言葉を交わすことで士気を高め合うのである。

ところが、トゥイスコマル、ダーゴベルト、ゼルガルの三人は、ゲルマニアの危機的状況を前にしてもなお自分の所有地に固執し、挙句の果てには彼ら同士で土地の所有権をめぐって諍いを起こす。こうした者たちをヘルマンが軽蔑するのは理解に難くない。彼らが望むのはいわば市民的自由であり、それに対しヘルマンは他民族支配からの解放という「国民」の自由を求めるのである。

しかし他方で、こうした利己的な者たちとは異なる純粋な愛国者に対してもヘルマンは背を向けている。集まった族長の一人であるヴォルフは、当初より「いたるところで起こっているゲルマニアの崩壊」を嘆き、「われらドイツ人」の前途を憂慮する〔K2, 449〕、祖国愛にあふれた人物である。彼は他の族長たちが所有地をめぐって口論するとき、「狼が入り込んできた、ああドイツよ、おまえの柵をぶち破って。それなのに、おまえの羊飼いたちは一握りの毛をめぐって争っているのだ」〔K2, 451〕と述べ、「ドイツ」全体の危機を嘆きつつ、彼らを非難する。このヴォルフに対しては、たしかにヘルマンも「〔ドイツの解放について〕真剣に考えているのはヴォルフただ一人だ」〔K2, 505〕と一目置いてはいるものの、それでも戦いのなかでヘルマンが彼に特別な役割を与えることはない。それどころか、ローマと戦う意志を見せたヘルマンを、ヴォルフが「ドイツの解放者、ヘルマン万歳！」と呼んで抱擁しようとするとき、ヘルマンはその腕から「身を解き離す」〔K2, 461〕という身振りでもって、ヴォルフの言う「ドイツの解放者」たることをはっきりと拒否するのである。

というのも、ヘルマンが求める「自由」とは、既存のゲルマニアの保持によって得られるものではないからだ。むしろヘルマンの眼差しは、ゲルマニアの現状そのものに対し批判的に向けられる。

ヘルマン　違う違う、まさにそれだ！　その思い込みさ、トゥイスカ、
それがいま君たちを救いようなくだめにしているのだ！
ドイツ全体がもうおしまいなのだよ、
君にはジカムブリーアの王位、カッテンの王位は君に、
マルゼルのは彼に、私にはヒェルスカが、
そしてその跡取りさえも、女神ヘルタにかけて！　すでに指名されているのだ。
それを手放してしまおうと思ったら、もういましかないのだよ。〔K2, 458f.〕

それぞれの部族長が世襲的に「指名された」配当地を治めるという現在のあり方をヘルマンがよく思っていないことは明らかだ。その点で、彼が再三強調する財の放棄とは、単にローマ軍に物資を残さないための焦土戦術にとどまらない。同じ場面でヘルマンは次のようにも述べている。

ヘルマン　〔……〕私が地上で何かを手に、い、い、い、入れようとするならば、
幸せを噛みしめ、こうしてまわりに集まってくれる者たちと
手をとることだろうよ。
しかるにだ、す、べ、てを失う、こ、と、だけが

私の意図することなのだから、わかってくれ、
この決心が君たちとの同盟を許さないのだ。〔K2, 458 強調は原文〕

ヘルマンにとって重要なのは、ゲルマニアの防衛ではなく変革、それも「すべてを失うこと」によって初めて可能になる、根底からの変革である。それは具体的には国政上の世襲の廃止とそれに代わる新たな統治制度の確立ということになろうが、ここではそうした内容については明言されない。代わりにその前段階として、在庫品の一掃が求められるのみである。[★14]

ここから浮かび上がるクライストの自由観を、K・ミュラー＝ザルゲトは「没落と再興という黙示録的なイメージ」[★15]と呼んだ。「自由」を求めるヘルマンの姿を通じて、クライストは当時のドイツを「黙示録的」に捉えたわけだが、それでは彼はいかなる「再興」を望んだのだろうか。戯曲の展開を追う前に、「祖国」および「ドイツ」についてのクライストの考えを一度整理しておく必要がある。

3 不可解なナショナリズム

クライストの手紙におけるナポレオンに関する発言や、一八〇九年に書かれた一連の政治的著作には、偏狭なナショナリズムと呼ぶほかない思考様式が確認されるが、一方でこのとき掲げられる「ドイツ」については、その内実はいま一つ不明瞭なままである。一般的に、過激なナショナリストの発言が論理性を欠くのはおそらく珍しいことではないが、クライストの場合はどうもそれだけではないようだ。ここでは、まず対仏戦争をめぐるクライストの発言を整理し、その政治的立場を明確にしたうえで、彼が「ドイツ」をどのように捉えていたのかを探る。

ナポレオンのドイツ占領に抗して

祖国「ドイツ」に向けたクライストの意識は、同時代人の例に漏れず、フランスとの敵対関係のなかで生じ育まれていった。とりわけ一七九二年に始まるフランス革命軍とヨーロッパ諸国との戦争は、自らが「ドイツ人」であるという意識を人々のあいだで否応なしに高めた。それ以前には、ドイツ語圏で近代化と呼びうる動きはもっぱら領邦国家の枠内で進行したため、人々の政治的帰属意識は各領邦に向けられた。O・ダンの表現を借りるなら、この「領邦愛国主義(Landespatriotismus)」に対し、ドイツ全体を祖国とする「帝国愛国主義(Reichspatriotismus)」の感情が共有されるようになったのはようやく一八世紀も終わり頃のことである。[★16] それ以前の一八世紀半ばから後半にかけて、例えば七年戦争（一七五六－一七六三）の前後には、国籍を区別するのに「フランス人」や「スイス人」と並んで、「ドイツ人」ではなく「ザクセン人」、「バイエルン人」といった呼び方を用いるのが常であった。これに対し、ちょうど一七九二年九月のヴァルミーの戦いの頃、すなわちオーストリア・プロイセン連合軍がフランス革命軍に大敗した頃に、「ドイツ」を祖国とみなす表現が数多く見られるようになる。[★17]

とはいえこのとき、ドイツの知識人がフランスに対しすぐさま否定的な感情を抱いたわけではない。彼らの多くはフランス革命の理念に共鳴し、実践におけるその暴力性が露呈してからも、ヨーロッパの解放という理想自体はすぐには手放さなかった。革命思想へのこうした期待は、ナポレオンにもほぼそのままの形で向けられた。「封建制と旧体制の仇敵」としてのナポレオンに「絶対主義と手を切る格好の機会」を見ようとしたドイツの知識人たちにとって、その勢力がドイツ語圏の国々を占領するまでに膨れ上がっても、反対派に転ずることは決して容易ではなかったのである。[★18] 一七九九年のクーデター以降、ナポレオンはたしかに独裁者として批判されたが、その批判の多くはフランス国内の状況に関するものであった。[★19] ナポレオンが「ドイツ国民の敵」とみなされるようになるのは、彼が「フランス人民の皇帝」を高らかに宣言する一八〇四年以降のことである。

こうした同時代の風潮に比して、クライストはかなり早い段階で「ドイツ」の危機を見出していた。ナポレオンに対する最初の反応は、一八〇一年七月、ラインラント経由でフランスに渡る途上で書かれた手紙に見ることができる。このなかでクライストはライン川流域の美しさを詩歌さながらに描写し、フランスとの戦争によって「耕地が荒れ果て、ぶどう山が踏みにじられ、村落がごっそり潰され、難攻不落と思われた城塞がライン川へと墜落した」様を嘆いた。クライストにとってフランス軍がもたらしたのは「かくも多くの冒涜行為」に他ならず、たとえフランスに行っても自分は「ドイツ人のままで帰る（als *ein Deutscher* zurückzukehren）」つもりだ、と友人に向けて彼は語気鋭く宣言している[★20]〔K4, 253 強調は原文〕。だがその二か月後、クライストは「ドイツの自由（deutsche Freiheit）」の「墓場」を見ることとなる。このとき彼は「アルミニウス山」、すなわち古代のヘルマンの戦いの記念碑的な場所を話題にし、しかしそれを「いまやその墓場を見ることとなった、ドイツの自由の揺籃の地」〔K4, 279〕と呼ぶのである。

このように、クライストがナポレオンの外征に見たものは、ヨーロッパの解放ではなく、ひとえにフランス覇権の拡大と「ドイツ」の危機であった。一八〇五年一二月、クライストは友人に向けてついに次のように書き送る。

> 時代は物事の新たな秩序をもたらすように見えるが、我々は古い秩序の崩壊を経験するだけだろう。ヨーロッパのあらゆる文明地域からただ一つの巨大な帝国システムが作られ、王座とい

う王座は、フランスに従属した新たな王家で占められることだろう。〔K4, 352〕

一八〇六年七月にはライン同盟の締結によって神聖ローマ帝国の崩壊とフランスによる実質上の支配が決定するが、その半年以上前にクライストはフランスによる「巨大な帝国システム」の猛威を嘆いたのだった。このときナポレオンがもたらすとされた「新たな秩序」に希望を見出さなかったクライストに貴族としての保守性を指摘するのは、『ヘルマンの戦い』における「すべてを失う」という「黙示録的なイメージ」に加え、第一章で明らかにしたように、そもそもクライストが身分制の存続に懐疑的であったことをふまえるなら適当ではない。[★21]

ドイツがフランスに攻め入られているという意識はその後も拡大し、一八〇六年一〇月にはクライストは『ヘルマンの戦い』におけるローマ人とゲルマン人と同様の図式でフランスとドイツの関係を捉え、「僕たちはローマのくびきをはめられたあの諸民族だ」〔K4, 105〕と述べるに至る。こうして少なくとも一八〇八年以降のクライストの活動の主眼は、フランスの支配に甘んじるドイツの現状を楽観視する同時代人に対し警鐘を鳴らし、国民戦争を鼓舞することに置かれていく。その具体的内容は、彼自身がドイツ解放運動の機関紙として企画した――実現には至らなかった――新聞『ゲルマニア』へのいくつかの寄稿文において確認することができる。

その一つである『ドイツ人の教理問答』でクライストは、宗教教育においてしばしば用いられる

「教理問答」の型を用いて、「ドイツ」全体へと向けた愛国主義――先のダンの表現を借りるなら「帝国愛国主義」――を展開し、「ドイツ人」に必要な心構えを説いた。父と子による対話という形式をとった問答集のなかで、子が語る言葉はこうだ。「僕はマイセンに生まれ、マイセンが属する国はザクセンといいます。しかし、ザクセンが属する僕の祖国はドイツです。そしてあなたの息子は、父さん、ドイツ人なのです」〔K4, 479f.〕。このときナポレオンを賛美することについては、「それはまるで僕が誰かと取っ組み合いをしていて、その人が僕を泥土のなかに投げ倒し、顔を踏みつけているその瞬間にその技の巧みさを賛美するくらいに卑屈なものでしょう」〔K4, 485〕と、それが現状に照らしていかに不適切であるかが揶揄される。そして教理問答の「結論」は、「ドイツの自由」とはナポレオンとの戦いの末に得られるものであり、「奴隷として生きる」よりも、いっそ「すべてが破滅し、女子供をひっくるめて誰一人残らなくなったとしても」、武器を手にして戦うべきだという過激な宣言でもって締めくくられる[★22]〔K4, 491〕。

民族の固有性に関して

ここまでですでに、クライストがフランスに対する全ドイツ規模の国民戦争を支持したことは明白だが、では彼はその「ドイツ」なるものをどのように規定したのか。同時代の人々のあいだで「ドイツ」を祖国とする愛国主義がようやく高揚したとき、彼らはフランスと差異化しうる自国の独自性を熱心に探し求めた。一八世紀後半にヘルダーが打ち出した民族の固有性に関する思想から滋養を得て、一九世紀に入ると「ドイツ民族」という観念が政治的意図を帯びて理想化されていく。こうした流れにクライストも乗ることができたはずだが、それにもかかわらず彼の考えは同時代の言説とは一致しない。

当時、ドイツの民族性を取り上げた代表的著作として、ヨーハン・ゴットリープ・フィヒテ（一七六二―一八一四）の『ドイツ国民に告ぐ（Reden an die deutsche Nation）』（一八〇七―〇八）と、フリードリヒ・ルートヴィヒ・ヤーン（一七七八―一八五二）の『ドイツ民族性（Deutsches Volksthum）』（一八一〇）を挙げることができる。まずは彼らが提示した、新たな民族概念に関する思想を確認しておこう。

フィヒテは一八〇七／〇八年の冬学期にナポレオンの占領下のベルリンで行なった講演『ドイツ国民に告ぐ』のなかで、「一つの国民[★23]（die eine Nation）」が分断されているという目下の状況を克服すべく、来たるべき「ドイツ国民」の形成を「教育」によって促そうとした。それが特定の社会層を対象とした「民衆教育（Volkserziehung）」ではなく「ドイツ国民教育[★24]（deutsche Nationalerziehung）」である点を強調するフィヒテは、一方では「フォルク」を無学な民衆とみなしつつ、しかし他方ではその「フォルク」を「国民」へと変えていくために、「民族の固有性（Volkseigenthümlichkeit）」なるものを、あらゆる社会層が共有する、話し言葉としての「ドイツ語」という要素によって規定しようとしたのである。[25]

そのときフィヒテは「ドイツ人」を、数ある「ゲルマン系諸民族（germanische Völkerstämme）」のうち、本来的な状態を純粋かつ自然な形で保持し続けている「根源的民族[26]（Urvolk）」と呼び、その優越性を説いた。すなわち、「ドイツ人」とはそもそもゲルマン系諸民族のなかの「一部族（ein Stamm）」であるが、同じくゲルマン系の他の民族が長い歴史のなかで居住地を変え、他言語の影響を受けながら発展していったのに対し、「ドイツ人」は「根幹民族（Stammvolk）の始原的な（ursprünglich）居住地にとどまった」のであり、それゆえ彼らのあいだでは固有で自然なドイツ語が「途切れることなく話し続けられている」と彼は主張したのである。[27] こうしてフィヒテは「ドイツ語」を話す「ドイツ民族」に、ヨーロッパにおける正統性と優位性を与えようとしたのだった。[28]

そのフィヒテによって「新しいドイツ性の精神的教父[29]」と評された「体操の父」ヤーンは、フィヒテの講演から二年後の『ドイツ民族性』のなかで、フィヒテと同じく「フォルク」を言語、そして歴史によって規定される文化的集団とみなしたうえで、次のように述べた。「個々のものを集め、それらを積み上げて集団とし、これを全体へと結びつけ、そうしてできたものをますます大きなものへと束ね上げて世界と一致させ、これらすべてを合わせて大いなる万象を形成する――この統一力（*Einungskraft*）は、最高かつ最大であらゆるものを包含する人間の集まり（Menschengesellschaft）、すなわち民族（Volk）において、それを民族性（*Volksthum*）と呼ぶほかない[30]」と。こうしてヤーンは「民族性」という新しい言葉を提示し、[★31]それによって「ドイツ民族」の持つ先天的かつ不変の本性を後世に主張するための理論的基礎を敷いたのだった。

さて、こうした同時代の言説に対し、クライストは「ドイツ」を「民族」の固有性にもとづいて表現することをまるで避けるかのような態度をとる。先の『ドイツ人の教理問答』では、なぜ祖国を愛するかという問いに対し、子は「それが祖国だからです」と答え、父とのあいだに次のような対話を展開する。

問：神がたくさんの果実をお恵みになっているからとか、たくさんの美しい芸術作品に彩られているからとか、名前を挙げたらきりのない英雄、政治家、賢人が栄光をたたえているからとか、そういうことを言っているのか？

答：いいえ。〔……〕だって父さんが教えてくれたように、ローマやエジプトの三角州の方が、たくさんの果実、美しい芸術作品、偉大で輝かしきものに、ドイツよりもずっと恵まれているのですから。それでも、運命があなたの息子にそれらの地で生きよと定めたならば、彼は嘆き悲しむことはあっても、それをいまのドイツ以上に愛おしく思うことはないでしょう。〔K3, 480f.〕

ここでは「ドイツ」は祖国として愛すべきものとされるが、他方で他国に対するその優位性を、固有の風土や偉人、芸術作品の有無といった条件から導き出すことは避けられる。これは一見すると無条件の祖国愛を理想主義的に説いたもののようにも見えるが、実はそれだけではない。その裏には文化的集団に関するクライストの特殊な考え方がある。

例えば、これらの政治的著作に先立つ一八〇〇年九月の手紙のなかで、クライストは「宗教上の儀式を遵守すること」の必要性を疑問視し、儀式によってもたらされるものは「感情のしるしにすぎず、まったく別様にも表現しうる」と主張したうえで、その例として「聖餐のときに君が祭司の手から聖餅を受けるのと同じ感情で、メキシコ人は彼らが信じる神の祭壇の前で自分の兄弟を殺すのだ」と述べた〔K4, 128 強調は原文〕。これは宗教を話題にしたものではあるが、自分たちが信仰の対象とするものが決して絶対的なものではないということが、地域性ないし文化的差異という観点から説明されている。あるいは正義についての次の言葉。一八〇一年の八月の手紙でクライストは「正義というものが存在するのか」という問いを立てた後で、こう述べる。「我々の内なる声が、正しきものとは何かをひそかに、しかしはっきりと耳元で囁いてくれる、などと言うべきではありません。キリスト教徒に汝の敵を赦せと語りかけるのと同じ声が、ニュージーランド人には汝の敵を炙れと語りかけ、彼はその敵を敬虔な気持ちで食すのです」、と。〔K4, 261〕。

これら挑発的ともとれるクライストの物言いは、ある種の多元主義にもとづくものであるが、それは文化的多様性を尊重する態度などではなく、むしろ人々に共有される行動様式がいかに外面的で偶然与えられたものにすぎないかを暴露する性質のものである。宗教において重要なのは各人の内なる信仰心だけであり、その表現自体は別様でもありうるということ。絶対的な正義は存在せず、それぞれ異なる慣習にもとづく行動様式があるだけだということ。これらの考え方にしたがえば、「民族」もまた偶然の集団にすぎず、その本質なるものを表現したり、ましてや正当性を主張したりはできないということになる。かくしてクライストが無条件の祖国愛を要求するとき、それは祖国へ向けた愛の深さを表すものではない。むしろそれは、祖国愛とは外面的条件を棚上げすることによってしか成立しえないという認識の裏返しなのである。

欺くドイツ人

事実、クライストは「民族」という概念を絶対視すること自体を意図的に否定していたふしがある。『ヘルマンの戦い』では、ヘルマンがゲルマン人とローマ人のそれぞれの「素質（Anlage）」に言及することでローマ人を批判する場面はたしかにあるが、そのときゲルマン人が理想化されるかといえばそうではない。[★32]それどころか、クライストは戯曲のなかで「ドイツ人」の非道さを露悪的に描き出してもいる。それも「誠実なドイツ人」というステレオタイプをわざわざ提示したうえで、それをあえて覆すという方法でもって。

ヘルマンの戦いが詐欺や騙しによって遂行されることは本章の最初で触れたが、ローマ側がそのことにまったく気づいていなかったわけではない。しかし、ローマ人がヘルマンに対し抱きかけた疑念は「誠実なドイツ人」というステレオタイプの背後に消えてしまう。以下は第三幕第六場、ローマの指揮官であるヴァールスと使節ヴェンティディウスが、ヘルマンたちに隠れてこっそりと交わす会話の内容である。

ヴァールス　（ヴェンティディウスに）さて、どうだろう、あのヘルマンとかいう男を、
　私はどう見ておくべきだろうか。
ヴェンティディウス　クヴィンティリウスさま、二言もあれば言い表せます。
　やつはドイツ人です。
ティブール川のほとりで草をはむ去勢された雄羊の方が、
やつが属する民族（Volk）を全部合わせたものよりも
まだ嘘いつわりに満ちたものだと言わざるをえません。〔K2, 495〕

ここでは「ドイツ人」という「民族」が穏やかな「雄羊」以上に「嘘いつわり」と無縁であるというイメージが、敵のローマ人の口から語られている。ヴェンティディウスのこの言葉をヴァールス

は信用し、ゲルマン人らに対し「背を向けたままでいても恐れるに足りない」〔K2, 495〕と判断するのだが、彼らはその後まさに「ドイツ人」の「嘘いつわり」によって命を落とすという皮肉な末路を辿ることとなる。

もちろんここでのローマ人たちのやりとりを、「ドイツ人」を見くびる彼らの鼻を明かすための、いわば痛快な演出のための布石とみなすことは可能だろう。だとしても「嘘いつわりに満ちたもの」としてのみ上書きされる「ドイツ人」の姿は、新たな理想像となるようなものでは決してない。際立つのは他民族のステレオタイプを鵜呑みにすることの愚かさばかりである。ましてやP・ヴィーレックのように、この戯曲から「「不誠実（falseness）」を自らの永遠の対立物とみなす[★33]」という誠実なドイツ人像を導き出すのは、まったくのお門違いと言わざるをえない。その点で、この一連の筋書きはやはり「民族」という集団を絶対的なものとみなすことに対するクライストの不信感の表れと捉えるべきだろう。G・v・エッセンは、「他者性（Fremdheit）とは何ら客観的な特性ではなく、二者の関係性において相手を戦略的に他者であるとみなす知覚のカテゴリーである[★34]」とする立場から、「国民（Nation）」という集団的アイデンティティもまた人工物にすぎないとするE・ゲルナーの構築主義的ネイション理論を『ヘルマンの戦い』に読み込んだが[★35]、この見方は正鵠を射ている。

こうして、「ドイツ人」の戦いを鼓舞するはずのこの戯曲は、そこに理想的なドイツ人像を見出すことを不可能にするのみならず、「民族」概念一般をも否定する。これらの「ドイツ」あるいは「ドイツ性」に向けられたクライストの不明瞭な姿勢は、その激烈なナショナリズム的発言にもかかわらず彼を単純な愛国主義者とみなしえない証左として研究者たちを悩ませてきた。だがこれはクライストの非政治性を示すものではないばかりか、むしろその逆だろう。かつてG・ブレッカーは、「クライストの政治的意志は〔……〕まったくもって超政治的なもの、絶対的なもの、形而上的なものに向けられていた」[★36]と述べ、クライストを現実の政治性から切り離そうとした。しかし、L・リュアンが指摘するように、「国民的自立の獲得」を「有機的全体性」に優先させるクライストの姿勢は、「政治上の必要性」を「祖国の固有性への関心」よりも上位に据えたという点でまさに政治的と言えるものである。[★37]要するにクライストはドイツ「国民」を「すでに存在する絆によって」規定するのではなく、「あるべき政治体の組織原理」[★38]という、未来にもたらされるべきものとして志向し、その成立のためには、民族性の根拠となるはずの財や伝統をも放棄するというラディカルなあり方を提示したのである。[★39]

そして、そのとき統治者がとるべき具体的方策を示したものが『ヘルマンの戦い』であった。そもそもエッセンおよびゲルナーの言うように「国民」が人為的に作られた概念であるなら、その輪郭を明確に規定しようとすればするほど、それは「敵と味方を厳しく分ける観念」[★40]となり、場合によっては国民内部での対立をもたらしうる。それに対し、E・ホルンがカール・シュミットの「友－敵」概念を援用して定義したように[★41]、クライストのヘルマンは敵すなわち非国民を設定することによって、「国民」のより強固な統合を果たそうとするのである。

結局のところヘルマンの「戦い」とは、ローマ人との戦闘以前に、ゲルマニア内部で利害や目標の一致していない者たちを一つの方向に導くための戦いなのである。★42 そして、まさにそのためにヘルマンが試みたのが、詐術や裏工作をも駆使して「ローマ人憎悪」をゲルマン人の胸に燃え上がらせることだったのだ。したがって、ミュラー＝ザルゲトがこの作品に指摘した「憎悪に満ちた一面性」とは、決して戯曲の性格ではなく、ヘルマンが劇中で意図的に作り上げたものなのである。そしてヘルマン自身が「ローマ人憎悪を〔……〕ヒェルスカの者たちの心のうちに、ゲルマニア中を脈打つほどに燃え上がらせることができなければ、私の企てはすべて失敗に終わる！」〔K2, 504〕と漏らしているように、この憎悪を「一面的」なまでに高め、国中に広めるためには、実際には緊張に満ちた過程を伴うのである。

以下、作品に即して、ヘルマンが国民を束ねるためにとった方策と、それがもたらした結果について検討してみたい。ヘルマンの「戦い」には、情報操作という、クライストの時代の新たなメディア戦略が用いられている。すでに第一章で、クライストにおいて「フォルク」が情報の媒介者となることを確認したが、ここでもそうした「フォルク」が重要な役割を担うことが明らかになるだろう。

4 ヘルマンの「戦い」

復讐心の操作

「ローマ人憎悪」をゲルマン人の胸に燃え上がらせようとするヘルマンの働きかけは、まずは個人に対して向けられる。ヘルマンはローマ人と個人的な関わりを持つゲルマン人たちに、ローマ人の裏切りを暴露することで、彼らに対する敵対心を芽生えさせる。

対象となる一人は、スヴェーヴェ族の長マルボトである。ヘルマンはローマ人が彼に虚偽の同盟を持ちかけて騙し討ちにしようとしていることを密告し、それに対抗するために自分と同盟を組むように促す(第二幕　第九—一〇場)。マルボトはヘルマンの言葉をすぐには信用しないが、ローマの裏切りが事実であることが確認されると、すかさず態度を変えてヘルマンと結束し(第四幕　第一—二場)、最終的には対ローマ戦争の中心的な担い手となる。

もう一人はヘルマンの妻トゥスネルダである。彼女は初め自分に言い寄るローマ人の使節ヴェンティディウスを憎からず思い、彼に対する同情をヘルマンにも求めていた(第二幕　第三場)。しかし、そのヴェンティディウスによる非情な裏切りの証拠をヘルマンより見せつけられると、彼女は復讐心に駆られ(第四幕　第九—一〇場)、自分に見立てた熊にヴェンティディウスを惨殺させるという復讐劇を果たすのだった(第五幕　第一五—一九場)。

このように、ヘルマンがとる戦略は、ローマ人があくまで敵であり危険な存在であることをゲルマン人たちに自覚させ、そのうえで復讐心を焚きつけるというものである。それにより彼らの戦いは「何かを手に入れようとする」ものではなくなり、共通の敵に向けて目的を一つにすることが可能になるのである。もっとも、ここまでの段階ではまだ個人がそれぞれの胸に「ローマ人憎悪」を宿しているにすぎない。従来の研究ではこれら個人の復讐にもっぱら注目が集まりがちであったが、★43 実際にはヘルマンはこの復讐心をさらに国民全体に共有させていく。その際に重要な意味を持つのが、次にヘルマンが相手にする名もなき者たちである。

フォルクへの流布

第三幕第二場、ヘルマンはローマ軍をあえて自国に迎え入れるが、そのときローマの兵士たちは住民たちに対し略奪や殺人を行ない、さらにはゲルマン人にとって神聖な樫の大木をも切り倒してしまう。こうした乱暴狼藉について、ヘルマンは「不注意から」あるいは「ちょっとした無思慮から」生じた間違いとして理解を示し、ローマの司令官がその行為者に科した刑罰を軽くするよう提言しさえする〔K2, 491〕。だが、この寛容さは決してヘルマンの本心ではない。

実際にはその裏でヘルマンは、被害の規模を大幅に水増しして「拡散（aussprengen）」し、「流布（verbreiten）」させるよう部下に命じている〔K2, 481f.〕。これを「策略」と称して自覚的に行なうへルマンは、さらには兵士たちに「ローマ軍の服を着せて」、「行く先々のありとあらゆる街道で放火略奪を働かせる」ことをも企てる〔K2, 483〕。すなわち戦争被害の自作自演であるが、ここでも重要なのは、それが「ありとあらゆる街道（auf allen Straßen）」で、すなわちいかにも人目につきそうな場所でなされるように仕向けていることである。こうしてゲルマン人の胸に「ローマ人憎悪」を燃え上がらせるための戦いの第二段階は、敵の悪行を、偽装も含めて不特定多数の人々に知れ渡らせるという方法をとる。

この「流布」の技術について、クライストは一八〇九年の政治的著作のなかで、同時代のジャーナリズムとの関連で論じていた。フランスのジャーナリズムを批判した小論『フランス式ジャーナリスティクの手引き』で、クライストはまず「ジャーナリズム一般とは、世界で起こっていることを民衆（Volk）に教えるための、邪心なく他意を持たない技法である」と定義したうえで、しかしフランスの報道には「フランス式ジャーナリスティクとでも呼びうるシステムを持った、まったく独自の原理」があると述べ〔K3, 462 強調は原文〕、その悪しき内実をあばき立てようとする。だが、この告発文の真意は、明らかに「フランス式ジャーナリズム」の「技法」をドイツの統治者や知識人に教示することにある。その意味でこれは表題の通り「手引き（Lehrbuch）」なのである。

そこでは、例えば「（1）世界で起こっている出来事を歪曲し、（2）それでいて相当の信頼を得るような新聞類を編集するには？」〔K3, 463〕といった問いが立てられ、その答えとなる方法がフランスの新聞を例に紹介されていく。クライストによれば、「フランス式ジャーナリスティクは、（1）真実の報道か、（2）虚偽の報道といういずれかの道をとる。いずれの報道のあり方も、ある固有の流布の方式（*Modus der Verbreitung*）を要求する」〔K3, 464 強調は原文〕。小論では続けてこの「流布」の方法が論じられていくのだが、本書のテーマに即して強調しておきたいのは、ここでクライストが情報を「流布」すべき相手を「フォルク」と呼んでいることである。

いくつか訳出してみよう。「民衆が知らないことは、民衆を刺激することはない」「三度言われたことは、民衆は真実とみなす」「民衆に良いニュースを伝えるには？」「民衆に悪いニュースを隠しておくには？」「民衆に悪いニュースを伝えるには？」〔K3, 462-467〕――ここで「民衆」と訳した言葉の原語はいずれも「フォルク（Volk）」である。これらの「フォルク」は単なる下層民ではなく、「政府」と対置される意味での「国民」全体を指している。というのも、これらの方策を総合してクライストはこう表明しているからだ。「フランス式ジャーナリスティクとは、政府（Regierung）が好都合だと判断したものをフォルクに信じさせる技術である」〔K3, 462〕。

そもそも国の統治者が民の声に気を配るという構図自体は古来より存在するが、それが「世論（öffentliche Meinung）」として学問的考察の対象となったのはそれほど古いことではない。阪上孝によれば、ジョン・ロックが『人間知性論』（一六八九）のなかで「世論ないし世評の法（law of opinion or reputation）」を取り上げたのがその最初である。その後、一七五〇年代以降のフランスで、「世論

（opinion publique）」の概念は際立って政治的な意味を帯びた。[★44]「インク染みの時代」と呼ばれるように、一八世紀後半にはフランスでもドイツでも定期刊行物の数が急増したが、この言論の自由の拡大こそが革命の原動力となったことはよく知られている。

こうした現象を前にして、統治者の「世論」への対処には大きく分けて二つの傾向が見られた。すなわち、検閲によって言論を抑圧あるいは統制しようとする「消極的」なものと、自ら進んで出版の場に介入することでそれを操作しようとする「積極的」なものである。フランス革命直後の一七九〇年代、プロイセンではヴェルナーの反動内閣によっていち早く検閲が布かれたが、一方のフランスではナポレオンがジャーナリズムを「世論を確かめるための最重要手段」と捉え、それを禁止するのではなく戦略的に促進させることで自らの手中に収めるという策をとった。[★45]クライストが言う「フランス式ジャーナリスティク」とは、このときナポレオンがとった戦略を的確に捉えたものである。彼自身ジャーナリストとしても活動したクライストもまた、世論の持つ力の大きさとそれに対する戦略的な対処の必要性を強く意識し、反動的なプロイセンにもそうした認識を浸透させようと目論んだのである。

そしてこの世論の担い手となる存在をクライストは「フォルク」と呼んだわけだが、この「フォルク」が理性的な言論を担う「公衆（Publikum）」なのかどうかはここではさほど重要ではない。そもそも、世論とは誰の声なのか――「啓蒙された公衆の意見」（公論）か「民衆の意見」（衆論）のいずれを世論とみなすべきなのか――を定めること自体が困難である。[46] むしろ世論なるもののこの不明瞭さこそが、その力を強大なものにしているとも言えよう。真の世論を定めることができないからこそ、統治者もその批判者も、自らの主張の根拠を世論に重ねることができるのである。こうして世論は「超越的な第三の審級」[47] となり、統治者さえもがその力の下に置かれる。クライストのテクストに即して言えば、先に引用した「民衆が知らないことは、民衆を刺激することはない」という一節が、裏を返せばその「フォルク」が「刺激される」ことが統治者にとっていかに危険であるかを示している。このとき「フォルク」とは言論の場に生じる力の総体であり、その意見が理性にもとづいて形成されたものであるか否かにかかわらず、その存在自体が強大な「審級」として社会の頂点に君臨するのである。

このように、クライストは「フォルク」を下層民とみなすのでも、文化的固有性を共有する「民族」として扱うのでもなく、「世論」の担い手として意義づけた。そしてその「フォルク」に、一方では意志の集合体としての「国民」の基盤を期待しながら、[48] 他方ではまたその力を怖れ、戦略的対処が必要であると考えたのである。戯曲のなかでヘルマンがローマ人の悪行を住民たちに「流布」しようとするときにも、クライストの念頭にはこの「フォルク」の姿があったに違いない。いや、以下に見るように、『ヘルマンの戦い』には実際に「フォルク」がヘルマンの行動に対する審判者として登場し、その「戦い」を意味づけている。

フォルクによる承認

まずは戯曲のなかでヘルマンが「フォルク」の承認を得る場面から確認しよう。そもそも互いに顔も知らない者たちが国民として結集するためには、彼らを束ねる象徴となるものが必要である。ヘルマンはそれを自らの「行動」を通じて得ようとする。ヘルマンと側近エギンハルトの次の会話はそれを端的に示唆している。

ヘルマン　必要なのは行動を起こすことだ。共謀ではない。
　雄羊に鈴をつけて連れてきてみろ、
そいつに他のみながぞろぞろついてゆくだろうよ。
エギンハルト　そうやって天（Himmel）があなたのなすことに
　栄冠をお授けになりますように！〔K2, 505〕

ヘルマンはここで「行動」の必要性を唱えると同時に、「鈴」という比喩によって、「他のみな」を従わせる象徴の必要性を強調する。この戯曲を現実の君主へ向けた教導の書として読むならば、ここで意図されているのは「行動」をなかなか起こそうとしないプロイセン王フリードリヒ・ヴィルヘルム三世への勧告である。一方のエギンハルトは、ヘルマンへの「鈴」が「天」によって授けられることを望む。ここには、国民を率いる人物はその力を超越的存在によって授けられるはずであるという認識が示されている。

そしてこのやりとりの直後にヘルマンは「鈴」を手に入れるのだが、それは次のような出来事を通じてのことである。二人が向かう先で、ゲルマン人の若い娘ハリーがローマ兵に強姦され、混乱した父親が彼女を刺し殺すという事件が発生する。このときヘルマンは、事件のショックから立ち直れずにいる父親トイトホルトの前に、その復讐の代行者として現れる。

第二のヒェルスカの男　ヘルマンさまだ、おまえの復讐を果たしてくれるお人がおまえの前に立っているぞ。

（まわりの者たちがトイトホルトを立ち上がらせる）

トイトホルト　ヘルマンさま、おれの復讐を果たしてくれるお人だって？——ヘルマンさまがローマを、竜の巣窟をこの地上から消し去ってしまうことができるというのか？

ヘルマン　できるし、そうしてやる！　いいか、よく聞け。

トイトホルト　（彼を見つめる）

何という天の声（Laut des Himmels）がおれの耳に入ってきたのだろう。〔K2, 510〕

自らの復讐を叶えてくれるというヘルマンの声を、トイトホルトは「天の声」として受け取る。先のエギンハルトの発言でほのめかされていたように、ヘルマンの行動には「天」のイメージが重ねられることにより、その正当性が強化されるのである。

このとき復讐への意気込みによって悲しみから立ち直り始めたトイトホルトに向かってヘルマンが提案するのは、凌辱された娘の死体を切り分け、それをゲルマニアの各部族に送りつけるというグロテスクな方法であった。ヘルマンの考えでは、「その亡骸はおまえの復讐のために、ドイツ中の死せる者までをも募ってくれる」〔K2, 511〕はずである。ヘルマンはここで、ローマ人によって辱められた娘の姿に現在のゲルマニアをなぞらえ、父と娘の復讐をゲルマニアの復讐へと変化させるのである。この方法はその後の展開のなかで実際に功を奏している。戯曲の終盤、ローマとの合戦ののち、ヴォルフはヘルマンに言う。「ハリー、あの凌辱された娘、祖国のシンボルである彼女を、君はばらばらに切り分けて全部族へ送っただろう。それでわれわれ諸民族（Völker）の堪忍袋の尾も切れたのだ」、と〔K2, 511〕。

だが注目すべきことに、ヘルマンの「行動」に「鈴」を与えたのは、実際には「天」ではなく「フォルク」であった。実はハリー殺害の場面からして、名もなき「群衆（Volk）」が重要な役割を担っている。第四幕第四場以降には、「フォルク」あるいは「声（Stimme）」が登場人物の一員として舞台に現れる。そしてその「フォルク」が、ハリーを襲ったのがローマ兵であること、被害者の父親がトイトホルトであることを特定し、周囲に告げるのである。舞台設定によれば、あたりは真っ暗であるにもかかわらず、である。

『チリの地震』の暴動の場面を彷彿とさせる、「群衆」そして「声」として現れるこの「フォルク」は、[★49]さらに「ローマ人憎悪」を人々に焚きつけようとするヘルマンの語りの聞き手として重要な役割を担う。ハリー事件の直後、一人の男がヘルマンに詰め寄って「かくなるうえは、殿下はそれに対し、いかにして決着をつけましょう」と問うとき、対するヘルマンはその答えをわざわざ「群衆に向けて（zum Volke）」語るのである。「さあ、ヒェルスカの諸君！　ヴォーダンの子供たちよ！　さあ、私のまわりに集まって話を聞いてくれ」、と〔K2, 510〕。ト書きに示されるように、このとき「群衆（Volk）は彼を囲み」〔K2, 510〕、その「フォルク」の前でヘルマンは「復讐」を誓う。そして「自由」のための蜂起を説くヘルマンの呼びかけに、「フォルク」は鬨の声を上げて応じる。

ヘルマン　荒立つ風が森という森をごうごうと通り抜け、蜂起を！　と叫び、
　海が隆起した陸地を打ちつけて、自由を！　とがなり立てるのだ。
群衆（Volk）　蜂起だ！　復讐だ！　自由だ！〔K2, 511〕

集まった「フォルク」の雄叫びのなかで、「蜂起」と「復讐」、さらには「自由」までもが一体となる。これによって初めて、「ローマ人憎悪」をゲルマニア中に燃え上がらせるというヘルマンの当初の目論見が達成される（「行こう、エギンハルト！　こうなったらもうここに用はない！　ゲルマニアは燃え上がっている」〔K2. S. 511〕）。こうして「フォルク」はヘルマンの語りを聞き届ける証人となり、ドイツの「復讐」を企てるヘルマンの「行動」に、「天」に代わって意味と権限を与えるのである。

5　国民と自由の行方

ヘルマン不在の戦い

以上でヘルマンの「戦い」の準備はすべて整った。だがローマ軍を打倒するほどに大きな力を持ったゲルマン人の共同体は、その裏で徐々にヘルマンの手を離れていく。これまでの場面では、ヘルマンは裏方ながらも主体的に行動し、他者を操作する立場にあった。だが、こうしたヘルマンのあり方は戯曲の後半で変化する。そこではヘルマンは他者によって評価され、行動を制限される存在となっていくのである。

ヘルマンは戯曲の最後には、「ヘルマン万歳！」の喝采を浴びながら、集まったゲルマン人たちに英雄として迎えられる。ローマ軍への勝利に酔いしれるゲルマン人たちは彼を口々に「ローマ部隊を倒した勝利者」、「ゲルマニアの救済者、庇護者、解放者」〔K2, 550〕と称え、彼らの目の前でヘルマンには「ドイツの最高権力者」〔K2, 553〕の称号が授けられる。だが、そこに至るまでの過程を見てきた私たちには、こうしたヘルマンへの称賛は不自然なものに映る。というのも、ヘルマンはデマを流しては放火略奪の自作自演を命じるような、本来の意味での英雄とは程遠い存在だったはずだからだ。

いや、それだけではない。戯曲の後半部を丹念に追うとわかるように、「ヘルマンの戦い」というその表題とは裏腹に、ヘルマンは実際にはローマとの戦いに居合わせてすらいないのである。ローマとゲルマニアの戦闘は、マルボト率いる部隊を中心に、ハリーの死体を用いた呼びかけに応じて立ち上がったゲルマン人たちの力で勝利に導かれる。ある隊長の報告によれば、「ヘルマンが戦闘地点に着かないうちに、自由の戦いにはもう完全に決着がついていた」〔K2, 546 強調は引用者〕のである。ここから明らかなように、ヘルマンはローマとの戦闘には一切参加していない。その点で「ローマ部隊を倒した勝利者」という名声は、実際にはヘルマンのいない場所に生じたものなのである。

それどころかその「名声」は、ヘルマンを「戦い」から遠ざけもする。戯曲のクライマックスとなるはずの、両軍の統率者であるヘルマンとヴァールスの一騎打ちの場面で、ヘルマンの「名声」は彼に剣をとることを拒むのである。二人がいざ闘おうと身構えるその瞬間、「止まれ、アルミン〔ヘルマン〕！　君の名声（Ruhm）はもう十分に立った」〔K2, 548〕との言葉とともに、ゲルマン人のフストがあいだに割って入る。こうしてフストは、敵の首領を倒すという最も重要な役割をヘルマンから奪ってしまう。それによりヘルマンは、「一二年間ひとときも変わらず求め続けてきた栄誉（Ruhm）」〔K2, 548f.〕であるはずのヴァールスとの決戦を断念することとなる。

あえて訳し分けてみたが、実際のところ、この「栄誉」と「名声」とは同一のものではないだろう。ヘルマンは最後まで自ら手を下すことなく戦争に勝利する。これはたしかに彼が用意した筋書きではある。しかしその裏で彼は、自分自身が求めていた「栄誉」が別の「名声」によって、それも戦闘に一切参加していないヘルマンには不釣り合いな「名声」によって奪われるという犠牲を払ってもいるのである。

これらをふまえると、ローマ軍との最終決戦の直前に挿入される次の場面は決して看過しうるものではない。トイトブルクの森のなか、戦闘開始の合図を待つヘルマン軍のもとに、遠くから「うたびと（Barde）」の歌が聞こえてくる。ギリシア劇におけるコロスの役割を担うこの神秘的な存在は厳かな雰囲気をもたらすが、しかしそれはヘルマン以外の者たちには共有されない。こうしてただ一人「厳粛な間」〔K2, 537〕に浸り、樫の木に寄りかかって動かなくなったヘルマンに、業を煮やした手下の者が指示を仰ぐ。だがヘルマンはそれにうまく応じることができない。

ヴィンフリート　（ヘルマンに近づく）
閣下、畏れながら！　時間が迫っております。
何卒われらに戦いの計画を――

ヘルマン　（振り返って）いま行く、すぐにだ！――
――いや、兄弟よ、私の代わりにやってくれぬか、お願いだ。
（彼は崩折れ、いらだつ素振りを見せ、また樫の木のたもとに戻る）

隊長
何と言われたのだ？

別の男　どうしたって？

ヴィンフリート　放っておけ。――じきに落ち着くだろう。
集まれ、皆の者、おれが作戦を教えてやる！
（彼は指揮者たちをまわりに集める）〔K2, 537f.〕

こうして、最後の戦いの指揮ですら、ヘルマンはそれを別の人物に譲ることとなる。そのとき樫の木を支えにして立つヘルマンの耳に聞こえてくるのは次のような歌であった。

うたびとの合唱　（再び始まる）

おまえは揺らいではならぬ、退いてはならぬ、
おまえが大胆にも高めているその務めから。
おまえの忠実な民（Volk）を裏切る、
心の動きがあってはならぬ。〔K2, 538〕

この歌を受けてヘルマンは「彼らの中心へと戻り」〔K2, 538〕、開戦の合図を告げる。だが戦闘に際して必要な細かな指示は、彼に代わってヴィンフリートがすでに出しているのであり、ようやく部隊に戻ったヘルマンには具体的な役割はもはや残されていない。それでいて、「うたびと」というコロスによって「フォルク」の統率者のしるしが刻まれたヘルマンは、彼らのために「ヘルマンの戦い」を——ヘルマンによる戦いではなく、ヘルマンの名における戦いを——続けなければならないのである。

新たに生じる義務

こうしてヘルマンは、彼を取り巻く者たちによって、不可解な「名声」を授けられ、それにより行動を制限されていく。彼が当初より戦いの目標に「自由」を掲げていたことを思い出すと、このことの意味は決して小さいものではない。ましてやヘルマンが「自由」という言葉で表現していたのは、ゲルマン民族の共同体の成立であると同時に、既存のゲルマニアの根本的変革でもあったはずだ。だがその目標は最終まで達成されることなく、物語は幕を下ろす。それどころか、ヘルマンに「ドイツの最高権力者」の地位が改めて与えられるとき、その理由は次のようなものであった。

マルボト　〔……〕祖国は一人の統治者を持たなければならない。そして王冠は、
かつて祖父らの時代には、君〔ヘルマン〕の部族のところに輝いていたのだから、
それは君の頭の上に戻されるのだ。〔K2, 552〕

結局のところヘルマンは、彼自身の行動とは関係なしに、家系を理由に王位を継承するのである。冒頭の場面では世襲的に「指名される」形での王位継承をヘルマン自身が批判していたことを考えると、この結末は彼にとって皮肉以外の何ものでもない。★50

事実、ヘルマン自身は、王位はもとより、自らに与えられる名声を幾度も拒否している。彼がそ

れを拒否するのは、一国の統治者に課される「義務（Verpflichtung）」を彼が忌避するからである。戯曲の前半ですでにヘルマンは、王位をマルボトに譲るつもりがあると述べ、戸惑う部下たちに対し次のように応じていた。

ヘルマン　その代わりに、そうなることを望んでいるのだが、
そのとき彼〔マルボト〕はドイツの統治者として、祖国から
暴漢民族どもを一掃するという義務を引き受けるのだ。〔K2, 477〕

ヘルマンは「鈴」のついた「雄羊」の比喩に表されるような、いわばカリスマ的指導者の必要性を認識しながらも、自らその役目を負うことは頑なに避けようとする。「名声」に対する執着のなさも、これと同じ意味で説明がつけられる。ローマ人司令官ヴァールスを倒すという「栄誉」をフストに横取りされたとき、「勝利の栄冠を君から狡猾にも奪った」ことを詫びるフストに向かって、ヘルマンは言う。「君はわかってないな、むしろ笑い出してしまうくらいなのだが。伝令官をすぐにも来させて、君の名を広めさせるがよい」〔K2, 550〕、と。この言葉はヘルマンが「名を広める」ことの重要性を理解しながらも、自分自身はその「名声」を望んでいないことを示している。
だが、こうして「名声」を意図的に避けてきたにもかかわらず、最終場面でローマ軍への勝利に

酔う歓喜の声は、すべてヘルマンを称える言葉となって彼一人に注がれることとなる。[51] そしてゲルマニアの代表者となったヘルマンは、その肩書きゆえに途方もなく大きな義務を負う。その第一のものは、裏切り者のゲルマン人の処罰である。族長の一人であるアリスタンは、ヘルマンによる蜂起の呼びかけに応じず、最後までローマに与していた。その彼をマルボトはヘルマンの前に引き立て、「ドイツの最高権力者」であるヘルマンに処分を仰ぐ。

マルボト　（数歩下がって）

さあここで、ドイツの最高権力者にゆだねよう、

（彼は衛兵に合図をする）

武装しているところを私が捕らえました、

ウビーア族の長アリスタンです。

ヘルマン　（背を向けて）

弱ったな！　何から私は自分の務めを始めなければならないのだ？〔K2, 553〕

ここでヘルマンが「背を向け」ていること、そして自らの務めを「始めなければならない（beginnen müssen）」ことを嘆いている点を見逃してはならない。こうして「ドイツの最高権力者」としての

振舞いを求める視線にさらされて、ヘルマンは「自由な国の統治者（Beherrscher eines freien Staats）」〔K2, 553〕を名乗るアリスタンの処刑を命じるのだった。合戦の直前には、「この日はドイツ人の手によっていかなるドイツ人の血も流させてはいけない！」〔K2, 539〕と宣言していたにもかかわらず、である。そしてその判決理由とは、アリスタンが「ゲルマニアがいつどこにあったのかと問う」ことでヘルマンを「窮地に追いやり」かねないからというものであった〔K2, 553〕。ゲルマニアの本質的なあり方をめぐるこのようなラディカルな問いは、そもそも「すべてを失うこと」を意図していたヘルマン自身が立てたものでもあったはずなのだが。

このときヘルマンを取り囲むのは、ゲルマンの族長たち、すなわち一定以上の権力を持った者たちではある。だが、わざわざト書きのなかで族長たち「とそれ以外（und Andere）」〔K2, 550〕として付け加えられたこの場の人物に「フォルク」を重ねても、決して穿ちすぎではないだろう。「おまえの忠実な民（Volk）を裏切る、心の動きがあってはならぬ」〔K2, 538〕――うたびとの歌のなかにあったこの言葉は、ヘルマンを評価し承認する審判者としての「フォルク」が最後まで彼の行動を縛り、さらなる義務を彼に課していくことをすでに暗示していたのである。そしてこの「フォルク」の存在により、ヘルマンは不可解にも与えられる「名声」と引き換えに自分自身が望んだ「栄誉」を放棄し、彼自身の片割れともなりうるアリスタンを彼自身の信条に反して処刑するという、分裂した行動を余儀なくされるのである。

第3章　ジャーナリズムと民衆
——初期ゲレスの政治新聞と文芸共和国

1　「フォルク」のための新聞

第一章および第二章では、クライストにおいて「フォルク」が「世論」と重ねられ、人々の意志の集合体として描かれていることを明らかにした。そのときクライストは「フォルク」を「民族」や「民衆」の意味で理想化することを避けたが、一方でそうした理想化を自覚的に推し進めた者たちもいる。広義では「ロマン主義者」と呼ばれるこの者たちのうち、ヨーゼフ・ゲレスはフォルク概念の理想化に特に寄与した人物の一人とされる。というのも、彼はナポレオン戦争真っ只中の一八〇六年以降のハイデルベルクで、アーヒム・フォン・アルニムやクレーメンス・ブレンターノ、そしてグリム兄弟とともに、「ドイツ」に伝わる「民衆文学」の蒐集に携わっているからだ。

しかしながら、ゲレスにおけるフォルク概念もまた決して一義的なものではない。たしかにゲレスは「フォルク」を伝承文学の担い手として評価したが、同時にジャーナリズムを本領とする彼は、クライストと同様、「フォルク」を言論的主体として捉え、その存在を通じて国民形成を推し進めようとしていたのである。この点に着目し、本章では、一七九〇年代からハイデルベルクでの「民衆本」蒐集活動に至る前までの初期ゲレスの著作を対象に、当時の公共圏におけるフォルクの問題に迫る。これにより、クライストがフィクションにおいて描いた「フォルク」への、いわば実践的アプローチの一例を示したい。

＊＊＊

まずは少しだけ時間を先に進めて、ナポレオン戦争終結後の世界から話を始めよう。国家の正規軍のみならず義勇軍をも動員した「諸国民の戦い（Völkerschlacht）」によってドイツの諸邦国がついにナポレオン軍に勝利し、その戦後処理に向けた動きが見え始めた一八一四年夏のことである。ウィーン会議を約二か月後に控えた七月一日、ゲレスは自身が編集する新聞『ライニッシャー・メルクーア』に「ドイツの新聞」と題した記事を載せ、自らの理想とする「真の国民新聞（wahre

Volksblätter）」のあり方を次のように示した。

ドイツ（Teutschland）がついに再び一つの歴史を獲得し、ドイツにおいて一つの国民（Volk）が、一つの意志（Wille）が、そして公論★1（öffentliche Meynung）が生じるに至ったいま、おそらく新聞もまた、出来事を羅列しただけの貧弱な見出し以上のものになっても罰は当たるまい。民衆たち（Volk）が公共の福祉に参与し、世間の動向を把握して、公的な案件に自分たちの声を反映させるべく自ら行動しようと意気込むとき、彼らは次のような新聞を求めるだろう。それは万人の焦眉の問題についての公的な議論の場を与えてくれる新聞、国民（Nation）の胸中を推し量る術を心得た新聞、国民の要求をひるむことなく擁護できる新聞、そして大勢の人々が無意識にぼんやりと感じていることを彼ら自身が理解できるようにし、かつそれにぴったりの言葉を与えてくれる新聞である。〔G6-8, 42〕

ナポレオン戦争での「ドイツ」の勝利を受けて書かれたこの文章のなかで目につくのは、「フォルク」と「意志」、そして「公論」という三つの概念が並置されていることである。ここでの「フォルク」は、解放戦争を通じてようやく統一体としてイメージされるようになった「ドイツ」の構成員全体を指しており、その意味では「国民」という訳語がふさわしい。その「フォルク」が「意志」

を表明し「公論」を成すということが、ここではかなり肯定的に捉えられている。前章までのクライストが「フォルク」の声として現れる「世論」の力を重視しつつもそれを怖れたのに対し[★2]、ゲレスは「新聞」というメディアを通じてまさに「フォルク」の声を汲み上げることによって、「公論」の形成を積極的に促そうとしているのである。

実際のところ、ゲレスのこの理念はドイツ・ジャーナリズム史に残るエポックメイキングなものとみなされ、公論／世論との関連でしばしば取り上げられる。単なる事実の報道にとどまらず政治的論説を展開するというゲレスの新聞のあり方は、いまなお絶対主義的支配の残る当時のドイツ語圏では、かつてないほどに先駆的なものであった。「ゲレス以来、論説をなすという自覚的意志がドイツのジャーナリズムから切り離せないものとなった[★3]」と言われるように、その理念および活動はドイツ近代ジャーナリズムの発展に大きく寄与したとされ、そこから研究史においてゲレスは「ドイツ・ジャーナリズムの祖」あるいは「近代政治新聞の創始者」として不動の地位を獲得している[★4]。

こうした評価自体に異論はないが、本論のテーマに即してここで確認しておきたいのは、引用文中における「フォルク」という語の多義性である。あえて訳し分けたように、「フォルク」という言葉はここで、一方では「ドイツ」を構成する「国民」全体を表しながら、他方でそれに続く箇所では、これから「公共の福祉に参与し」ようとする者たち、すなわち裏を返せばい﹅ま﹅だ﹅そ﹅こ﹅に﹅参﹅与﹅

していない者たちをも指して用いられている。この場合の「フォルク」とは、単に身分が卑しいという意味の下層民ではなく、自分たちの声を政治に反映させようと願いながらその術を持たない無教養層のことである。ここにおいて生じるはずの知的エリートと「フォルク」の断絶を考えるなら、引用文中で既存のもののように語られる「一つのフォルク」「一つの意志」「公論」なるものも、実際にはいまだ到達していない理想のイメージにすぎず、その意味でゲレスが置かれた状況は極めて過渡期的なものであったと言えよう。

であれば、それらの理想像にゲレスがどのように接近しようしたのかを注意深く検討する必要がある。ここで問題となるのは彼の国民観である。そもそもゲレスがここで「ドイツ」と呼ぶものは、実際には解放戦争終結の時点でも三〇〇以上の領邦国家に分かれており、一つの国家の形を成してはいなかった。それでも一八世紀末には各領邦ではなく「ドイツ」を精神的帰属先とみなす「帝国愛国主義」（オットー・ダン）が見られようになることは前章で確認した通りである。その際に大きな役割を果たしたのは、ナショナルな共通言語としてのドイツ語であり、ドイツ語による出版物の流通であった。B・アンダーソンの「想像の共同体」テーゼに従うなら、「国民（nation）」とは住民たちによって「想像される」ことで初めて成立する共同体であり、その「想像」は「出版資本主義」によって、すなわち国語による書物を膨大な数の人々が同時に受容するというシステムの確立によって可能になったのである。[★5]

この見方に照らすなら、ドイツ語による大規模な定期刊行物としての新聞を媒介に国民の意志の抽出を目指したゲレスの理念は、一九世紀初頭に「想像の共同体」を意識的に作り出そうとした実例にほかならず、まさに近代ナショナリズムの発端として意義づけられる。だが、当のゲレスのテクストが国民内部に生じうる分裂をほのめかしてもいる。ゲレス自身、「フォルク」を「国民」と「民衆」の二つの意味で用いていることが、無教養層としての「民衆」を政治的主体としての「国民」に含めることが容易ではないことを、その点で彼の想像する共同体が実際には明確な像を結んでいないことを示しているのである。

この問題をふまえ、本章では、ゲレスが目指した政治的枠組みがいかなるものであったのか、そして彼は知的エリートと無教養層の断絶をどのように考え、それにいかにして対処しようとしたのかを考察する。

2　思想的背景――市民階級、啓蒙主義、革命

伝記的研究においてしばしば強調されるように、ヨーゼフ・ゲレスという人物を一言で表すのは難しい。[★6] それは彼の活動時期が一七九〇年代から一八四〇年代までの、二つの革命に挟まれた激動

の時代にあたり、社会状況の変化に伴って彼の思想的立場もその都度大きく変化しているからである。「何人もの人間から成る」[★7]とも形容されるゲレスの思想的立場は、大まかには啓蒙思想にもとづく共和主義からロマン主義へ[★8]、そしてプロイセンにおける反体制的ジャーナリズム活動と、逮捕状を受けての南ドイツへの亡命を経て[★9]、最後にはキリスト教保守主義へと移行したとされる。[★10]本書が対象とするのはそのすべてではないが、こうした変遷の意味を探るためにも、まずはその思想的背景を確認しておきたい。

本書が取り上げる他の二人の作家、すなわちクライストおよびアイヒェンドルフと比較した場合に特徴的なのは、二人が貴族であるのに対し、ゲレスが市民の生まれだという点である。ゲレスは一七七六年にドイツ西部の街コブレンツで生まれたが[★11]、ライン川とモーゼル川という二つの大河の合流地点に位置するその街は、古代ローマ時代より交通の要所として栄えた商業都市である。彼の両親はありふれた商人であり、もっと言えば市民のなかでもそれほど裕福ではなかったらしい。

そうした出自は教養面にも影響している。ゲレス自身の回想によれば、彼が育った家には「いかなる百科事典も、シラーもゲーテもなかった。あるのは紙表紙の壁掛け暦本で、時計のとなり、マホガニー製の棚板の上に据えられていた。家族用の祈祷書はすぐに手の届く場所に置かれていた」[★12]という。啓蒙的な知の集積である百科事典や高尚な文学作品とは縁がなく、紙表紙すなわち廉価版の「暦本」および「祈祷書」——当時民衆層が受容した出版物の典型——が家にある書物のすべてということの描写が事実かどうかを確かめる術はないが、いずれにせよ、彼が自分の育った家の環境をあえて民衆的生活に引きつけて表現していることは、その自己意識を探るうえで看過できない点である。

ゲレスの素性に関してもう一つ重要なのは、彼が生まれ育ち、最初の活動を始めたラインラント地方の特殊性である。当時コブレンツでは、「啓蒙専制君主」とされる選帝侯の指揮のもとで近代的な都市計画が進められ、闊達で風通しの良い社会的風土が形成されていた。寛容を旨とする上からの働きかけに支えられ、自由な市民の街として発展を遂げたこのコブレンツで、ゲレスは啓蒙の原理にもとづく教育を受けて育つ。一七八五年から一七九三年秋まで、すなわち九歳から一七歳になるまでの八年のあいだ彼は当地のギムナジウムに通っているが、そこでは死せる言語としてのラテン語ではなく、ドイツ語すなわち国語の運用能力が重視され、雄弁術や国家学、物理学、自然法、自然史、数学といった実用的教育に力が入れられていた。

ゲレスの在学中にあたる一七八九年七月には、周知のように、パリで蜂起した民衆がバスティーユ牢獄を襲撃、制圧するという歴史的事件が起こる。「自由、平等、友愛」を原理とするこのフランス革命に、貧しい市民の息子として、それも啓蒙的風土のなかで育った少年ゲレスが希望を抱いたのも何ら不思議ではない。革命勃発の情報がもたらされると、ギムナジウムでは教師も一緒になって歓喜し、ゲレスも「自由、人民の幸福、人類の安寧」に心を躍らせた。★13 フランス革命を「自由」の勝利として歓迎する態度は、当時ドイツの知識人に広く共有されたものであるが、地理的にもフランスと近接し、ライン川を渡ってやってくるフランスの亡命者の姿も数多く見られたコブレンツでは、革命の雰囲気はいっそう間近に感じられたに違いない。

これらの背景はゲレスに革命理念への、とりわけ「共和主義★14（Republikanismus）」への共感をもたらし、その初期思想に大きな影響を与えている。しかしながら、理想に燃えるゲレスの前には二つの問題が立ちはだかっていた。その一つは共和主義の理想の国としてのフランスと、占領国としてコブレンツを脅かす実際のフランスとのあいだに生じる葛藤であり、もう一つは共和主義の実践をめぐる問題、すなわちいかにして民衆の声を真に政治に反映させるかという問題である。これらの問題は、次に確認するように、当時のドイツ語圏のなかでもラインラントにおいて特に深刻な意味を持っていた。

3　ラインラントの葛藤

共和国への期待と被占領地の現実

一七九二年一〇月二三日、プロイセン・オーストリア軍を破ったフランス革命軍は、コブレンツと同じラインラント地方の街マインツを占領した。その五か月後の一七九三年三月一八日、マインツはフランス軍の指導のもとで、それまでの君主制と決別し、共和国の成立を宣言する。ドイツ史上初の共和国となるこの地を、一六歳になるゲレスは、フランスによる占領が決まった一〇月の時点で恩師とともに訪れている。[★15]

このマインツの先例もあり、ラインラントの共和主義者たちにとって、フランス軍の占領下に入ることは共和国設立のための一つの希望となりえた。マインツ共和国自体は、成立宣言の翌月にはすぐさまプロイセンを中心とした反革命連合軍によって包囲され、フランス軍の撤退とともにわずか四か月で崩壊する。だが、一七九四年の夏から秋にかけて再び反攻に転じたフランス軍は、ライン川左岸地域を次々と占領し、コブレンツも同年一〇月にはフランス軍の支配下に置かれることとなった。このとき若きゲレスは希望に胸をふくらませた。のちにフランス軍関係者に宛てた手紙のなかで、ゲレスはこう回想している。「力強い腕でもって、貴殿の戦士たちは屍を乗り越えてラインへの道を切り開きました〔……〕。そのとき我々の胸中にも自由の最高の感情が生まれ、喜ばしい期待でもって将来を予期し、隊列を組んでやって来る貴殿の軍団を熱狂して迎えたものです」[★16]。

だが実際のところ、こうした共和国への夢はゲレスらが思い描いたようには叶わなかった。というのも、マインツ共和国の崩壊と、さらにはフランスでの革命勢力の過激化を受けて、ドイツの共和主義者たちの活動はどうしても慎重にならざるをえなかったからである。それ以外に、フランスにおける革命派の内部でも、対外政策に関して意見の対立が生じていた。一方にはフランス軍を解放軍として位置づけ、占領地における共和国設立を支援しようとする立場があったが、他方で占領地においてはフランスの国益を優先させることを望む声も上がり、結局は後者が多数派を占めることとなったのである。[★17] こうしてラインラントでは、共和国設立の望みが絶たれたままで、ただただフランスによる支配に甘んじねばならなくなった。とはいえ、ドイツの側から自分たちを擁護しうるプロイセンはいまだ絶対主義的・保守的であり、そのもとでは共和主義の実現は決して望めなかった。自分たちで独立し共和国樹立を目指すという案も出ないわけではなかったが、そのためには彼らはあまりに非力であった。

バーゼル講和条約をめぐるカントとゲレス

そうしたなかで、フランスとプロイセンのあいだにラインラントの統治権をめぐる戦争が開始される。このときラインラントの共和主義者たちは、双方に対しアンビヴァレントな立場に立たされた。次に取り上げるゲレスの平和論は、そのことを物語っている。

一七九二年に口火を切った一連の戦争ののち、一七九五年四月五日、スイスのバーゼルでついに講和条約が締結された。これにより、ライン川がドイツとフランスの「自然国境」とされ、フランスはこの国境線にもとづいてライン右岸（東側）の地域をプロイセンに返還する代わりに、ライン左岸（西側）についてはその統治権を正式に認められることとなった。

　ドイツ語圏の一部をフランスに譲渡するというこの決定を受けて、カントは同年、論文『永遠平和について――哲学的草案』を発表する。真の平和の条件について、政治的実践とは無関係な「ただのがり勉」による「中身のない理念」[18]とうそぶいて論じたこの論文は大反響を呼び、これに触発されて、幾人かの思想家が「平和（Frieden）」をテーマとした論文を立て続けに発表した。

　ゲレスの最初期の論文『普遍平和について――一つの理想像』（以下『普遍平和』）もまた、このカントへの応答論文として執筆されたものである。副題にあるように、あくまで理想的なヨーロッパ新秩序の構想を提示したこの論文は、「現実にはそぐわない」[19]ものと評されながらも、ゲレスの初期思想の重要な一面を占めている。これは一七九七年の夏には完成していたが、出版の許可がなかなか下りなかったため、ようやく同年末に、コブレンツに新設されたばかりの印刷所で、おそらくはその最初の印刷物として上梓された。[20]

　カントの論文がコスモポリタニズムの立場からバーゼル講話条約による戦後処理を批判したものであったとすれば、ゲレスの論文はラインラントという被占領地に生きる共和主義者の置かれた状況を如実に反映したものであった。カントは論文のなかで、永遠平和のための第一条項として、「将来の戦争の種を孕んだ平和条約」は単なる「停戦条約」にすぎず、それを「平和条約とみなしてはならない」と定めている。[21]続く第二条項は、「独立して存続している国は、その大小にかかわらず、継承、交換、売買、贈与によって他の国家の獲得物とされてはならない」[22]というものであり、これらがライン左岸地域の譲渡によってさらなる紛争の原因を用意した講話条約を批判しているのは明らかだ。そのうえで「国際法（Völkerrecht）」および「世界市民法（Weltbürgerrecht）」を通じた国家間の適正なルール作りを要求するという論法からは、カントの求める秩序が決して一元的な世界国家によるものではなく、文化的差異を持つ複数の国家から成るものであることがわかる。[23]

これに対し、まさにこのときフランスに譲渡されたラインラントで活動したゲレスは、ヨーロッパ新秩序を、「国際法」によって束ねられ、「あらゆる国民（alle Nationen）の意志の総和」を統合しうる「諸国民の大共和国（große Völkerrepublik）」〔Gl. 44f.〕と表現しつつ、[24]しかしその主導権をフランスに託した。彼は多様性を保証する世界秩序よりも、むしろフランスによるヨーロッパ諸国の「共和国化」を要求したのである。

「ドイツの共和主義者よりフランス国民へ」との献辞を扉に掲げたこの論文のなかで、ゲレスはフランス革命という「大変革」の歴史的意味を改めて強調する。それによれば、「これまでどの国家の権力者も、野蛮人同士の関係とほとんど変わらない形で相対し、臣民に向き合う」のみであったが、こうした社会上の関係性をフランス革命が大きく変えた。そしてこの変化こそが「国際法」の実現を可能にするというのである〔Gl. 44〕。そして「国際法」にもとづくヨーロッパ新秩序を築くためには、何よりもまず各国が「共和国」として自立していなければならない。このような立場から、ゲレスは革命の国としてのフランスに、ヨーロッパにおける主導的役割を期待したのである。

こうしてゲレスは革命理念への賛同を示すことにより、占領国フランスの顔を立てることを忘れてはいない。だが、ゲレスがこのときフランスに隷従したわけではない。というのも、「古代にはなかった理念の実現」、すなわち彼の言う「共和国」をヨーロッパ全体において実現することを、彼はフランスが果たすべき「義務」と呼んでいるからだ〔GI, 44f.〕。その理念に従えば当然生じるはずの「義務」を強調することによって、ゲレスはフランスに主導権を認めるとともにその役割を自覚させ、同時にその「共和国化」が他国への専制とならないよう牽制するのである。こうしてゲレスは被占領地の現実のなかで、巧みに「理想像」という体裁をとりつつ、自らの理想の実現を目指したのだった。

もっとも、フランスに併合すべきか、あるいは自分たちで独立すべきかという問題に関しては、ゲレスの立場は一定ではなかった。現実主義的な判断から、彼はフランスへの併合を唱えたことも少なくない。しかしその後、フランス軍による不正や過度の税収といった問題に際して、また使節団の一員として実際に見たパリの理想とは程遠い現状を目の当たりにして、ゲレスは最終的に併合を拒否するに至る。[★25] そしてそれ以降、その言論活動はフランス占領軍批判へとシフトしていく。

4　ゲレスの「共和国」構想

公的意見としての「声」

ところで、ゲレスの言う「共和国」とは一体いかなる内実を持つものであったのだろうか。『普遍平和』における「理想像」は、その「共和国」の制度やあり方を具体的に提示してはいない。それでも明らかなのは、ゲレスの言う「共和主義」が住民による国家体制の絶えざる変革を保証するものであること、そしてそのための条件として、住民の「声（Stimme）」が重視されていることである。

このことについて、『普遍平和』のなかの、国家とその構成員の関係について論じた箇所から整理してみよう。ゲレスは国家と個人の関係を契約関係として捉え、個人が国家に対して持つ権限を次のように論じている。

国家が法に違反して組織・運営されるとき、我々の前提に従えば、各構成員はその国家との契約を破棄し、そこから離脱する権限を持つ。

さて、そのような国家の内部で、国家による法的違反を感じる人が増え、大多数の人々が契約破棄の権利を要求してその国家からの離脱を考えるに至ると、「我々はこの体制をもはや望まない、別の体制を選ばせろ」との声が公的意見（öffentliche Opinion）として形成される。こうして変革を目指すなかで意見を一致させた多数派が、自力で、あるいは暴力を用いて、少数派――それは数の点では少ないが、そのぶん強力な場合がある――の同意を得ると、それは革命となる。あるいは多数派がそうした市民に対する市民の闘争を、自分たちに都合の良い決定と確信しつつもあえてその道を選ばないときには、彼らは隣国に仲裁を求め、自分たちと、文化的にあまり洗練されていない反対者との調停を図る。〔Gl. 45f.〕

ここでゲレスが提示するのは、国家の法的違反に際して、その構成員が所属を拒否することによって反対の意思表示ができるという社会のあり方である。このとき興味深いのは、「国家による法的違反を感じる人が増える」（直訳では「後者〔国家〕の法的違反への感情（Gefühl dieser Gesetzwidrigkeit）が活発になる」）と、その「感情」から「公的意見」が形成されると考えられている点である。「公論（öffentliche Meinung）」とも重なるはずのこの「公的意見」は、ゲレスにおいてはかならずしも理性的な思慮や判断にもとづく必要はない。むしろ「感情」から発せられる住民たちの「声」を彼は重視するのである。

社会変革の手段としては、「革命」か、あるいは隣国による「仲裁」が挙げられている。その点でゲレスは「革命」自体を否定しない。だがそれにもまして注目したいのは、彼が「革命」を王侯貴族に対する下層民の闘争ではなく、「市民に対する市民の闘争」とみなしている点である。このことが示すのは、目指すべき「共和国」をゲレスが旧体制崩壊後の世界のなかで捉えているということである。彼の時代認識においては、すでに王侯貴族の時代は終わりを迎えており、国家は始めから「市民」を中心とした共同体として構想されているのである。

これらの特徴をふまえると、ゲレスの言う「共和国」とは、「市民」を中心とし、構成員による「声」を通じて現体制を変革しうる社会のあり方として定義しうる。

「文芸的共和国」の理念

ゲレスの共和国構想においてもう一つ重要なのは、その成立のために出版物が果たす役割である。『普遍平和』論文の、商取引に関して論じた箇所で、ゲレスは国家間での物品の流通を政府が制限することを「重商主義のエゴイズム」として批判し、「諸国民の大商業国家（großer kaufmännischer Völkerstaat）を政治上の国家に先立って創設する」ことを提唱している〔Gl. 55f.〕。ここからわかるように、ゲレスは「共和国」の実現にあたって、政治体制そのもの以上に商業的な結びつきを重視するのである。そして、その期待はとりわけ広義の「文学」の流通に向けられる。

さらにここでは諸国民の文芸的共和国（literarisch republikanischer Völkerstaat）が形成されうる。

この成立を阻害しようなどと思うのは、光を怖れる政治的・宗教的権力者による陰気な政策だけだ。したがってそうした阻害が生じるのを、普遍平和を通じて予防しなければならない。〔……〕普遍平和に向けて交渉中の当事国家は、諸国民間の文芸的交易（literarische Kommerz ihrer Nationen）を困難にしないこと、ましてや妨げないこと、そして啓蒙の潮流がある国から別の国へともたらされるのを自由な流れに任せることを誓う〔GS 1. S. 57〕。

「諸国民間の文芸的交易」を通じたこのネットワークにおいて、ゲレスは「啓蒙の潮流」が拡大することを期待しているが、この理想像の重要性は、彼が支持する思想の内容よりもその形式、すなわち思想が出版物として流通するというイメージ自体にある。ゲレスは思想を出版物という物質的媒介物として捉えており、それが商業的交易を通じて滞りなく流通することを、彼の言う「共和国」成立の条件とするのである。

もっとも、こうした出版物を介した共同体の構想は、ゲレス独自のものではない。むしろそれは、学識者共和国から文芸共和国へという、一八世紀ヨーロッパにおける重要な歴史的転換を示す一例となるものである。「学識者共和国（Gelehrtenrepublik）」とは、西村稔によれば、もともと大学関係者によるすぐれて人文主義的な「大学共和国」を指す概念であった。そもそも中世以来の学識者はラテン語という共通言語を持っていたため、その「共和国」は国境を越えた汎ヨーロッパ的なものとして構想された。ところが一八世紀になると、「学識者（Gelehrte）」という概念が大学関係者に限らない一般的な「文筆家（Schriftsteller）」を表すものへと変化する。それに伴い、「学識者共和国」という言葉も、フランス語の「文芸共和国（république des lettres）」――この言葉自体、元来はラテン語を共通語とするエリートのネットワークを表していたが、一八世紀には閉鎖的な大学知識人に限定されない、母国語による自由な文筆家の集合体を指すようになっていた――の翻訳語として用いられるようになったのである。★26

この変化において重要なのは、ラテン語から母国語へという使用言語の転換である。その点でこの現象は、一方ではかつて国家横断的に展開された広範なネットワークの解体を意味したが、他方では同時にラテン語を理解できない無教養層へのナショナルなネットワークの拡大を可能にした。要するに、この変化を境に、知的エリートに限定されない民衆層を含めた「国民」という共同体を想像することが可能になったのである。★27

こうした背景をふまえ、改めてゲレスの唱える「諸国民の文芸的共和国」の理念に目を向けるなら、それはちょうど上記のような時代の変化を体現する過渡期的事象として意義づけうる。ゲレスの構想は、「啓蒙の潮流がある国から別の国へともたらされる」という表現に表されるように、複数の国家間での「文芸的」交流を念頭に置いている点で、一方では国家横断的な「学識者共和国」のイメージを引き継いでいる。しかし他方で、ドイツ語で執筆するゲレスが想定する「国民」とは結局のところドイツ語を用いる人々であり、その点で彼の言う「共和国」とは、国語にもとづくナショナルな共同体なのである。実際のところ、このあと論じるように、占領国フランスへの反感を強めるにつれ、ゲレスは目指すべき「共和国」をはっきりと「ドイツ」と呼ぶようになっていく。

5 「民衆なし」の共和主義とジャーナリズム

とはいえ、フランスによる占領という対外的問題と並んでラインラントの共和主義者たちを悩ませていたのが、民衆ははたして政治参加の能力を持つのかという問題であった。当然ながら、ナショナルな言語共同体の拡大が、国民国家の形成に直結したわけではなかったのである。こうしたなかで彼らは、自由・平等を理念に掲げながらも、とどのつまりは「民衆なし」の知識人の集団にすぎなかった。[★28] 特にフランス革命の過激化を受けて、それまで革命を支持していたドイツの知識人たちがこぞって反対派に転じると、ラインラントでも政治的に未成熟とされる民衆の動員に対して慎重にならざるをえず、民衆とのあいだに深い溝を残したままでの活動を余儀なくされたのである。

こうした内外の問題を抱えた状態で、ゲレスの本格的なジャーナリズム活動は開始された。ここまで論じてきたように、ゲレス自身は、国家の構成員の「声」による社会変革を目指しており、さらには「フォルク」「意志」「公論」を、新聞を通じて統合しようとしていた。その点で彼の「共和国」は民衆層を含めたものとして構想されるはずである。だが、ゲレスは自らの理想を「民主主義（Demokratie）」と表現することはなかったばかりか、それを真正面から退けてもいる。もちろん、歴史的に見て「デモクラシー」なるものが今日的な理解とは異なり、長いあいだ「警戒の対象」であったことは政治思想史においてしばしば指摘されることではあるが、[★29]そうであればゲレスは「フォルク」の「意志」をいかにして汲み取ろうとしたのだろうか。彼の考えるエリートと民衆の架橋の方法について、次に論じなければならない。

　ジャーナリストとしての初期ゲレスの活動は、一七九八年二月に彼自身が編集主幹として創刊した政治紙『赤新聞（Das Rothe Blatt）』に集約される。これは当初、フランス共和国の暦に合わせた形式で発行されたが、[★30]内容は創刊時よりフランスに対する抵抗そのものであった。その第一号に付された「序文」ではまず、「二つの国民（Nation）のあいだ」に位置するライン川沿岸の地で激化した戦争が、「我々と我々の祖国（Vaterland）に出血を伴う深い傷を与えた戦争」として回顧されている〔Gl. 74〕。この時点で、ゲレスがフランス対ドイツという枠組みで思考しているのは明らかだ。そしてこのときゲレスは、「この破局に伴って生じた倫理的な害悪（moralische Uebel）」〔Gl. 74〕を問題にし、その原因をフランスに帰している。

物理的幸福の減退とならんで、普遍的倫理の退行や、道徳的腐敗の拡大があった。これはすでに先の時代に、政治批判の蒸散作用がフランスで最初に起こったとき、忌まわしきこと極まりない放出物を通じて過剰な養分を得てしまったのだった。〔Gl, 75〕

このようにして、前節で取り上げた『普遍平和』論文の発表からわずか二か月後、ゲレスはもはやフランスの顔を立てることなく敵意をむき出しにする。それでも、革命の理念については、彼はいまなおそれを否定しないばかりか、占領軍の傲慢な振る舞いによってラインラントの住民が「フランスに対する憎悪」を抱き、それが高じて「自由が憎まれ、共和主義が憎まれ」ることを怖れてさえいる〔Gl, 75〕。こうして『赤新聞』の目的は、「自由が勝利をおさめ、独裁者の反発をも抑えつけた」ことのあるラインラントで、本来育まれていたはずの「倫理的素養（moralische Kultur）」〔Gl, 74〕をしかるべき形で取り戻すことに置かれるのである。

そのための方法として、ゲレスは次の三つの手段を掲げた。第一の手段は「教育（Erziehung）」、すなわち新聞を通じて読者に「自由」と「共和主義」への目を開かせることである。しかしこれは、例えば民衆を煽動して革命を促すことを意味するのではない。というのも、その直後に第二の手段として「公権力の活動（Geschäft der öffentlichen Gewalten）」が挙げられているからである。「共和主義に対し徐々に門戸を開く」ために、ゲレスはあくまで政府による漸次的対応を求めたのである。

そしてこれら二つの手段を支え、「盲目の政治的因習と戦うための武器」として第三に挙げられるのが「公開（Publizität）」という手段である〔Gl, 76〕。

ゲレスがここで提示した三つの手段、とくに「公開」の役割について詳しく理解するために、一七九八年に『赤新聞』に掲載された小論「我が信仰告白」を取り上げてみたい。「私は信じる（Ich glaube）」という表現を多用しながら自らの政治的信条を明らかにしたこの論文のなかで、ゲレスはまず、「文化と人間性の理想に向かう人類の絶えざる進歩」への「信仰」を告白している〔Gl, 195〕。ゲレスによれば、その「進歩」に伴って共同体は「野蛮状態から社会状態へ」と発展する。具体的には、専制から代表制へ、さらに純然たる民主制へと推移し、最後には無政府状態へと行き着くとされる発展過程について説明した後で、ゲレスは宣言する。「私は信じる、我々の世紀は専制の形式を、よりふさわしい形式に変えるまでに成熟したことを」〔Gl, 195〕。しかし、この力強い調子に反して、ゲレスが表明した政治的態度は慎重なものであった。

私は信じる、民主主義の形式（demokratische Form）に適した世紀を、我々はいまだ迎えてはいないということを、そして今後もすぐには迎えないということを。私は信じる、全体規模での無政府の時代、すなわち人間が、いかなる統治形式をもはや必要としないがためにそれを手放す瞬間は、有限の時間においては訪れないということを。〔……〕私は信じる、代表制

（Repräsentativsystem）こそが、我々の時代の文化にふさわしいということを。そして世界市民たるものは、代表制を採用した国家が専制に後退するのを、あるいは性急にも民主主義の形式に向かおうと思い上がるのを、力の及ぶ限り阻止する義務を負うということを。〔GI, 196〕

先に取り上げた『普遍平和』論文では、カントの主張とは異なり、ゲレスが「民主制はその本質に従えば専制にはならない」との立場をとっていたのだとすれば、★31 ここにきて「民主主義の形式」を「専制」と並置し、双方への移行を阻止する必要を唱えたこの「信仰告白」は、彼が二か月のあいだに政治的信条を変えたことを示す証左となろうか。

いずれにせよ、このときゲレスは「民衆」を、自由と共和主義の理想のために手をとり合うべき存在ではなく、「教化」すべき存在と考えた。

私は信じる、〔……〕つねにより良きものへと前進し続ける改革こそが、全共和主義者が目指すべき目標であるということを。この改革は、民衆の教化（Bildung des Volkes）を通じて下から、権力者の教化を通じて上からなされなければならない。〔GI, 225f.〕

ここで掲げられる「改革」という方法は、その後、一九世紀に入ってドイツの多くの政治思想家たちが目指し、プロイセン政府が実際にとった路線と合致する。[★32]　また、「民衆」と「権力者」の両方向に対し「教化」を試みるというスタンスは、「王侯貴族と下層階級に挟まれた単なる中間階級の身分から国民・国家の中心へと、政治と文化における精神的指導者層へと脱皮する」[★33]ことを目指した当時の教養市民に広く共有されていたものである。「我が信仰告白」においてゲレスは、この教養市民の立場に立って思考していると言える。

だが、このときゲレスが「民衆」に対して、そして「権力者」に対して必要とした「教化」とは、なんらかの理論を教示し、それに従わせることではない。ここで重要になるのが「公開」という手段である。「教化」の必要性を提示した直後に、ゲレスは次のように述べている。

> 私は信じる、公職に就く者全員が、ただ実直でありたいと思い、それゆえに実直であるようなときを迎えるまでは、不足した原則に代わるものを用意し、実直でなければならない理由を与えることで彼らを実直に振舞わせなければならないということを。この代用品となるのが公開（Publizität）である。機会を得た市民（Bürger）は誰でも、公的役人の行動をつぶさに監視し、違反行為があればそれを民衆（Volk）に告発すべきである。諸原則によってはなしえないものも、名誉や恥辱への感情が完全になくなっていなければ、さらし柱への恐怖が実現してくれる。
> 〔GI, 226〕

「教化」を目標とするゲレスがそのために企図したのは、新聞を通じて役人の違反行為を「民衆」に向けて「告発」することであった。このように、ゲレスは権力者の違反行為を広く知らしめることと自体を重視し、その監視者の役割を「フォルク」に期待したのである。

ゲレスのこの構想は、一方では当時「フォルク」と呼ばれた人々の「公論」への関与の限界を示すと同時に、しかし他方ではその拡大を示唆してもいる。当時はまだ政治的議論への「フォルク」の関与は現実的なものとはみなされておらず、[★34]おそらくゲレス自身、それについては懐疑的であった。それでも彼は、新聞を通じた「告発」を試みるにあたって、その読者をまさに「フォルク」に設定し、この構想を通じて、無教養層としての「フォルク」が知的エリートと同一の空間を共有することを可能にしたのである。それは身分や教養水準によって生じる上下の差を越えたナショナルなネットワークを着実に拡大しうる考えであり、当時の国民観としては画期的なものであったに違いない。

このときゲレスがとった「教化」の方法は、実際にいくつか成功を収めたようだ。少なくとも占領軍の幹部たちはゲレスのこの新聞を危険視し、それに対し圧力をかけた。[★35]当局の誹りをおそれ、この新聞は一七九八年九月より名を変えて月刊紙『リューベツァール』として刊行されたが、最終的には一七九九年七月にコブレンツにおける発禁処分が決まった。

第4章　本を持つ民
――ゲレス『ドイツ民衆本』における受容の機能

1　民衆と文学

前章で扱った、新聞による「告発」を通じて、「市民」と潜在的読者としての「フォルク」を同一の空間において捉えるというゲレスのヴィジョンは、やはり「市民」を中心に据えたものであり、そのなかで「フォルク」は「共和国」を構成する重要な要素の一つではあっても、期待されたのはあくまで監視者としての間接的な機能であった。一方で当時の社会では、「フォルク」と呼ばれる人々が実際に出版物を手にする機会もまた着実に増え、民衆の読書という現象は知的エリートたちにとって無視できないものとなっていく。

そうしたなかでゲレスは、「ドイツ」に古来より伝わる「民衆文学」の蒐集に着手した。ナポレオン戦争が激化する一八〇六年一〇月、ハイデルベルク大学の私講師としての職を得た彼は故郷コブレンツを離れ、当時ロマン主義者たちが集まっていた大学街に移り住む。それによりゲレスはジャーナリズムの舞台を一旦退き、大学での講義の傍ら文芸活動にいそしんだのである。

民衆文学なるものを話題にするとき、一般的にはヘルダーに始まりグリム兄弟らに引き継がれる、いわゆるロマン主義の民謡蒐集に目が向けられがちである。たしかに「民謡（Volkslied）」はヘルダーが一七七三年に、「民話（Volksmärchen）」はムゼーウスが一七八二年に使い始めた用語であり、彼らこそが「フォルク」の文学に初めて関心を抱いた知識人とされている。しかし、無教養人たる「フォルク」の読書についての具体的な議論は、様々な社会層の人々を分け隔てなく一つの「フォルク」とみなし、その前提に立って万人の啓蒙を要求した一八世紀後半の民衆啓蒙運動に端を発する。[★1] 詳しくは後述するが、このとき啓蒙家たちはそれぞれの立場から民衆教育を目論み、民衆が読むための本を作成した。そしてそれらの本はマスメディアの拡大とともにドイツ語圏全体に広く普及することとなる。その点で彼らの試みは現実の民衆への実践的対処とみなしうる。

一方のロマン主義者たちは、「フォルク」を単なる教育対象ではなく、文化や歴史を体現する存在とみなし、そうした観点から民衆のあいだに伝わる文学を蒐集しようとした。その点で、彼らの活動は民衆啓蒙運動のように「フォルク」に上から働きかけるのではなく、「フォルク」の文学そのものに光を当て、むしろそこから反対に教養層を教化するという意図を持っていた。とはいえ、その活動はあくまで彼ら知的エリートに独自の原理にもとづいたものであり、したがって「フォルク」が理想化されればされるほど、それは現実の民衆の姿からは乖離していった。★2

このようにして一八〇〇年前後の教養人による「フォルク」の文学への取り組みは、現実の無教養層に対する実践としての民衆啓蒙運動と、理想主義的にドイツの文化や歴史を規定しようとするロマン主義との二つにしばしば大別されるが、実際には両者のフォルク観はかならずしも明確に線引きできるものではない。ゲレスに関して言えば、ハイデルベルク時代の彼はロマン主義者として「フォルク」をもっぱら「民族」とみなし、「民族的神話的把握」にもとづく「自然文学」を求めたとされているが、★3前章で論じたように、「フォルク」を自身の考える「共和国」に組み入れようとしたジャーナリスト・ゲレスの目には、同時代を生きる無教養層の姿がありありと映し出されていた。そうしたフォルク観は、彼が民衆文学に向かう際にも決して無縁ではないのである。

本章ではまず、一見ジャーナリズムとは無関係のように見えるハイデルベルク時代の「民衆本（Volksbuch）」への取り組みが、「民族的神話的」なフォルク像の構築にとどまらないことを確認する。そのうえで、そのとき得られた着想こそが、第三章の冒頭で紹介した一八一四年の記事「ドイツの新聞」における、「フォルク」「意志」「公論」の統合という理念を支えていることを示す。

2　民衆は書物に触れることができたのか

民衆の文学というテーマを扱うにあたって、まずは対象となる時代の読書状況について、社会史的資料をもとに確認しておきたい。一八〇〇年前後に「フォルク」と呼ばれた人々はどのくらい書物に触れることができたのだろうか。[★4]

一八〇〇年前後の識字率

ヨーロッパにおける一九世紀半ば以前の識字率を正確に測るのは難しい。R・エンゲルジングによれば、何よりもまずそれを測定するための資料の不足という問題がある。そもそも「非識字者(Analphabetentum)」についての包括的な伝承記録は存在せず、したがって識字率や書物生産に関する統計的な数字は、「散在する示唆的な証言や状況証拠の組み合わせ」を頼りに、「記述するに足る伝承記録」を後代の歴史家が作り上げることにより導き出す他ない。[★5]加えて、識字能力の有無の判定に関する問題がある。調査の対象者が識字者か否かという区別自体が、実際にはかなり粗雑なものとならざるをえない。[★6]例えば、自分の名前を自分で記すことができる者はたしかに書字能力を有するが、それは通常の意味での読み書きができることとは異なるだろう。[★7]

また、読み書きの能力を持つことがそのまま教養層の文学への接続を意味するものではないという点にも注意が必要である。反対に、非識字者とみなされる者であっても、他人の朗読に耳を傾ける、演劇を観る、あるいは演説をする、物語を口述するといった方法により、教養層と同じ文学に受容・創造の両面で関与することも可能であり、実際にそうした事例も数多く確認されている。[★8]

こうした諸問題を抱えながらも、R・シェンダは中央ヨーロッパにおける「潜在的読者」の割合を、いずれも六歳以上を対象に、一七〇〇年頃には住民の一五パーセント、一八〇〇年頃には二五パーセント、一八三〇年頃には四〇パーセントとして算出した。[★9] これは「端数を切り上げた、考えられる限り最も高い数字にすぎない」[★10] とされてはいるが、この数字は多くの文献で共有されている。[★11] この数字を見る限り、一八〇〇年前後のドイツでは、少なく見積もっても七割以上の人々が書物とは縁遠い状態にあったことになる。しかし、だからと言ってこの時代に社会の下層に属する人々がおしなべて読書と無関係だったわけではない。ここで一八〇〇年前後の民衆の読書について、別の面から検討してみよう。

民衆啓蒙運動と読者層の拡大

「インク染みの時代」という言葉が表すように、一八世紀後半には書籍の出版部数が急激に増加した。ドイツで印刷された著作物の総数は、一七世紀全体では約二〇万点であったのに対し、一八世紀になると五〇万点と、その数は一〇〇年のあいだに二倍以上に膨れ上がる。[★12] こうした書籍出版数の急激な増大を支えたのは、当時の新興勢力である教養市民であった。

その教養市民にとって、民衆の識字力の向上——つまりは万人の言論の自由——を推し進めるべきか否かという問題は、当時議論すべき最重要テーマの一つとなっていた。[★13] なかには万人の啓蒙による社会への悪影響を懸念する声もあったが、それでも彼らの多くは啓蒙の光を民衆たちにも当てようとした。民衆啓蒙運動と呼ばれるこうした動きの背景には、一つには実利的な意図、すなわち民衆の識字力向上によりもたらされる産業的・経済的メリットへの期待があった。だがそれだけではなく、この民衆啓蒙運動は、田口武史が指摘するように、「貴族のように称号を持つわけでもなく、また農民のように共通の職業を持つわけでもない」エリート市民によるアイデンティティ獲得のための作業でもあった。すなわち、彼らは自分たちの教養を頼みに「万人啓蒙の管理役」を自ら買って出ることで、単に王侯貴族らの特権階級と下層の民衆とに挟まれただけの「中間」の存在から、精神的指導者として国民の「中心」へと、新たな世界のなかで躍進しようと目論んだのである。[★14]

その意味で民衆啓蒙運動は、市民による市民のための運動とみなすべきものである。それでもこの運動のなかで民衆が読むための書物がいくつも出版され、そのいくつかは目を見張るほどのベストセラーとなった。フリードリヒ・エーバーハルト・フォン・ロホウが初等学校最初の読本として作成した『子どもの友、農村学校用読本（Der Kinderfreund, ein Lesebuch zum Gebrauch in Landschulen）』

は、[15]一七七六年から一七八〇年のあいだに二〇〇刷、一〇万部以上が出版され、ルードルフ・ツァハリーアス・ベッカーの『農家必携（Noth- und Hülfsbüchlein für Bauersleute）』は、一七八七年から一八一一年までで購買数が一〇〇万部を突破するという大記録を樹立している。[16]この数字のあまりの高さに文化史家W・H・ブリュフォードは驚愕と疑念を隠さないが、[17]ベッカーによるかつてないユニークな販売戦略――彼は新聞上で予約購読を募り、民衆啓蒙の理念を共有する有力者に大量購入を促し、初等学校や貧しい人々に配布するよう求めた[18]――をふまえると、この数字もあながち誇張ではないことがわかる。

これらの歴史的事実からは、一八〇〇年前後に民衆が出版物に触れる機会が着実に増していたことを確認できる。すでに一八世紀のうちに従僕や徒弟の雇用に際して識字能力の有無が問われ始めたことも、彼らの識字能力が特に若い世代において確実に向上していたことを示す証拠となろう。[19]もちろん、このことがそのまま民衆の高尚な文学への関与を示すものではない。啓蒙主義者たちの多くはやはり「民衆の啓蒙」を「真の啓蒙」とはいまだ区別していた。[20]だが、例えばベッカーが『農家必携』において実用的な情報を与えるだけでなく、読者の関心を引くような工夫を随所に施し、読み物としての質の確保に努めたことは、[21]その民衆向けの書物が教養人の側から一方的に押し付けられたものではなく、作者と読者の相互作用のうえに成立したものであることを暗示する。そしてこうした現象をきっかけに、民衆の方でも単に与えられるものだけでは満足せず、自ら進んで書物を求めるようになっていったと考えることもまた決して飛躍ではあるまい。

読書クラブと貸本屋

事実、社会の下層に属する人々が自ら読書をするようになったことを示す証言は数多く存在する。「ベルリン水曜会」の会員の一人であった法学者スヴァーレッツは、一七八〇年代にすでに読者層の拡大について次のように述べている。すなわち、現代は学識ある人間が自分の部屋で読書するだけでなく、職人、職工、召使、その他の「下層国民階級」が読書する時代だ、と。[★22]

こうした読者層の広がりを支えたのが読書クラブと貸本屋であった。一八世紀後半より、「読書組合（Lesesozietät）」、「読書室（Lektürekabinett）」、「読書協会（Lesegesellschaft）」といった様々な呼び名で、数々の読書クラブがドイツ語圏の各地に創設された。これらはほとんどの大都市に一つはあったとされ、その数は一七七〇年以前には一〇程度にすぎなかったが、一七七〇年代に五〇、一七八〇年代に一七〇、一七九〇年代に二〇〇と勢いよく増加し、一八二〇年には六〇〇を数えるまでに膨れ上がった。[★23]これらの読書クラブの目的は、当初は高価で手に入りにくい定期刊行物を会員全体に行き渡らせることであったが、のちにそれは個人ではまかないきれない数の書物を供給することにシフトしていった。[★24]クラブの多くは身分的平等と民主的意志決定を、少なくとも原則として掲げており、[★25]これは幅広い社会層が政治的主体としての自覚を持つことに大きく貢献した。もっとも、例えば一七八七年に創設されたボンの読書クラブの一七九九年までの構成員は、官吏、聖職関係者、教授／教師、軍人、宮廷楽師、法律家、聖ドイツ騎士団員、商人、大使、宮廷付き俳優、書記、宮廷画家といった面々で占められており、それが実際に社会の下層民にまで開かれたものであったとはかならずしも言えない。[★26]

これに対し「貸本屋[★27]（Leihbibliothek）」は、読書クラブよりもさらに幅広い層の人々に利用された。この貸本屋もまた一八世紀末から一九世紀初頭にかけて急増した施設の一つである。ここで扱われたのは大衆向けの娯楽本が中心であったが、その分利用者層は読者クラブよりも広く、「「読書熱」に冒されて無視できぬ程の膨大な数に達しながらも、読書協会へ参加することができない一部の民衆[★28]」をも含んでいた。そのなかには手工業者、職人、労働者、召使がおり、彼らは熱心に貸本屋を訪れ、一冊あたり六プフェニヒの利用料を喜んで支払ったと伝えられている。[★29]

3　ロマン主義の民衆文学観とゲレス『ドイツ民衆本』

これらの事実が示すように、一八世紀末から一九世紀にかけて、読書はエリート層に限定されない、より一般的なものとなっていた。少なくとも、先のスヴァーレッツの言葉が示す通り、民衆が本を読むという姿は教養人にとって十分に現実味を持ちえた。まさにこうした社会状況こそが、ロマン主義者をして彼らの考える真の民衆文学へと向かわせるきっかけとなったのである。

民衆啓蒙運動は読書する民衆の数を着実に増やしたが、啓蒙家たちが扱ったのは、もっぱら彼ら教養人が教養のない「フォルク」に読ませる目的で作った書物であった。これに対し、ロマン主義者は「フォルク」の文学に別の意味を与えようとした。すでに一八世紀末に、ヘルダーが『民謡集（Volkslieder）』（一七七八／七九年）のなかでフランス語の la poësie populaire を Volkspoesie と訳し、民衆文学に初めて形を与えたとき、[★30]そこには当時のドイツ文学界におけるフランス文化の優勢に対抗しつつ、ルソー流の「自然な」文学を取り戻そうとする意図があった。ヘルダーは『民謡集』に先立って「民謡」という言葉を初めて用いた一七七三年の論文『オシアンと古代諸民族の歌についての往復書簡からの抜粋』（以下『オシアン論』と略記）において、貴族社会に広まるフランス文化至上主義と、それに伴うドイツ語の軽視、そしてそれらが引き起こすドイツの文学の弱体化を危惧し、その状況を改善すべく、「自然」の原像としての「野生人（Wilde）」の概念を打ち出した。ヘルダーにおいてこの「野生人」は「教養のない感性的な民衆[★31]（ungebildetes sinnliches Volk）」と重ねられ、むしろそうした「フォルク」の歌こそが「生き生きとした[★32]（lebendig）」ものとして理想化されることとなったのである。

もっとも、このときヘルダーが「民衆文学」と呼んだもののなかには、民衆のあいだに伝わる口承文学に限らず、シェイクスピアやゲーテの手による作品もが含まれていた。ここにはヘルダーの特殊なフォルク観が関係している。『民謡集』第二部の序文で、ヘルダーは次のように述べている。

民衆歌の歌い手（Volkssänger）に必要なのは、賤民（Pöbel）の出であることや賤民のために歌うことではない。同じ様に、最も高貴な文芸作品（edelste Dichtkunst）は、それがフォルクの口のなかで音にされたとしてもそれを罵倒しない。フォルクとは路地にたむろする賤民ではない。賤民は歌い詩作することは決してなく、叫び台無しにするだけである。★33

ヘルダーは「フォルク」を「教養のない」存在とみなしつつも「賤民」とは区別し、その「フォルク」に「自然な」あるいは「生き生きとした」という形容詞で表される肯定的な性質を重ねた。こうして「フォルク」に一定の性質を与えることで、ヘルダーはそれを実際の出自とは無関係に扱うことを可能にしたのだった。ヘルダー全集の編者U・ガイアーの言葉を借りるなら、ヘルダーにおけるフォルクとは「起源のカテゴリーのみならず目的のカテゴリー」★34なのである。

このとき民謡蒐集とは、その「フォルク」の文学の起源を探る作業にとどまらない。「フォルク」が未来概念として設定されることで、「民謡もまたフォルクに由来する歌のみならず、フォルクを現在の不自然な状態から本来の姿に引き戻すのに適した歌となる」★35のである。こうした点でヘルダーもまた、民衆啓蒙運動とは方向性を異にしながらも、『民謡集』を通じて「フォルク」をしかるべき形に変える こと、すなわち「フォルクの教育という目的を自ら促進する」[★36]ことを意図していたとみなすことができる。

その点でこれは、「フォルク」の発見であると同時に現実の民衆の排除でもあった。というのも、先の段落引用における「フォルク」と「賎民」の区別は、川原美江が指摘するように、「国民文学となる民謡は粗野な表現と一線を画さねばならず、民謡の担い手は学者を含めた市民階級が中心とならねばならない」[★37]という考えにつながるものだからである。こうして結局のところ、民謡の主体には市民階級がとって代わることとなる。

こうした意味で、「ロマン主義者」ヘルダーの民衆文学への取り組みもまた、教養人による上からの運動に他ならないものであったが、その後のハイデルベルクのロマン主義者たちは、ヘルダーが提示した「自然な」という「フォルク」の性質にいっそう重きを置き、市民的価値観に即して「フォルク」を作り変えようとする民衆啓蒙運動を敵視した。ゲレスがハイデルベルクに移り住んだ一八〇六年、当地では民謡や民話の蒐集が一大流行となっていた。アーヒム・フォン・アルニムとクレーメンス・ブレンターノは共同で民謡集『少年の魔法の角笛』(第一巻一八〇五年、第二巻・第三巻一八〇八年)を編み、グリム兄弟もまた一八〇六年よりこの地でメルヒェンの蒐集を開始した。文学史的にはイェーナにおける初期ロマン主義と区別して「盛期ロマン主義[★38](Hochromantik)」と呼ばれるこの運動にゲレスも加わり、その成果は一八〇七年に『ドイツ民衆本』として発表されることとなる。

これらの活動は一定の綱領にもとづいてなされたわけではなかったが、それでもロマン主義者たちは、教養人が民衆教育のために作った書物に対抗するという意図を共有していた。ブレンターノは民衆文学の再興を語る際に民衆啓蒙家ベッカーの著作を名指しで攻撃したが、[★39]これはゲレスにも当てはまる。『ドイツ民衆本』の序文で、ゲレスは民衆文学を植物や野生動物の比喩を用いて「自然」で「野性的な」ものと捉え〔GV, 1: 24〕、次のように述べている。

これらのもの〔ゲレスが提示する民衆本〕のなかには飼い馴らされたもの、家庭的なもの、手入れされたものは何一つない。すべてはさながら戸外にある原生の（wild）森のなかで生成したもののようであり、それらは樫の木陰で生まれ、山峡で育ち、自由闊達に丘を渡り歩いては、ときおり民衆の住まいに降りてきて戸外の自由な生を彼らに伝えている。それこそがかの著作の持つ本来の精神である。それは農民を危機から救おうとかいう本の類（Noth- und Hilfsbüchern）において近年、痛みを和らげる温湿布として民衆の患部に貼られたものとは遠くかけ離れている。そうした本は急場しのぎにはよいのかもしれないが、それこそがまさに慢性病にかかった時代精神を証明している。〔GV, 25〕

ゲレスはここでベッカーの『農家必携（Noth- und Hülfsbüchlein für Bauersleute）』を「慢性病を患った時代精神」の表れとしてあてこすり、彼の考える「原生の／野性的な」真の民衆文学をそれに対置させている。その点でゲレスの構想はまさにヘルダーの民衆文学観および「野生人」としてのフォルク観を踏襲したものであったと言える。また、『ドイツ民衆本』では序文に先立ってブレンターノへの献辞が掲げられており、そこには「隠者」や「小川のざわめき」、「夜の森」といった、いかにもロマン派的なモチーフが散りばめられていることからも、ゲレスがハイデルベルクのロマン主義に賛同していたと見て間違いない。

しかしながら、ゲレスの『ドイツ民衆本』を他のロマン主義者による民謡や民話の蒐集（あるいは創作）と同じカテゴリーに位置づけるには多少の違和感がある。というのも、副題を合わせると「ドイツ民衆本——あるものは内的価値によって、あるものは偶然によって、何世紀にもわたって現代まで保持されてきた美しき物語、天気、薬の本への詳細な価値評定」という長い表題を持つこの書物は、いわゆる物語文学だけでなく、実用書の類や人生訓、小話といったものも多数取り上げているからである。その意味でこれはゲレス自身が批判した民衆啓蒙運動における民衆向けの本にも近い。★40 もちろん、だからと言ってゲレスが民衆啓蒙運動に与したというわけではないが、それでは彼の真意はどこにあったのだろうか。

ここで問題になるのは、ロマン主義者たちのあいだに見られる、何を「民衆文学」とみなすのかという判定基準の違いである。彼らは一様にヘルダーが提示した「自然」で「野性的な」民衆の文学を称揚し、それによって近代市民社会の価値観に対抗しようとする考えを共有していたが、「民衆文学」の定義においては、彼らのあいだにも看過しえない差異があった。以下では、ヤーコプ・グリムとアルニム、そしてヴィルヘルム・グリムのあいだに見られる意図の違いについて、野口芳子および田口武史の研究を手がかりに整理し、そのうえでゲレスの「民衆本」への取り組みの独自性を明らかにしたい。

4 「民衆文学」の定義をめぐって

自然文学／創作文学論争と民衆文学の起源

ヘルダーを嚆矢とし、その後ハイデルベルクのロマン主義者たちが受け継いだ民謡や民話の蒐集に関して、従来研究者たちを悩ませてきたのが、彼らの蒐集が民衆のあいだに伝わる文学の記録なのか、それとも彼ら自身による創作なのかという問題であった。とりわけグリム兄弟の『子供と家庭のメルヒェン（Kinder- und Hausmärchen）』（第一巻一八一二年、第二巻一八一五年）については、かつてはドイツで出版された最初の「民衆メルヒェン（Volksmärchen）」と言われていたのが、その後兄弟の蒐集・編集の方法に関する研究が進むにつれ、彼らのメルヒェンを「民衆メルヒェン」と呼ぶには問題があるとみなされるようになった。[★41]

とはいえ、民衆文学の創作をめぐる問題に、兄弟自身が当時無自覚であったわけでは決してない。彼らはメルヒェンを、「フォルク」のなかからひとりでに発生し、「フォルク」によって語り伝えられてきた文学であると主張しながらも、[★42]それを文字に起こし書き留めるにあたって、教養人である自分たちによる改作や変更が入り込む可能性を認めてもいたのである。このことは、一八〇八年から一八一三年にかけて、おもにヤーコプ・グリムとアルニムのあいだで交わされた論争において確認することができる。

その内容をかいつまんで説明すると、以下のようになる。グリム兄弟の友人であり、そのメルヒェン集の出版にも協力したアルニムは、メルヒェンをあくまで文芸作品と捉え、それが古来より民衆に伝わるものであるか、あるいは詩人の手による創作物であるかという区別をさほど重視しなかった。むしろ彼は、ヤーコプが『隠者新聞』第一九号の掲載論文のなかで示した、「自然文学（Naturpoesie）」と「創作文学（Kunstpoesie）」とがそれぞれ「内面的に異なった」ものであり「同時に存在することはありえない」とする見解に対し、「我々はそれについての歴史的証明を求める。というのも我々の見解では、最古の文学にも最新の文学にも、その二つの方向性が両方とも現れているからである」と述べ、それら二つの文学が全くの別物ではないことを強調した。[43] ここから民衆文学を審美的観点にもとづいて評価するアルニムと、民衆文学を「自然文学」として意義づけようとするヤーコプとのあいだで手紙の応酬による議論が続くこととなる。

そのなかでヤーコプは、最古の時代を「金の時代」、中世を「銀の時代」、そして現代を「鉄の時代」とみなす有名な歴史観を提示したうえで、調和に満ちた「金の時代」の文学を民族全体のなかからあふれ出た最古の文学として理想化し、それを「鉄の時代」である現代の文学に対置させた。[44] そのときヤーコプがメルヒェン蒐集を通じて「自然文学」に接近できると主張したのに対し、アルニムは一八一二年一二月二四日付の手紙で、ついに彼らのメルヒェン蒐集の方法自体に疑念を呈する。アルニムはヤーコプに言う。「君たちがかの『子供のメルヒェン』を自分たちが受け取った通りに記録したものだと自分たち自身で信じているのだとしても、僕はそれを信じない。人間の内部には何かを作り、さらに先に進めようとする衝動（bildender, fortschaffender Trieb）があって、その衝動はいかなる意図をも打ち負かしてしまうし、それを押し殺すことは不可能だからだ」[45]、と。

それに対し、ヤーコプは同月三一日付の手紙で「忠実さ（Treue）」を話題にし、「数学的な（mathematisch）」忠実さと「適切な（recht）」忠実さとを区別することでアルニムに反論しようとする。ヤーコプは言う。「数学的な忠実さ」をメルヒェン蒐集において保つことは実際には不可能であり、もしその意味での忠実さに拘泥するなら、「君は何をも完璧にふさわしく語ることなどできない。

それは卵を、白身を殻に一切残すことなしに割ることができないのと同じだ」[46]、と。だが、その「数学的な忠実さ」に対置される「適切な忠実さ」がいかなるものであるかは明確にされておらず、その点でヤーコプのこの回答は逃げ口上という印象を免れない。

ただし、ヤーコプが言うように、口承された民衆文学を文字媒体によって「数学的な」正確さで記録することは事実不可能であり、そのことのみを理由に兄弟の仕事を「創作」として否定するのはお門違いであろう。むしろ、そうした問題以上にグリム兄弟のメルヒェン蒐集の矛盾として浮上してくるのは、民衆文学の起源に関する問題である。先述のように、何を民衆文学とみなすのかという判断基準を、民衆文学蒐集の祖たるヘルダーはさほど厳密には定めていなかった。ところが、ヤーコプはそれを古いものでなければならないとする制約を自らに課した。とはいえ口承文学であるメルヒェンを採取するためには、当然ながら現代に生きる語り手の力を借りる他ない。この語り手の問題が、彼ら兄弟のメルヒェン蒐集の信憑性に暗い影を落とすこととなったのである。

というのも、彼らは教養のない素朴な民衆の文学であるべきメルヒェンを、実際には富裕な都市市民家庭出身の、立派な教育を受けた人々から集めたのである[47]。それも多くは、H・レレケやI・ヴェーバー＝ケラーマンが明らかにしたように、「生粋の」ドイツ人ではなく、フランスからやって来たユグノーの移民の家系の人々から採取された[48]。それゆえ兄弟は、メルヒェンの起源を重視しながらも、いや、それを重視したからこそ、その語り手についての具体的な詳述を避けようとした。

それどころか、彼らは語り手の存在を明らかに捏造してしまったのである。『子供と家庭のメルヒェン』第二巻の序文では、初めて語り手の一人であるフィーメンニンという女性について言及されるが、そのなかでヴィルヘルムは、彼女が実際にはフランス人地区の牧師の娘から紹介された仕立屋のおかみであるにもかかわらず、その事実を偽り、自分たちが採録したメルヒェンは「偶然に知り合ったツヴェールン村の農婦フィーメンニンが語ったものだから、生粋のヘッセンのメルヒェンである」と記したのだった。★49

この捏造の事実には、自分たちが蒐集したメルヒェンが「生粋の」ヘッセン（ないしドイツ）由来のものであり、さらには「農婦」に代表される教養のない民衆に伝わるものであることを示すという課題が、もはや強迫観念のようにして兄弟の心にのしかかっている様子が確認される。「フォルク」に端を発し、「フォルク」によって受け継がれたものとしての「民衆文学」の理想が先立ち、それにより実情が歪められてしまったのである。

民衆文学の保護という意図

それでも、兄弟自身の言葉に従えば、彼らのメルヒェン蒐集の意図はあくまで創作ではなく民衆文学の保護にあった。『子供と家庭のためのメルヒェン』の再版（一八一五）以降の序文で、ヴィルヘルムはメルヒェンの伝承が途絶えつつある同時代の状況を嘆き、いまがメルヒェンを記録しうる最後の時であるとの旨を記している。★50 こうしたなかでヴィルヘルムは自分たちのメルヒェン集を、文学を祖父から孫へ語り継ぐという尊い習慣を保護するためにどうしても必要な手段として位置づけたのであった。

それゆえにであろう、ヴィルヘルムは自分たちがメルヒェンを声ではなく文字によって記録しているという事実をできる限り目立たなくしようと腐心した。★51 彼にとってメルヒェンの文字化はあくまで緊急避難的な措置であり、テクストによる保存が最終目標ではなかった。むしろ彼が最も重視したのは、家族や地域といった生活共同体における語り伝えの習慣自体を維持することであり、そのために彼は文字を用いながらも、できる限り口承を阻害しないような記録のあり方を模索したのだった。★52

この点において、ヴィルヘルムのフォルク観はヤーコプのフォルク観――すなわち「フォルク」を「自然文学」の起源であり媒体であるとみなす立場――とは区別される。ヴィルヘルムは「フォルク」とその文学を理想化しつつも、それを過去のものとして固定するのではなく、いわば現在進行形の存在とみなしたのである。しばしばヴィルヘルムは、メルヒェンの忠実な再現を目指したヤーコプに対し、比較的気軽に文体的脚色を施したとみなされるが、★53 その理由もここから説明しうる。ヴィルヘルムは文書としてのメルヒェンの保存そのものではなく、たとえ一時的に文字化したとしても、それが再び語られることによって将来にわたって連綿と受け継がれていくことこそを目標としたのである。

それゆえヴィルヘルムは、詩人が自らの文学的素養を顕示するために民衆文学を恣意的に「改作」することは認めなかったが、それが生き生きと伝承されるために生じる表面上の変化については問題にしなかった。むしろ彼は、「ポエジーの形成と継続的再形成（ein poetisches Bilden und Fortbilden）」という言葉でもって、伝承者による能動的「形成」の介在をメルヒェンに不可欠の要素とみなしさえしたのである。[★54]

こうして、アルニム、ヤーコプ、ヴィルヘルムの三者のフォルク観ないし民衆文学観は、それぞれ異なるものとして定義される。アルニムがジャンルとしての民衆文学を高く評価しながらも、それが実際の民衆に由来するものであるかに否かには拘泥せず、作品としての独創性を追求したのに対し、グリム兄弟はそれがあくまで「フォルク」の文学であることを重視した。一方で、民衆文学を古い文学として理想化し、新しい文学から切り離そうとしたヤーコプの姿勢に対し、ヴィルヘルムは「再形成」という概念を導入することにより、古い文学と新しい文学の連続性と継続性を示そうとしたのである。[★55]

それでも三者の意図は、民衆文学を彼ら教養人の尽力でもって保護しなければならないと考えた点で共通している。グリム兄弟はもとより、民衆文学が「自然文学」であることを認めず、現代の創作と同列に扱ったアルニムもまた、彼独自の考え方にもとづいてそれを守ることを念頭に置いていた。彼はブレンターノと共同で民謡集『少年の魔法の角笛』を編纂するより以前、一八〇二年夏の時点で、「ポエジーのための言語・声楽学校」の創設という壮大な目標を掲げ、民衆を教育することでドイツの優れた詩と音楽を受け継いでいくという構想を提示していたのである。職業歌手ではない一般の人々が口ずさむ方言まじりの歌に魅了され、「一〇〇年を経た民衆の歌はどれも、内容もメロディも、通常は両方とも良くできている」と感じたアルニムは、それらが現代の教養人による間違った教育によって歪められることをおそれ、自らの理念にもとづく形で保護することを求めたのであった。★56

こうして見ると、少々矛盾するようではあるが、アルニム、ヤーコプ、ヴィルヘルムの三者は、いかにそれを自ら創作しようと、その起源にまつわる事実をねじまげようと、今後の「再形成」に期待しようと、民衆文学なるものを彼らなりの方法で守ろうとしていたのである。

それでは、ゲレスの場合はどうか。結論を先取りして言えば、彼が『ドイツ民衆本』の出版を通じて目指したのは、民衆文学の保護では決してなかった。そもそも、他のロマン主義者に比べると、ゲレスがとった民衆文学の採録方法はそれ自体かなり特殊なものである。彼は『ドイツ民衆本』の編纂にあたり、おもにブレンターノの膨大な蔵書のなかから素材を拾い上げ、それについての評論と注釈をまとめることで、いわば民衆文学の案内書を作成したのであった。つまりゲレスは、グリム兄弟のように口承文学を蒐集し、その「忠実な」記録を行なったわけでも、アルニムのように創作をも交えて新たな作品を生み出したわけでもなく、すでに「民衆本」として出版されている本をリスト化しただけなのである。

それは民衆文学の保護を目指すものとはまったく性質を異にする活動であったと言えよう。そうであるなら、ゲレスは一体何を意図していたのだろうか。

5　「多数者と時間の試練」――ゲレスにおける「民衆本」の意味

ゲレス『ドイツ民衆本』の独自性は、先にも触れたように、その目録が物語文学のみならず「民衆向けの実用書」をも含んでいる点にある。しかしながら、かつて別の編者によって手を加えられ出版された『ドイツ民衆本』の抄録版では、『ジークフリート』や『ファウスト』、『マネローゲ』、『オイレンシュピーゲル』といった、民衆文学の代表作品と目される物語ばかりが取り上げられ、それに対し実用書の部分は省かれ、完全に無視されてきた★57。これについて田口は、民衆文学の「神話化」の責任がこうした後世の研究者による編集姿勢にもあるとしたうえで、ゲレス自身が実用書を採用した意図を次のように論じている。すなわち、ゲレスは民衆啓蒙家ベッカーによる実用的教育を意図した民衆向けの本を念頭に置き、そうした著作物もいったん「民衆本」と認めたうえで、しかしそれに対置される「非実用的な物語文学」こそが真の「民衆本」であることを示そうとした、というのである。言い換えれば、ゲレスは「民衆啓蒙運動が排除しようと努めてきた「民衆が好んで読む本」の美点を際立たせることで、民衆向け実用書との優劣を逆転させ、啓蒙主義以前の民衆本を復活させようとした」のである。[★58]

たしかにゲレスは、民衆教育を意図したベッカーの『農家必携』を敵視しており、その点で彼が民衆文学をロマン主義的立場で扱っていたのは間違いない。しかし、田口自身も指摘するように、ゲレスが採録した「民衆本」の内容は極めて多種多様であり、そこから何か統一的な特徴を見出すのは困難である。[★59]ここからわかるように、ゲレスは民衆文学について、文体や内容に即してそれが「民衆的」かどうかを判断したわけではない。その点では、彼が「非実用的な物語文学」や「啓蒙主義以前の民衆本」にのみ重きを置いていたとはかならずしも言えない。

むしろゲレスの価値基準は、その本が世間でどれくらい普及しているかという点にあった。J・クロイツァーによれば、「民衆本」の採録にあたってのゲレスの判定基準は以下のようにまとめうる。第一に、同じタイトルの本が複数ある場合には、より若いものを優先する。第二に、豪華な版や希少な版よりも簡素な普及版を選択する。第三に、古くかつ文学史的に重要な作品であっても、新版が再発行されていないもの、すなわち現代に容易に入手できない作品は除外する。[★60]こうしてゲレスが選び出したのは、長きにわたって受け継がれ、かつ近年にも継続して需要があり、さらには安価で容易に手に入る作品であった。つまるところ、ゲレスの考える「民衆本」とは、「考えうる限り多岐にわたる内容の民衆的な（volkstümlich）本」であり、ゲレスにとって重要だったのは「テクストの種類ではなく本の種類」だったのである。★61

それゆえゲレスは、民衆文学を古いものでなければならないとしたヤーコプとは異なり、「民衆本」の起源、すなわちそれがいつ誰によって書かれたものであるかという点にはさほど関心を示さなかった。彼は現代の個人の手に成る作品をも躊躇なく「民衆本」に数えている。この方法自体はヘルダーやアルニム、そして一部はヴィルヘルムによるものと共通するが、彼らが作品の内容や性質に即してそれを民衆文学と判断したのに対し、ゲレスがもっぱら普及度のみを重視した点で、両者は大きく異なっている。

まさにこの点にこそ、ゲレスに特有のフォルク観を見出すことができる。彼にとって「フォルク」とは、民衆文学の理想的起源ではなく、その受容者、それも書物としての「民衆本」を手にしうる読者なのである。ここには、実際には文字を介してではなく口承によってのみ関与する潜在的読者も含まれよう。いや、本章の前半で論じたように、民衆が本を読むという現象は、すでに当時の教養人にとって現実味を帯びていた。ジャーナリストとして言論の受容者に強く関心を抱いていたゲレスにとってはなおさら、「フォルク」と呼ばれる人々もまた書物を手にし、出版界に多大な影響を及ぼす存在として認識されていたはずだ。

もっとも、ゲレスも『ドイツ民衆本』の出版にあたって民衆文学の保存をまったく念頭に置いていなかったわけではない。だがその真意は、ヤーコプが目指した「自然文学」の保護とも、ヴィルヘルムが目指した、祖父から孫へ語られるという伝承サイクルの保護とも異なっている。少なくとも、ゲレスは民衆文学の文字化にためらいがなかった。たしかに彼も「民謡（Volkslied）」が「声」の文学であり、そうした性質を持つ文学こそが「人為の作品ではなく、自然が生んだ作品である」ことを認めてはいる〔GV. 16〕。しかし、それらを文字に起こし、本として出版することをゲレスは躊躇しないばかりか、むしろそれによって得られる効用に強い期待を寄せるのである。

書くという方法が発明され、のちにそれが印刷技術となって音を形にしたとき、そこにあった命がつやを失ったことは言うまでもない。だが、それと同じだけその命は粘り強くなり、歌は内的強度の点で失ったものを、少なくとも外への拡大という点において獲得し直した。それにより歌はページの中で固定され、風の翼に乗るが如くにありとあらゆる土地へと運ばれた。こうして、民衆（Volk）の口の中で鳴りやんでいったものを、紙のページは少なくとも保存し、思い出させてくれるのである。〔GV. 17〕

ここでは保存と拡散という二つの点において文字化の利点が語られている。だがゲレスにとって、こうした文字化は単に利点を持つにとどまらない。続く箇所では民衆文学が「口伝えから書かれたものへと変わることにより、拡大し完成する」〔GV. 18〕とさえ述べられている。ゲレスにとって民衆文学が文字化され、出版物としての形態を獲得することは、その「完成」のための条件ですらあるのである。

このとき民衆文学に保存と拡散に優れた書物という形態を与えることによってゲレスが目論んだのは、その文学の保護ではなく、まさにそれが保護に値するかどうかを判定する場そのものを作り出すことであった。ゲレスは「多数者と時間の試練（Prüfung der Menge und der Zeit）」〔GV. 16〕という言葉でもって、自身の構想を次のように説明している。

この試験（Probe）に合格するもの、すなわち個人や世代を越えてあらゆる人々の気に入るもの、あらゆる人々に、パンと同じように力の湧く栄養を与えるものは、パンに匹敵する力を内に宿し、生命に活力をもたらしてくれる。これらの著作を選ぶにあたって、例えば誰かがそれを民衆（Volk）に押しつけるなどして、その意味で偶然が作用したとしても、受容（Aufnahme）に際しては、偶然は何ら力を及ぼさない。受容されるとすれば、それを欲する強い気持ちを絶えず民衆（Volk）が持ち、そのもの自体を気に入ったということであり、その結果としてその後も保持されていくのである。劣悪なものが偶然によってしばし残留することもないわけではな

いが、遅かれ早かれそれは民衆（Volk）自身の手によって潰されることとなる。〔VB, 12〕

ゲレスは「フォルク」による「受容」をこのように評価し、その過程を経て受け継がれた「民衆本」に必然性を見出そうとした。これは現にある世界を最善とみなすオプティミズム的な考え方ではあるが、残されたものの背後には「フォルク」によって「潰された」無数の選択肢があったことも彼は忘れていない。その意味で「受容」とは「試験」に他ならず、それに耐えて残ったものは、著作の副題（「あるものは内的価値によって、あるものは偶然によって、何世紀にもわたって現代まで保持されてきた美しき物語、天気、薬の本への詳細な価値評定（Würdung）」）が示すように、「価値を認定する」にふさわしいものとなるのである。

こうしてゲレスは、「フォルク」の「受容」を通じて文学が選別されるというヴィジョンを示すことにより、「フォルク」を何らかの特性を持つ理想像とみなすことなく、しかし将来の公共圏に作用する存在として意義づけたのであった。その「フォルク」は、まさに不特定の「多数者」であることにより重要な意味を持つ。まさにその点で、ゲレスにおける「フォルク」は、グリム兄弟を悩ませたような起源に関する問題を回避しながら、そのうえで文学の確かな受容者、伝承者として意義づけられるのである。

6　「家」としての「民衆本」と文芸共和国

ゲレスが「フォルク」に期待した「多数者と時間の試練」は、その「試練」を課されるべき文学が、保存と拡散に優れた媒体である「本」の形態をとることによって初めて可能になるものであった。だが、書物としての「民衆本」を提示することによって彼が目指したのはそれだけではない。ゲレスはそれにより、教養人と民衆の架橋をも目論んでいるのである。『ドイツ民衆本』の冒頭では次のように述べられている。

ここで取り上げる文書（Schrift）は、フォルクという本来の集団全体（die ganze eigentliche Masse des Volkes）をまさに作用範囲としている。どちらを向いても、かつて文学がこれほどに広大な範囲と普遍的な拡大を獲得したことはなかった。いまそれらの文書が上層階級（höhere Stände）の閉じた領域を打ち破って下層階級（untere Classen）へと入り込んでいくことによって、それは可能となる。〔GV, 1〕

ここでの「フォルク」は、「文書」を手にすることのできる者すべてを包括した概念であり、その意味で「国民」と訳すことも可能だろう。この「文書」とは言うまでもなく彼が提示する「民衆本」

を指しており、したがってその受容者は、本来ならば無教養層としての民衆、彼の言葉で言えば「下層階級」であるはずだ。しかし、ゲレスはこの「民衆本」がいまや「上層階級」、すなわち教養人にとっても関心の対象となったことを逆手に取り、「民衆本」の受容者たる両者を一つの「フォルク」として捉えようとするのである。★62

これは第三章で扱った、初期ゲレスにおける「文芸的共和国」の理念につながるものである。そのことは『ドイツ民衆本』においてゲレスが「文芸国家（Literaturstaat）」という言葉を用いて、当書の意義を述べた箇所でより明確になる。

我々がこの方法でもってすべてを検討したのちには、民衆文学（Volksliteratur）という考えが決してくだらないものでも、それ自体非難すべきものでもなくなっているだろう。内なる精神があらゆる階層のなかに住まうのを我々が認めたのちには、次のような理念もまた、我々にとっていっそうなじみあるものとなるだろう。それは、あらゆる思想圏域のうち、最下の領域もまた意義や価値を持つはずだという理念、そして大きな文芸国家（Literaturstaat）は庶民の家（Haus der Gemeinen）を持ち、そのなかで国民（Nation）は自分自身を直接に具現する（repräsentiren）という理念である。〔GV, 9〕

こうしてゲレスは「大きな文芸国家」のなかに「国民」が直接「具現／代表」される場を創り出そうとするのであるが、その際に彼が「庶民の家」という表現を用いていることに注目したい。ゲレスにとって「民衆文学」は「家」、すなわち一つの空間として捉えられているのである。それは「庶民」のものとされてはいるが、同時に「国民」全体が住まうものであると考えられている。そこにおいて知的エリートと民衆はナショナルな言語ネットワークを共有するのである。

このののちゲレスは再びジャーナリズムの舞台に戻る。そして一八一四年には第三章の冒頭で引用したように、「ドイツの新聞」と題した記事のなかで、「真の国民新聞（Volksblätter）」を通じて「フォルク」、「意志」そして「公論」を統合するという理念を発表するのだが、その方法および彼の真意は、本章で取り上げた「民衆本」への取り組みをふまえることにより初めて理解しうるものとなる。『ドイツ民衆本』においてゲレスは、文字化の効用について論じた箇所の続きで次のように述べていた。

〔一部の歌曲が音によって魂を吹き込まれた一方で、〕それ以外の歌曲（Gesänge）は、音にもまして形象（Bild）に結びついた。それらは魔法の鏡のごときものとなり、民衆（Volk）は自らと自らの過去、未来、さらには別の世界や、自らの最も深いところに秘められた感情、そして自分自身では名づけることができないもののすべてが、はっきりと明瞭に目の前で語られるのを、その

鏡のなかに見るのである。〔GV. 17f.〕

「フォルク」が自分たちでは捉えきれないものを見えるようにする「魔法の鏡」――この「鏡」のあり方は、「ドイツの新聞」において提示された「真の国民新聞」のあり方、すなわち「大勢の人々が無意識にぼんやりと感じていることを彼ら自身が理解できるようにし、かつそれにぴったりの言葉を与えてくれる新聞」〔G6-8. 42〕というあり方と合致する。こうしてゲレスは無教養層としての「フォルク」に対し、教養人の立場から教示するのではなく、あくまで彼らのあいだにすでに浸透しているものを掬い上げて整理し、それを意義づけるという方法により、彼らの「鏡」となることを目指したのだった。

もちろん、これ自体が知的エリートによる活動であることは否定できない。しかし、「フォルク」による「受容」の試練という考えを提示したゲレスは、彼が提示する「民衆本」や新聞もまたさらなる「受容」によって選別されていくことを自覚していたはずだ。むしろ彼は、それまで受け継がれてきた文学や、現代の社会で起こっている出来事、生み出された思想に一様に出版物という形態を与えることにより、それらの審判を「フォルク」に託したのである。そしてその構想によって「フォルク」を、それが公的な議論に関与できる存在であるかどうかを問わずして、自らの考える「文芸的共和国」に組み入れようとしたのである。

住民の「声」を通じて社会変革を目指すという「共和主義」を掲げ、「専制」を何よりも忌避したゲレスは、教養人の側からの一方的な教示にならざるをえない民衆啓蒙に対しては全幅の信頼を置くことができなかった。しかし他方で、その都度の「声」に左右されるような「民主主義」に対しても彼は危惧の念を抱かないわけにはいかなかった。こうした板挟みのなかで、「フォルク」による「受容」という構想は、より広範な「声」を汲み上げつつ、正当な「公論」を実現するために、彼が考えうる最良の方法であったと言えよう。「民衆本」の蒐集を通じて得られたこの構想をジャーナリズムにも応用させることで、ゲレスは自らの「文芸的共和国」を基礎づけたのである

第5章 アイヒェンドルフと「主観」の文学
――歴史叙述における詩人の役割

1　アイヒェンドルフは民衆作家なのか

ここで、クライストおよびゲレスのフォルク観を改めて整理しておこう。これまで明らかにしたように、クライストもゲレスも国民国家としての「ドイツ」の創出を目指しながら、それでも「フォルク」を「民族」や「民衆」として特徴づけたり理想化したりするのではなく、むしろ共同体の内実を成す多数者とみなした。そのとき、どちらかと言えばゲレスが「フォルク」の持つ審判者の機能に期待し、ジャーナリズムや「民衆本」への取り組みを通じてそれを積極的に促そうとしたのに対し、クライストは同様の機能を「フォルク」に認めつつも、その力が個人に対する暴力となることや（『チリの地震』）、統治者が目指すものとは別の集合的意志を生じさせることをおそれ（『ヘルマンの戦い』）、そうした「フォルク」の危険性を作品のなかで示唆したと言える。

そうした彼らと比べると、アイヒェンドルフは理想化された「民衆」への憧れを、ロマン派詩人として無邪気に表現していたように見える。彼は静謐な抒情詩とならんで民謡風の詩を好んで詠い、それらを散文作品のなかにも多数盛り込んだ。そしてそれにより、アイヒェンドルフの作品は「民衆的な」ものとして人々に親しまれていった。その特徴がとりわけ顕著に表れた小説『のらくら者の生涯より』（一八二六）は彼の代表作と目されるが、その主人公タウゲニヒツの姿は二〇世紀にトーマス・マンによって、まさに「フォルク」であり、その人間性は「これぞドイツ的人間だ、と叫びたくなる」ものであると評価されている。[★1] そうでなくとも、とりわけ一九世紀末から二〇世紀初頭の時期には、アイヒェンドルフの作品は「真の民謡（wahre Volkslieder）」とみなされ、あらゆる階層や身分を越えてドイツ民族を一つにするための基盤として期待が寄せられたのだった。[★2]

一方、こうした「民衆的」創作の裏で、アイヒェンドルフが同時代の社会を痛烈に批判していたことはそれほどには知られていない。著作家アイヒェンドルフは実際には様々な顔を持ち、ロマン派的・民謡風の詩を継続的に発表する傍ら、風刺的な戯曲や小説、さらには同時代の政治問題に関する論文を執筆することで、波乱に満ちた時代状況と逐一対峙してもいたのである。その点で、彼の著作は総じて時代を映す鏡となりうるが、それに反してこれまでの受容史は、アイヒェンドルフ作品の最大の特徴をその抽象性や匿名性に見出してきたきらいがある。Ｌ・レマートが「空の器」[3]と形容したように、具体性を排した描写が織りなすその作品世界は、読者が自分自身の憧れをのびのびと投影しうる場所として長いあいだ愛されてきたのであった。

もちろん、そうした特性がアイヒェンドルフ文学の大きな魅力の一つであることは間違いないが、それでも受容史において構築された作家像にはやはり偏りがあると言わざるをえない。[4]それに対し、近年、とりわけ一九九〇年代以降には、こうした作家像を問い直そうとする動きが活発になった。一九九七年のＦ・Ｘ・リースの研究はその最たる例であり、[5]これ以降、アイヒェンドルフの同時代批判者としての側面に光が当てられるようになったばかりでなく、法学を修めた思想家としての側面を考察対象とする研究も進んだ。[6]とはいえ、これらの研究は、日記、風刺小説、政治論文といった、いわば副次的なテクストのみを扱う傾向にある。[7]今後求められるのは、アイヒェンドルフの主要な文学作品をも含めた包括的な取り組みであろう。

こうした作家像の変化をふまえたうえで、本章および次章では、アイヒェンドルフが直面した同時代の問題について、彼の文学的テクストに即して考察してみたい。まさにこのとき、フォルク観が重要な鍵となる。アイヒェンドルフにとって「フォルク」とは、「民族」「民衆」の両方の意味で重要な意味を持っていた。まず、ナポレオン戦争時代より一貫してドイツの民族的統一を志向したアイヒェンドルフにとって、[8]「フォルク」はその統一のための紐帯となるはずの概念であった。さらに、ゲレスらによる盛期ロマン主義の影響を多分に受け、「民衆文学」に惹かれていたアイヒェンドルフは、★9 無垢で自然な存在としての「フォルク」を、批判すべき現代に対抗するための理想像とみなしてもいたのである。しかしながら、典型的にロマン主義的とも言えるそのフォルク観は、時代の変化に伴い次第に限界を迎えることとなる。そこにおいて生じるアイヒェンドルフの「フォルク」へのアンビヴァレンスを、本書では扱う。

第四章で明らかにしたように、一九世紀初頭のドイツでは、識字率の向上と読者層の拡大によって読書行為がより一般的なものとなり、それは読書する民衆というヴィジョンをもたらした。このとき、アイヒェンドルフは民衆的な作風を好んだばかりでなく、読書する民衆の姿を作品のなかに描きもした。このことからは彼が同時代の読者層の変化に強く関心を持っていたことがわかる。そして、アイヒェンドルフは自ら民衆作家ないし匿名の作家であることを望んだが、こうした意識は、彼が天才的詩人の創作よりも不特定多数の読者による受容を重視した詩人であったことを示してはいないだろうか。

これらの観点から、本章では、アイヒェンドルフが置かれていた時代状況をふまえたうえで、彼の最初の長編小説『予感と現在』（一八一五）において提示される詩人像および読者像を考察する。その時代とは、『予感と現在』が書かれた解放戦争の前後から『のらくら者の生涯より』の作家として彼が名を馳せる一八二〇年代までの時期である。当時、解放戦争とその戦後処理のなかで政治状況が変化したことはもとより、文学をめぐる状況もそれまでとは大きく異なっていた。それは読書の一般化の裏返しとして生じる、文学や学問の大衆化の問題と関係している。このときアイヒェンドルフは文学のどのようなあり方を望んだのだろうか。

2　主観性批判とその意味

主観性をめぐる葛藤

まずは問題提起として、「主観性（Subjektivität）」をキーワードに、アイヒェンドルフの民族観ないし国民観について考えてみたい。アイヒェンドルフは近代的主観性をしばしば批判したが、[★10]その「主観」の扱いは決して一面的なものではなかった。このことについて、彼の最晩年の文学史叙述『ドイツ文学史（Geschichte der poetischen Literatur Deutschlands）』（一八五七）において確認してみよう。「抒情詩（Lyrik）」について取り上げた箇所で、アイヒェンドルフはその特性を「叙事詩（Epos）」や「戯曲（Drama）」と比較して次のように述べている。

抒情詩はあらゆるポエジーのうち、最も主観的（subjectivst）なものである。それは叙事詩のようになされた行為に向かうのでも、戯曲のようにこれからなされようとする行為に向かうのでもなく、その二つの本来的基盤となるさらなる深み、すなわち人間の内奥へと向かう。〔……〕叙事詩が過去のポエジー、すなわち伝説や伝承される英雄物語のポエジーであるように、抒情詩は個々人へと向けられたものであるがゆえに本質的に現在のポエジーであり、したがっていまという時間がそうであるのと同様、平穏なままであり続けることはなく、絶えず変転する。〔……〕だが、まさにその主観的性質によって抒情詩は、世界史のなかで多かれ少なかれ別個の民族性（Volksindividualität）を見せる国民ごとにそれぞれ別様のものとして現れ、またそれぞれに別個の民族の性格（Volkscharakter）を他の種類のポエジーよりも明確に描き出す。〔E9, 65ff.〕

抒情詩という、「人間の内奥」へと向かう「主観的」な文学において、揺れ動く「現在」が形を持って現れる、とアイヒェンドルフは言う。そればかりか抒情詩は、「最も主観的」であるがゆえにこそ、「民族の性格」をも描き出すというのである。

文学における「主観」をめぐるアイヒェンドルフのこの考えは、のちの時代にカール・シュミットによってなされたロマン主義批判と比較すると興味深いものとなる。というのも、二〇世紀の法学者であるシュミットは、「ロマン主義」がまさに「主観的」であるがゆえに「いま・ここ（Heute und Hier）」を否定するものであるとしてそれを断罪したからである。★11 シュミットによれば、「主観（Subjekt）」を創作の拠りどころとしたロマン主義者たちは、自身の「主観」を現実よりも優位に置くことで、外の世界を勝手気ままに扱った。こうしてロマン主義者は、神や絶対的なものはもとより、客観的なものさえをも軽視し、世界は詩人の「主観」からもっぱら創作の「機会・きっかけ（occasio）」としてのみ扱われた――これをシュミットは「ロマン主義の機会原因論的構造（occasionalistische Struktur der Romantik）」と呼ぶ――というのがシュミットの批判の内容であった。[12]

この批判はシュミット自身の「決断主義」の立場からなされたものであり、このとき批判される「ロマン主義」とは、自分自身の存在を現実のなかに定着させることを避けようとする態度の総称である。シュミットは、自らの実存を「可能性」として留保し続ける態度を「主観的」という言葉でもって批判したのである。彼にとって「ロマン主義」の「主観的な」あり方は、現実上の責任を逃れようとする態度として映ったのだった。それは「ロマン主義的態度とは、〔……〕自己を保存しようとする主観の態度である」[13]という言葉に端的に表れている。

この考えに即して見れば、上に挙げたアイヒェンドルフの「主観」の捉え方はまさに「ロマン主義的」な欺瞞として退けられうる。というのも、「主観的な」抒情詩に現れる、本来であれば個性的であるはずのものを「民族の性格」という全体に重ねようとする見方は、詩人の「主観」の優位を認めるものに他ならないからである。さらにこれが抒情詩人として名を馳せた詩人の晩年の発言であることをふまえると、アイヒェンドルフが自身のそれまでの活動を「文学史」という枠組みにおいて正当化しているという批判を誘うに十分だろう。

だが、事態はそれほど単純ではない。なぜならアイヒェンドルフは「主観」の文学としての「抒情詩」に「現在」の表出を認める一方で、彼自身多大な影響を受けたはずの「ロマン主義」に対しては、まさにそれが「主観的」であるとして、シュミットの先取りとなる批判を加えてもいるからである。アイヒェンドルフによれば、「ロマン主義」の精神はそもそも宗教改革に由来し、「主観の革命的解放」〔E9, 269〕を原理としていた。その「革命的」運動においてロマン主義者は自分たちに「主観の無条件の自由」〔E9, 269〕を許したが、しかしそれは無神論や好色、あるいはニヒリズムを生むだけであった。そうしてその「主観」は、最後には「年老いた放蕩児のようにナイトキャップを頭に乗せ、いささか肥えた善良で平穏な市民として、ついには俗世に溶け込んでのんびりくつろごうとした」〔E9, 271f.〕のだった。ここにおいて、「ロマン主義」による「主観」の解放が結局のところ個の自己保存に行き着くとする批判が、アイヒェンドルフ自身によってすでになされているのである。この一見矛盾した彼の態度をどのように考えるべきだろうか。

受容者批判としての主観性批判

いま一度、『ドイツ文学史』におけるアイヒェンドルフの主観性批判の内実を詳しく見ていくことにしよう。「主観」について述べた箇所の前後で、アイヒェンドルフはロマン主義の前史として、一七七〇年代に「きちんと区画されていた文学の畑」に突如姿を現した「不遜な若きプロメテウスたち」を取り上げている〔E9, 269〕。シュトゥルム・ウント・ドラング運動の担い手とみなしうる彼らが当時もたらしたのは次のようなものであった。

> いまや文学において、主観（Subject）の絶対的自由がそれ自体で幅を利かせるようになったのである。そのときその主観の持つ最も根源的で最も直接的な諸力であるところの予感の能力、予言力、本能など、言ってみれば主観の内にあるデモーニッシュなもの（das Dömonische）、当時天才と呼ばれたものが、あらゆる伝統と対立し、自然（Natur）と同様に原初的（original）で、独自の法則を内に持つような新たな創造物を生み出すはずであった。こうして、人間が自分よりも高次のものによって測られるのではなく、自身が理想とする天才的個人を基準にして世界の方が測られるようになったのである。〔E9, 269f.〕

この引用箇所の後半部分が、自分自身の「主観」を現実の世界よりも優位に置いたとする、シュミットのロマン主義批判と同様の内容を表していることは繰り返すまでもない。ただし、ここで重要なのは、アイヒェンドルフがこの文学の特徴を「主観」にとどまらず、「主観の内にあるデモーニッシュなもの」にまで引きつけて論じている点である。その「デモーニッシュなもの」は「自然」とも重ねられ、「独自の法則を内に持つ」ものとされる。

その意味で、アイヒェンドルフの言う「主観」には、人間の内部に存在しながらも、それを宿す当人にとっても不可解であり、かならずしも自由に扱うことのできない部分もまた含まれることになる。こうした「デモーニッシュなもの」をも抱えた「主観」が「解放」されたということは、それ自体としては決して自己保存にのみ行き着くものではなく、むしろそれは人間が自らの理性や意志ではどうにもできない諸力が文学表現の舞台に登場したことを意味する。そして、この「デモーニッシュなもの」が人間の理性や意志によっては捌ききれない諸力を指すのだとすれば、アイヒェンドルフ自身、こうした「デモーニッシュなもの」に初期作品より一貫して取り組んでいたと言える。最初の短編小説である『秋の惑わし』(一八〇八)や長編小説『予感と現在』、そしてその後の『大理石像』(一八一九)、さらには一八三〇年代以降の小説作品に至るまで、そこには啓蒙的理性による認識では捉えきれない様々な力が登場し、あやしくも魅力的に登場人物の心を駆り立てては誘惑し、襲いかかるのである。[★14]

だが、さらに興味深いのは、アイヒェンドルフがそうした「デモーニッシュなもの」について、それがいかに描かれたかということ以上に、そうした文学が世間でどのように受容されたかという点に強く関心を抱いていたことである。『ドイツ文学史』では、「デモーニッシュなもの」の流行に加え、その後の衰退が論じられる。まず取り上げられるのは、書き手の過ちに由来する「主観」の衰退である。アイヒェンドルフによれば、一七七〇年代に「デモーニッシュなもの」が登場し、もてはやされたとき、それが古いものを破壊したところまではよかったが、新しいものを創り出す段になって「主観の神（der subjektive Gott）」は無力をさらけ出した。すなわち「美はむきだしの官能性に、力は粗暴に、自然は野卑に」なったことで、「主観の無条件の自由」を掲げた文学運動は本来のインパクトを失い、それにより終焉を迎えたというのである〔E9, 270〕。

一方で、この「主観」の文学の衰退を、アイヒェンドルフはロマン主義の「世俗化」として取り上げ、それを受容者の問題と関連づけてもいる。『ドイツ文学史』に先立って一八四六年に匿名で発表された『ドイツ近代ロマン主義文学史★15（Zur Geschichte der neuern romantischen Poesie in Deutschland）』のなかで、アイヒェンドルフは「主観」の文学としての「ロマン主義」の末路について、次のような評価を下している。

しかしロマン主義は不信仰にも、近代にもたらされた主観の全能（Allmacht des Subjects）への迷信に、そして本来まさに戦うべき相手であったところのあらゆる俗世の力（weltliche Mächte）に無気力にも降伏し、それどころか媚を売り始めたことで、自らを世俗化（säcularisiren）したのである。〔E8/1, 43〕

ここでアイヒェンドルフはロマン主義の本来の力を宗教的要素と絡めつつ、「主観の全能」への迷信という作家の過ちによってその力が失われたことを問題にしている。だが、この文学の「世俗化」は書き手の問題としてのみ片付けられるものではない。それは受容者の存在があって初めて起こりうるものなのである。続く箇所では、さらに次のように述べられている。

それゆえロマン主義文学の没落の原因は、その志向自体のうちにあったのではなく、その文学がその本来の志向から外れたことにあったのであり、この離反は、詩人の不実な背信よりも同時代人の無関心さの方に負うところがはるかに大きい。〔E8/1, 47〕

こうした状況をさらに端的に説明したものとして、『ドイツ文学史』の「世俗的傾向（weltliche Richtung）」という章のなかに次のような一節がある。

哀れな詩人は少なくとも一〇年生き延びようと望むなら、混沌たる大衆（chaotische Menge）の寵愛を受ける競争相手たちを、常に最新の盛り上げ方を取り入れることで絶えず押しのけていかなければならない。こうしてひっきりなしに、卑しき詩人（Dichterpöbel）と卑しき読者（Lesepöbel）のあいだに忌まわしき情愛関係と色目の応酬が生じるのである。〔E9, 97〕

結局のところ、アイヒェンドルフの批判は決して「主観」や「主観」の文学としての「ロマン主義」そのものへ向けられたものではなく、当時の文学における「主観」の濫用に対し向けられたものである。[★16] さらに言えば、その批判の矛先は、「主観」を濫用した書き手ではなく、むしろそうした濫用を助長した同時代の「卑しき読者」に対して向けられているのである。

3　読書の意味をめぐって——アイヒェンドルフの自己意識と民衆

読書の大衆化と貴族

第四章で確認したように、一九世紀初頭には、読書という行為は民衆層をも含めた形でより一般的なものとなり、そのことを当時の教養人たちも強く意識していた。もっとも、このとき国民全体の教養水準がかならずしも向上したわけではない。ジャン・パウルは同時代の読者を三つの層に分けたが、その一つは「ほとんど教育や教養のない」人々であった。[★17] むしろこうした状況は、読書という行為にそれまでとは別の意味をもたらした。すなわち、読書はそれまでのような学問的あるいは宗教的行為から、単なる大衆の娯楽へと変わったのである。

容易に想像できるように、こうした状況は旧来の教養人にはかならずしも歓迎されなかった。読者数の増加は、作家にとって経済的自立という利点をもたらしたにもかかわらず、大衆的読者の登場は、それまでの書き手の価値観からすれば望ましくないものであった。シラーは、「いまや一国の民族におけるエリートと、その大多数の間にはきわめて大きな隔たりが存在する」とみなし、「国民詩人」であることを拒否した。★18 もっぱら大衆向けの書物のみを扱う「貸本屋（ここではLesebibliothek と呼ばれている）」に対する批判は、クライストの一八〇〇年九月一四日付の手紙にも確認される〔K4, 121〕。

だが、こうした拒絶反応は、当初より「高尚な文学」への関与を自任できた者たちによるものである。「民主主義的な図書施設」★19 であった貸本屋には、実際には民衆層のみならず社会の上層に属する人々も訪れていた。他ならぬアイヒェンドルフが、少年時代にこうした貸本屋を頻繁に利用している。一八〇〇年から一八〇二年の、すなわち一二歳から一四歳のアイヒェンドルフの日記には「貸本（Bücherverleihung）」についての書き込みが散見し、そこから彼が貸本屋を通じて読書に熱中していた様子をうかがうことができる〔EI1/1, 15; 51〕。この事実は、アイヒェンドルフが当時、読書する民衆と生活圏を共有していたことを物語る。そうしたアイヒェンドルフの意識は、新たな読者層をむやみに拒絶するものではなかったはずである。

あわせて確認しておきたいのは、近代以前のヨーロッパでは、身分が高いことと識字能力を持つことは決して比例関係にはなかったということである。一七世紀には公職者のなかにすら相当数の非識字者がいたとされるが、[20]こうした現象は特に貴族において顕著であり、例えば中世には「俗人(Layen)」という言葉が事実上「学識のない貴族」を指して用いられていたほどである。[21]彼ら貴族は、市民出身の学識者に特権を奪われるようになって初めて、市民の後追いとして大学に通い、学識の獲得に努めるようになったのだった。[22]というのも、古来より貴族に必要な素養とは、政治術に加えて、剣術や乗馬、舞踏、狩猟、旅行、飲酒といった、社交界での体面の維持に必要なものに限られており、それは教養市民とはまったく異なる価値体系のなかにあったからである。[23]

それどころか、貴族のなかには読書自体を軽蔑する者も少なからずおり、その結果、一八世紀後半になっても、特に「田舎貴族(Landadel)」は文学とは無縁の生活を送っていた。R・ヴィットマンは、出版物と読者数の爆発的増加といういわゆる「読書革命」に際して、貴族が演じた役割はとるに足らないものであったと述べている。[24]そうした貴族の教養水準は、R・エンゲルジングによれば、「小市民層や下層市民層と同様に、文学的関心を持つ田舎貴族は、たびたび誰かに命じて朗読してもらっていた」[25]ほどであった。

これらをふまえると、当時の文学的状況のなかで、貴族と民衆は似たような境遇にあったと言えよう。このとき貴族たちは、自らの「読書熱」を解消しようと欲するなら、あえて市民社会に分け入って――それが彼らにとって「降りて行く」ことを意味するのだとしても――市民的な価値観や行動様式を獲得する必要があったのである。

大衆化時代の貴族と民衆――教養を手がかりとして

大学に学ぶことで教養を身につけたアイヒェンドルフは、自らのアイデンティティを教養ある市民というあり方に求めることも十分に可能ではあった。事実、彼は経済難から故郷の城を手放すと、その学問的キャリアを活かしながら官職を転々とし、ほとんど市民としての生活を送った。だがその一方で、アイヒェンドルフは貴族と市民の同化をあまりよく思ってはいなかった。それを彼の保守的な貴族性に帰すこともあるいは可能かもしれない。だが、彼の貴族観はもう少し自覚的かつ分析的である。

アイヒェンドルフの貴族観およびそれと密接に関係したフォルク観について、晩年の回顧録『貴族と革命』(一八五七)から確認してみよう。このなかでアイヒェンドルフは、封建制度の解体によって、それまでの「自由な封土貴族(freier Lehensadel)」が「勤務する貴族(Dienstadel)」になったことを確認している〔E5/4, 111〕。こうした社会状況のなかで「真の上品さ」〔E5/4, 135〕を失った同時代の貴族にアイヒェンドルフは別れを告げるが、それでも貴族に対する彼の評価は実際には一様ではない。むしろ彼はここで、真の貴族性とでも呼びうるようなあり方を、とりわけ「教養」を基準に模索しているのである。

アイヒェンドルフはまず、貴族の類型を三つに分ける。第一の類型は「大都市から離れた、比較的小規模の領主」〔E5/4, 112〕であり、彼らは「最も大多数で最も健全な、そして最も楽しげなグループを形成していた」〔E5/4, 112〕とされる。これに対し第二の類型は、貴族のうちでもとりわけ上層に位置する者たちであり、それをアイヒェンドルフは「過度の礼儀作法でもって自他を退屈させる、排他的で傲慢な者たち」〔E5/4, 117〕と呼んでいる。第三の類型は、「過激派（die extreme）」〔E5/4, 122〕と形容される、「絶えず目を引く新たな楽しみを必要とする」〔E5/4, 125〕者たちである。[★26]

これら三つの貴族の類型のなかで、アイヒェンドルフは明らかに第一の「田舎貴族」の類型に自らを重ね、それに対し第二の類型である上流貴族を辛辣に批判するのだが、このとき注目したいのは、その二者の対立において「教養（Bildung）」が持つ意味である。アイヒェンドルフによれば、両者は互いに軽蔑し合っていたが、その差異は「教養」をどのように扱うかという点において際立っていた。すなわち、「田舎貴族」が「みずみずしさにあふれた生命力」を重んじたのに対し、上流貴族はそれを「粗野でいかにも豪農らしいもの」とみなし、それよりも「時流にかなった教養（zeitgemäßere Bildung）」の方を好んだのである〔E5/4, 118〕。この対立図式のなかで、「教養」を求めることは流行の振舞いとして批判的に捉えられる。

さらにアイヒェンドルフは別の箇所で、「宗教」と「自由思想（Freigeisterei）」の闘いに言及しながら、「啓蒙」という言葉を用いて次のように述べる。

〔第一の類型である〕小規模所領の田舎貴族の大部分は、宗教を賛美に値する手仕事のようなものとして実践していたにすぎず、そのため幅を利かせていた進歩派の人間たちの前では少なからず恥をかいた。それに対し、自分たちの方がより教養がある（gebildeter）と思い込んだ貴族のグループ〔第二の類型〕は、人から笑われることをいつも最も許しがたい大罪とみなし、自由思想に通じたフランス人作家たちと早くからこっそり交際しつつ、新時代の啓蒙を必要不可欠な流行品や礼式の品として、いわば彼らのサロンに置くためのモダンなガス灯として、黙って取り入れたのだった。〔E5/4, 129〕

ここにおいてアイヒェンドルフは、第二の類型にあたる上流貴族たちが、「啓蒙」を思想的にではなく、自分たちの体面を守るためにうわべだけで輸入したことを批判する。彼らはいわば「教養」をファッションとして扱ったのであり、その点でこの者たちは先に取り上げた「卑しき読者」とも重なると言えるだろう。

では、それに対し、第一の類型である田舎貴族たちは「教養」とどのような関係にあったのだろうか。アイヒェンドルフは、「この貴族たち〔田舎貴族たち〕はその教養（Bildung）において、自分たちの「臣民たち（Unterthanen）」よりもほんのわずかに張り出した程度であった」〔E5/4, 117〕と述べている。貴族と民衆の教養水準に差がないとするこの見方は、先の社会史的資料が示すものと一致している。だが、このことはアイヒェンドルフにとって決して否定的なものではない。むしろそれは、「彼ら〔田舎貴族たち〕はそれゆえいっそう民衆（Volk）を理解したし、ひるがえって民衆からも理解された」〔E5/4, 117〕との考えに結びつくのであり、ここにおいて生じる貴族と民衆の結びつきこそが教養俗物に対するアンチテーゼとなるのである。

民衆（Volk）とは同時に、いまやすっかり死に絶えた独創的（original）な者たちの、すなわち半ばわがままで半ばユーモアのある、特例的性格の持ち主たちの遊び場（Tummelplatz）そのものであった。彼らは野を駆けるおてんば娘さながら、慣習のクモの巣をたえず突き破ることによって、日常の俗物的生活（Philisterium）が淀ませる流れを、ごうごうと音を立てて押し動かすのだった。〔E5/4, 117〕

「特例的性格の持ち主」とされる「独創的な者たち」にとって、「フォルク」とともにあることは、刺激的で創造的な活動の場を得ることであり、それは「俗物的生活」を解体させる契機となる。こうして、「教養」からの隔たりを標榜しながら、かといって単なる実学主義や反知性主義に向かうのではないあり方が提示される。そのとき「フォルク」と、「フォルク」とともにある貴族は、「時流にかなった教養」を求める者たちとは対照的な、反俗物的な存在として立ち現れるのである。

4 『予感と現在』における理想の詩人と民衆

ここまでで明らかにした、上流貴族による「教養」のファッション化と「卑しき読者」に対するアイヒェンドルフの問題意識は、最初の長編小説である『予感と現在』にすでに表れている。「教養小説（Bildungsroman）」とみなされることもあるこの小説では、主人公フリードリヒが様々な登場人物たちと理想の文学や芸術について議論する様子が描かれる。以下では、その内容に即して、『予感と現在』における詩人像について考察してみたい。そして、それが創作者の問題のみならず、受容者の問題と密接にかかわっていることを明らかにする。

サロン批判とその意味

『貴族と革命』においてなされたような貴族批判が最も端的に表れているのは、主人公フリードリヒが参加する、ある婦人の邸宅で開かれた茶会の場面である。★27 茶会に招かれたフリードリヒは、「美への関心を満面に浮かべた婦人たちが、上手なお茶の淹れ方に通じた女主人を座長に二、三人の男たちと隣り合って座り、戦いに臨むような格好で、耳を楽しませる詩歌のごちそうについて語り始めた」〔K3, 142〕のを目の当たりにする。このときフリードリヒは、この女性たちが「ついこのあいだ出版されたばかりの、彼がかろうじて名前だけ知っているかいないかの文学をよどみのない身軽さで扱う術を心得ていること、また彼が心からの畏敬の念をなくしては口に出すこともはばかられるような名前をいとも簡単に使っていること」〔K3, 142〕に驚愕する。彼女たちとならんで座っているのは、一方は自分が著名作家と交流があることを鼻にかけ、「哲学者や詩人たちの熱を帯びた論争」を冷ややかに眺める批評家然とした男であり、もう一方はひたすら高尚で大仰な言葉を用いては「自分への満足にうっとりしきった顔」を見せる「感激屋」である〔K3, 143〕。最新の文学をいち早く受容しておきながら、その良し悪しを他人の品評を頼りに判断し、機知に富む話の種にすることのみを目的としたこの茶会が、主人公の文学観――フリードリヒは文学や詩作を通じて「森や川のざわめき、そして人生の大いなる秘密と一体となる」〔K3, 146〕瞬間を最高の喜びとする――とそぐわず、彼の目におぞましいものとして映ることは想像に難くない。

そうしたなかで一人、他の参加者とは一線を画すように見える若い詩人が、フリードリヒの目に留まる。フリードリヒが彼の話す言葉に耳をそばだてていると、「僕の人生全体を小説にする」という意気込みや、同時代の文学を批判するような言葉がきれぎれに聞こえ、フリードリヒはこの詩人に期待を抱く〔K3, 144〕。だが、その詩人がいざ自作の詩を朗読したとき、フリードリヒが受けた印象は、「ポエジーそのもの、つまり我々がそれについてわざわざ語るまでもなく我々をとらえる自由ですぐれた原初的な生命が、それをうるさく褒めそやしたりお膳立てしたりするせいでかえって現れ出ない」〔K3, 145〕というものであった。

朗読された作品自体については、「そのどれにも真心のかけらのようなものが余すところなく散りばめられており、偉大な表現や愛らしい形象に欠くこともない」〔K3, 145〕ものであったとフリードリヒは評価している。それでもその作品に「原初的な生命」が現れ出ないのは、フリードリヒがこれと比較して旅の途上で感じた森や川のざわめきを思い出すことからもわかるように、この作品が読み上げられた場所に由来する。すなわちそれは、芸術をただ話の種として表面的に受容する者たちの前で読み上げられ、悪しきの受容の円環に取り込まれてしまったがために生命を失ったのである。

このことは、アイヒェンドルフが作品自体にもまして受容という過程を重視したことをうかがわせる。それは、フリードリヒの次の言葉によって一層明白になる。

まわりにあるすべてのものは、と彼〔フリードリヒ〕は言った、散文的で月並みか、あるいは偉大ですばらしいかのどちらかです。そしてそれは、私たちがそれを不機嫌で怠惰に捉えるか、それとも熱中して捉えるかによります。〔K3, 154〕

読者層が拡大し、文学が多様化するなかで一元的な価値基準を失った社会では、文学作品の良し悪しはいかようにも判断することができる。そうしたなかでこそ、フリードリヒは受容者側の文学への向き合い方を改めて問い直そうとするのである。その彼にとって、読書はもはや受動的行為にとどまらない。

そもそも彼〔フリードリヒ〕が元気づけられたり何か学んだりすることなく手からこぼれ落ちるような劣った本など一つとして見出されなかった。本とともに、また本を介して詩作する（mit und über dem Buche dichten）者こそが真の読者である。というのも、いかなる詩人も完成した天上世界を与えてくれることなどないからである。詩人はせいぜい美しき地上から天へと続く梯子をかけるにすぎない。怠惰や無気力から、ゆるんだ黄金の梯子の段を登る気力が湧かない者にとって、秘密に満ちた文字は永遠に死んだままである。〔E3, 103〕

詩人によって書かれた「本」は、それ自体では決して完成したものではなく、それを読む者の存在によって初めて意味を持つ。この点でも、アイヒェンドルフが重視したのは作者や作品そのものではなく読者であった。

このとき「本」を読むこと、すなわち「本とともに、また本を介して詩作する」という行為は、決して教養人に限定されるものではない。いや、むしろここまで確認してきたところでは、文学を表面的にのみ受容するという悪しき読者のあり方を、アイヒェンドルフは教養市民や上流貴族にこそ見出し、それに対抗しうる力を「フォルク」に期待していた。この構図は『予感と現在』においても変わらない。アイヒェンドルフが小説のなかで理想的読者像を提示するにあたって「フォルク」に与えた役割を次に確認してみよう。

民衆的読書への期待

フリードリヒが茶会の軽薄な雰囲気に反感を抱き、不満をつのらせていたとき、彼は一人の男と接触する機会を得る。職業は「農家（Landwirth）」だというその男を、それだけで「フォルク」と呼べるかどうかに関しては注意が必要だが、アイヒェンドルフは少なくともこの人物を「田舎出身であり、文学のこうした〔他の参加者たちのような〕扱い方を知らず、その分文学をよりわかっているように見えた、簡素な身なりの」〔E3, 155〕男として、他の参加者たちとは明らかに異質な姿で描いた。そしてその男に、読書体験によって人生観が変わった人物という役回りを与えたのである。

男はフリードリヒに語る。田舎でもっぱら倹約することばかりを学び育った彼は、幼少より読書を無益な気晴らしにすぎないものとみなしていたが、それに反して彼の子供たちは詩や芸術を好んだ。子供たちをあくまで「勤勉で堅実な農家」〔E3, 155〕の子に育てようとする父親の意に反し、長男は家を飛び出して画家になる。数年経って、ようやく男が遠く離れた町に住む息子の家を訪ねた際、彼は不在の息子の部屋に置いてあった『ドローレス伯爵夫人』——アルニムによって実際に書かれた小説だが、茶会のなかで批判の的となっており、フリードリヒはその評価に不服であった——をたまたま手に取り、読書というものを初めて経験したのだった。

> 私は読み耽りました。〔……〕多くのことが、私にはまことのものであるように思われました。それは私の心の奥底に隠されていた考えのようでも、あるいはずっと昔にありながら長いあいだ失われていた思想のようでもありました。私はどんどんのめり込んでいきました。読み続けているうちに、あたりは暗くなっていました。外では太陽が沈み、夕日のちらほらとした輝きだけがかろうじて、そこら中に置かれた画架に音もなく載っている絵の上に奇妙な具合に当たっていました。私はそれらの絵をさきほどよりも丹念に観察しました。それらは生命を持ち始めたかのようでした。この瞬間、私は芸術というものが、抗いがたく何かに向かう気持ちが、そして息子の人生がわかったように思いました。〔E3, 156〕

このとき息子はさらなる旅へと出てしまっており、親子が再会することはなかった。それでもこの男は息子を理解し、それ以来自分でも芸術や文学に親しむようになったというのであった。

それまで読書経験がほとんどなかったにもかかわらず、突然一冊の本を時間も忘れて読み耽るという設定はいささか現実味に欠けるが、まさにそれまで縁がなかった読書の喜びを新たに獲得したという点で、「田舎出身」で「簡素な身なりの」この男は当時の民衆層を暗示していると言えよう。そして、この話を聞いたフリードリヒはその男に「どうぞそのまま、詩人の作品をご遠慮なさらず楽しみ続けてください」〔E3, 158〕という言葉をかけ、茶会を後にする。こうして主人公の目を通して、自分の人生の問題として文学に接するこの民衆的な男は、茶会に集う俗物たちとは正反対の理想的な読者として描かれるのである。

もう一つ、小説中で理想的な読書のあり方と民衆が関連づけられる場面は、フリードリヒの子供時代の回想のなかに見られる。まだ幼いフリードリヒは、あるとき行方不明になった兄を探すため、家の裏にある山のなかへと足を踏み入れるのだが、そこで出会ったある家族との交流がフリードリヒに特別な体験をもたらすのである。

山中を歩くうちに日は暮れ、不安をつのらせていたフリードリヒは、歩く先に明かりが灯っているのを目に留める。以下はそのときの様子である。

そこへまっしぐらに向かうと、小さな家にたどり着いた。明かりのついた窓からおそるおそる中をのぞいてみると、感じのいい部屋のなかで、楽しげに燃えるかまどの火をなごやかに囲んで家族が集まってくつろいでいるのが見えた。父親とおぼしき人が小さな本（Büchelchen）を手に持って読み聞かせをしていた。数人のたいそう可愛い子供たちがそのまわりに輪になってすわり、両手で小さな頭を支えて、それに注意深く聞き入っていた。そのあいだ、若い女の人がかたわらで糸を紡ぎながら、ときおり暖炉に薪をくべていた。〔E3, 52〕

F・X・リースが「ほとんど理念型として「フォルク」を具現したもの[★28]」と形容するこの一家の様子を見て、フリードリヒは勇気を出してその家に入って行く。一同は初め驚くが、それでも彼らはフリードリヒに好意的に接し、父親はフリードリヒをも交えて『不死身のジークフリート』――言うまでもなく、民衆本の典型である――の続きを読み聞かせてくれるのだった。

　これ以来、フリードリヒは読書に目覚め、様々な物語を自分でも読むようになる（「それからというもの、僕はその小さな家を毎日のように訪ねた。おじさんは僕が選んだ本を、欲しいだけ持って帰らせてくれた」〔E3, 53〕）。このとき彼が読んだ本は、『マゲローネ』や『ゲノフェーファ』、『ハイモンの子供たち』といった、いわゆる民衆文学であった。フリードリヒのそれ以前の読書については言及されておらず、したがって、のちに文学青年へと成長する主人公の最初の読書体験は、ここに登場する民衆的家族の父親と、彼を通じて触れた民衆文学によってもたらされたということになる。

この幸福な読書には、フリードリヒの家庭教師が彼に与えた「カンペの児童図書」〔E3, 54〕を始めとする教育的書物が対置される。このとき与えられた、ロビンソン物語を含むいくつかの書物をフリードリヒは「教育工場」〔E3, 54〕と呼んで嫌悪する。だが、興味深いことに、ここでも単に良き書物と悪しき書物が二分されるのではない。たしかにフリードリヒは実用主義的な教育に辟易したり、教訓的な物語を押しつけられるなかで「散文的な意気消沈」〔E3, 54〕に悩まされたりすることはあったが、しかしそうした書物のなかにさえ彼はお気に入りの詩歌を見つけてもいる。したがって、ここでもやはり本の内容そのものよりも、それを読む者の姿勢が重視されていることがわかる。

そうした読み方が可能であったのは、フリードリヒに「空想力（Phantasie）」が備わっていたからであった。彼は家庭教師による教育以前に、民衆的な家での読書体験によってすでにその力を身につけていたのである。

だがありがたいことに、それら〔フリードリヒのお気に入りの民衆本〕を取り上げたときにはもう遅かった。僕の空想力はそれらの物語のなかの不思議な出来事や英雄たちのあいだで、緑冠の山々の上、自由で健康な空気をたっぷり吸い込んで、あらゆる味気のない世界の襲撃から身を守ることができたのだ。〔E3, 54〕

「空想力」はここで、「味気のない世界」から身を守る術となる。そしてそれにより、フリードリヒは与えられる書物を単に拒絶するのでも、それに受動的に影響されるのでもなく、その書物のなかから自分にとって意味あるものをつかみ取り、自らが生きるための糧を見い出すことができたのだった。「空想力」を手にしたフリードリヒにとって、どんな本を読むかはもはや問題ではなかったのである。

5　変転する世界を前にして——歴史叙述と詩人の役割

さて、ここまでアイヒェンドルフにおいて、読むという行為が作品そのもの以上に重要な意味を持つこと、またうわべだけで文学や学問を受容する「教養俗物」と呼びうる者たちが批判され、それに対し「フォルク」に理想的読者として、あるいは理想的な読書を教えてくれる存在として期待が寄せられていることを明らかにした。本章の冒頭で提起した問題、すなわち「主観」の文学に対するアイヒェンドルフのアンビヴァレンスは、一つにはここから説明することができる。アイヒェンドルフは、世間の評判に右往左往するような文学との関わり方を悪しき「主観」として批判し、それに対し自らの人生の問題として主体的に詩作／読書するという意味での「主観」を文学における不可欠な要素とみなしたのである。

とはいえ、「最も主観的」である抒情詩が「民族の性格」を描き出すという見方に関しては、これだけでは説明がつけられない。だが、これについても、ここまでで明らかにした読者としての詩人というあり方を導入することによって解釈が可能になる。というのも、アイヒェンドルフにおいて書物は世界そのものと重ねられ、読むという行為は世界の謎を解くことにつながるからである。最後にそのことを確認したい。

『予感と現在』における茶会の場面で、場の雰囲気に嫌気が差したフリードリヒがその反対物として思い出すのは、友人レオンティーンと旅の途上で交わした会話であった。レオンティーンは、「自分からは決して文学の良し悪し（Urtheil）を決めないので、文学に関する真面目くさった論議が始まるといつも胸が締めつけられる」〔E3, 27〕ような人物であり、その点でも、文学作品と見ればすぐに批評しようとする茶会の参加者たちとは真逆の存在である。そのレオンティーンがフリードリヒに影響を与えた言葉に、次のようなものがある。

> 君たちはあらゆるものを言葉のやりとりと一緒にしてしまっているから、最後には自分に自信がなくなってしまうのだ。僕だってかつては大真面目に自分こそが世界精神（Weltseele）だな

ど思い、騒々しい世界を前にして、自分がなんらかの精神を手にしているのか、あるいは自分がそれにとらわれているだけなのかがわからなくなったこともある。でもねえ、ファーバー〔同じく旅の仲間である職業詩人〕さん、色とりどりの形象にあふれた人生（Leben）と詩人の関係は、太古に没した見知らぬ原初の言葉で書かれた広大無辺の神聖文字の書（Hyeroglíphenbuch）とそれを読む読者のようなものです。その書物の前に延々と座り続けて、真面目で勇敢極まりない世界狂たちは――詩人のことです――読んで読んで読み続けるのです。けれどもその不可思議な太古の表意文字は解読できないまま、風が吹いてはその大きな本のページをものすごい速さでめちゃくちゃにしてしまうので、その目には涙があふれてしまうのです。〔E3, 27〕

この引用の前半部は、かつてはレオンティーン自身が「主観主義」的に世界を把握しようとしたことの告白である。[★29] だが彼は続いて、そうした主観主義的把握とは異なる詩人と世界の関係についての自らの考えを述べる。それは、人生ないし世界とは神秘の言葉で書かれた一つの「本」であり、詩人はそれを読み解く「読者」であるとする世界観である。

もっとも、書物としての世界というこのモチーフは、アイヒェンドルフの発明ではない。それは読者としての詩人というモチーフとともにヨーロッパ文学における一つのトポスであり、とりわけロマン主義の作家たちに好んで用いられたものである。[★30] それでは、アイヒェンドルフ自身はこのモチーフにどのような意味づけを施したのだろうか。

注目したいのは、このとき書物としての世界を読むことが詩人にとって困難であるとする理由が、その書物の「神聖文字」の判読不可能性によるものだけではないということである。上に挙げたレオンティーンの言葉の後半部では、「風」が本のページを慌ただしくめくってしまうために、それを読むこと自体が困難になるということが述べられている。このとき読者である詩人は、自分がいま読んでいた箇所を見失い、迷える状態に陥るのである。この吹きすさぶ「風」を「世間のめまぐるしい変動」になぞらえ、この詩人の姿を「人生という書物」の意味を読み取るために十分な時間が与えられなくなった近代人の姿として解釈することは十分に可能だろう。★31 詩人が対峙する世界はもはや彼だけのものではない。そこには世間の様々な興味・関心が複雑に渦巻き、またそれらはいとも簡単に移り変わるために、詩人は――自分自身では受容者に迎合するつもりはなくとも――自らが立つ場所を測定すること自体が困難になるのである。

加えてここで、本章の初めに問題提起として引用した『ドイツ文学史』の「抒情詩」に関する一節のなかで、アイヒェンドルフが「現在」というもの自体を絶えず変転するものと捉えていたことを思い出してみよう。

抒情詩は個々人へと向けられたものであるがゆえに本質的に現在のポエジーであり、したがっ

ていまという時間がそうであるのと同様、平穏なままであり続けることはなく、絶えず変転する。〔E9, 66〕

ここでアイヒェンドルフは、過去のポエジーとしての叙事詩および未来のポエジーとしての戯曲と比較して、抒情詩を「現在（Gegenwart）」のポエジーとみなしていた。このこととあわせて考えると、吹き荒れる「凪」によって読むことが困難な書物を前にした読者というモチーフは、過去や未来をも含んだ歴史のなかで「現在」をどのように把握するかという問題に戸惑う人間の姿として理解することもできるだろう。★32 そして、アイヒェンドルフはそうした「現在」を捉える力として、詩人の「主観」に重きを置いたのであった。

現在、ひいては歴史全体を把握するために「主観」がいかなる機能を持つかという問題は、一九世紀初頭にはヘーゲルを筆頭に歴史哲学における重要なテーマの一つとなっていた。その一例として、言語学者であり、プロイセン官僚であったヴィルヘルム・フォン・フンボルト（一七六九―一八五九）による歴史叙述と主観についての考え方を取り上げ、それとアイヒェンドルフが提示する詩人像とを比較してみよう。

フンボルトは一八二一年の論文『歴史家の使命について（Über die Aufgabe des Geschichtschreibers）』のなかで、アイヒェンドルフの文学史論に先立って、歴史叙述における「詩人」の役割を指摘している。この論文の主題は、歴史叙述において重要なのは「空想力（Phantasie）」であるとする点にある。フンボルトによれば、歴史家の使命とは何よりもまず「出来事の叙述」、それもできるだけ「簡素な叙述」である。その意味で歴史家の仕事は、「自発的なものでも創造的なものではない」ように思われる。だが、そもそも歴史上の出来事は我々の感覚世界においてほんの一部しか目に見える形で現れてはおらず、それ以外の部分は「感じ取り、推し量り、察知しなければならない」のである。[★33]ここにおいて歴史家は詩人に喩えられる。

あらゆる出来事の真の姿は、先に述べたような各々の事実に含まれる目に見えない部分の集積の上に成り立つのであり、それゆえ歴史家はこれを補完する必要がある。この観点からすると、歴史家は自発的であり、それどころか創造的ですらある。たしかに歴史家は、存在しないものを創り出すわけではないが、本当は存在していながら感覚だけではつかむことのできないものを自らの力で形にする（bilden）のである。様々な方法で、しかし詩人（Dichter）とまったく同じようにして、歴史家はばらばらの集成物を一つの全体へと仕上げなければならないのである。[★34]

人間が知覚できる個々の出来事はどれもばらばらであり、それ自体では歴史という大きな連関物を成すことはない。歴史家はこれらの出来事の破片をつなぎ合わせ、全体として形を与える必要がある。そして、全体を把握するというこの課題は「詩人と同じように、空想力によってのみ可能」だ[★35]、とフンボルトは主張するのである。

もっとも、フンボルトはここで「空想力」、すなわち「詩人」の力ばかりを重視していたわけではない。歴史の真実に近づくためには「二つの道を同時に」とらなければならない、とフンボルトは言う。その一つは「出来事についての正確で偏りのない批判的究明」であり、もう一つは「究明されたものを〔他のものと〕結びつけること、すなわち一つ目の方法では到達できないものを予感すること」である[★36]。こうして歴史家の仕事は、前者によって「客観的（objektiv）」に、後者によって「主観的（subjeltiv）」に規定される[★37]。

「詩人」が歴史を把握する、すなわち世界を〈読む〉存在であるとした点で、フンボルトが歴史家の課題としたものはアイヒェンドルフが詩人に見出した役割と似通っている。とはいえ、フンボルトは歴史と歴史家の関係をあくまで研究対象と研究者の関係として捉えた。それに対し、アイヒェンドルフにおける歴史と詩人の関係は、研究者と対象物という関係をはるかに越えたものとなる。アイヒェンドルフの『ドイツ文学史』では次のように述べられている。

ポエジーとはどれもまさに国民の内面史（innere Geschichte der Nation）の表出であり、いわばそ

の魂が宿る肉体である。〔E9, 269〕

アイヒェンドルフにおいては、詩人が生み出す作品そのものが歴史、それも「国民の内面史」になぞらえられる。この「国民の内面史」なるものは、「ポエジー」という形を得ることによって初めて表出されるものであり、かならずや誰かが――詩人が――それに形を与えなければならないのである。

しかし、その作業は決して恣意的になしうるものではない。というのも、そこにはかならずや「美」への帰依が必要となるからである。アイヒェンドルフはそれを「危険な」行為であるとさえみなしている。

詩人は強い感受性を持ち、言うまでもなく他の誰よりも生き生きと、しかしいわば魂の危険な逍遥を重ねながらその時代のあらゆる要素をそれ自体において包括する――それらの要素をそれ自体のうちに埋没させるのではなく、美へと落とし込むために。〔E8/2, 83〕

詩人が「時代のあらゆる要素」を包括する存在とみなされている点で、ここでもアイヒェンドルフの考える詩作には歴史の把握が含意されている。このとき詩人がとるとされる「魂の危険な逍遥」

の意味については、ここでは明記されていない。それでも本章で確認してきたことをふまえれば、これは近代以降の詩人が置かれた社会的立場と重ねて次のように理解されよう。すなわち、一九世紀前半には、読者層の拡大によって詩人には経済的自立の可能性が広がったばかりでなく、それまで以上にその影響力は大きなものとなり、それによって彼らには「国民の賞賛すべき代表者、精神的指導者」[★38]としての地位も保証されるようになった。その一方で、社会から期待される役割が大きくなればなるほど、その分だけ詩人は自らの理想と社会の要求とのあいだに生じる軋轢に苛まれることとなる。このとき社会から受け容れられないことは、詩人にとってもはやその生命を失うに等しいものとなる。

だが、そうしたなかでこそ詩人は「主観的な」存在でなければならないとアイヒェンドルフは考えた。詩人は世界を読み解く「読者」であるのみならず、それを「美」という価値体系によって、社会上の利害関係とは別の次元において表現する義務を負っている。その義務を引き受けることをアイヒェンドルフは「主観的」という言葉で表現したのである。そして、そうした義務が創作者としての詩人のみならず、文学に携わる者すべてに課されるべきであるとの考えから、アイヒェンドルフは同時代の読者に対してもまた批判的な視線を向けたのだった。

本書の関心に引きつけて強調しておきたいのは、アイヒェンドルフの考える理想的詩人／読者には「フォルク」が含まれる余地があるということである。アイヒェンドルフは俗物的世界とは異なる価値体系のなかに生きる存在として「フォルク」を捉え、そうした「フォルク」を『予感と現在』において「読書」と関わる存在として登場させた。こうしてアイヒェンドルフにおいて「フォルク」もまた、真の「主観」を有する存在として世界と対峙しうるのである。

第6章　一八三〇年代のドイツ像
――中期アイヒェンドルフにおける解放戦争と民衆

1　一八三〇年代と「様々な歴史観」

前章では、アイヒェンドルフの初期の長編小説と晩年の文学史を対象に、彼が文学における受容を創作以上に重視し、読者としての、さらには世界を把握し歴史を生み出す者としての詩人像を提示したこと、そしてそれをフォルクと関連づけていたことを明らかにした。アイヒェンドルフが理想とするこうした文学のあり方は、彼の初期と後期に共通して見られるが、その二つの時期のあいだには実は見過ごすことのできない歴史的変化があった。それは「三月前期（Vormärz）」という言葉で表される政治的変化と、それに伴って生じた社会的・思想的状況の変化である。

一八四八年の三月革命に至るまでの時期を指す「三月前期」の開始点については諸説あるものの、[1]一般的には一八三〇年の七月革命が最も重要な転換点とされている。一八三〇年七月、パリで時の反動政治に対する民衆蜂起が起こると、その影響は瞬く間に近隣諸国に波及した。ドイツ語圏でも各地で諸権利の獲得を求める民衆蜂起が起こり、それ自体では政治体制の転覆には至らなかったものの、国民的統一や民主主義、言論の自由などの理念がかつてないほどに声高に叫ばれ、この一連の現象への評価をめぐって政治的党派性が際立つようになったのである。

こうした政治的状況の変化は、文学のあり方にもまた変化をもたらした。三月前期を代表する作家ハインリヒ・ハイネ（一七九七―一八五六）が「芸術時代の終焉」という言葉で表現したように、一八三〇年代は文学の役割の変化が強く意識された時期であった。すなわち、社会全体で政治への関心が高まったことにより、文学にもそれまでのような芸術作品としての自律性に代わってより直接的な政治的機能が求められるようになったのである。また、それと連動して、人々の歴史観にも変化が見られるようになる。ハイネは一八三三年執筆とされる小論『様々な歴史観』のなかで、「この世のあらゆるもののなかに慰めのない循環しか見ない」過去志向の歴史観と「この世のすべては美しい完成に向かって成熟していく」と考える未来志向の歴史観の双方から距離をとり、「現在（Gegenwart）」そのものに価値を置く立場を示した。[2]こうした「現在」志向は、「時間を超越した（zeitlos）」妥当性よりも目の前の「現実（Realität）」との取り組みを文学の使命とした「若きドイツ派」

を始め、一八三〇年代の作家たちのあいだで広く共有されていく。[★3]

こうしたなかで、「過去と未来にのみに、追憶と憧憬のみに生きた」とされる「ロマン主義」は、[★4]時代にそぐわぬものとして退けられるようになる。このときアイヒェンドルフはまさに「芸術時代」のロマン派詩人、さらに言えば過去に重きを置く歴史観にとらわれた旧世代の人間とみなしうる人物であった。というのも、彼は初期ロマン主義者フリードリヒ・シュレーゲルに直接の薫陶を受け、さらにはハイデルベルクにおける盛期ロマン主義とも密接な関係にあったばかりでなく、歴史観という観点でも、ハレ大学で法学を学んだアイヒェンドルフは、まさにハイネが「歴史学派の哲人たち」[★5]と呼んで批判したサヴィニーやアイヒホルンら「歴史法学派」の影響を多分に受けていたからである。[★6]

もっとも、アイヒェンドルフ自身、一八三〇年代にはこうした時代の変化を強く意識していた。それは様々な新旧の対立となって作品に表れている。その一つとして、彼は一八三二年の風刺小説『空騒ぎ』のなかで、最初の長編小説『予感と現在』（一八一五）の人物たちを再び登場させ、彼らを時代遅れになった存在として皮肉まじりに描いた。さらにアイヒェンドルフは『予感と現在』以来の長編小説『詩人とその仲間たち』（一八三六）において、もはや溌溂とした若さを持つとは言えない人物たちの姿を通じて、過ぎ去ったものへの郷愁を余すことなく描いている。これらの点でも、アイヒェンドルフはやはり過去的な人間であったとは言えるが、ではそうした「過去」をこの時代にあえて描くことによって、彼は何を意図したのだろうか。

本章では、一八三〇年代における過去と現在、すなわち解放戦争時代と三月前期という二つの時代のあいだに生じた変化に目を配りながら、一八三〇年代における中期アイヒェンドルフの問題意識を明らかにする。前章でも触れたように、しばしば非政治的なイメージでもって受容されるアイヒェンドルフだが、彼が社会の変化に常に敏感であったこと、また一八一三年には義勇軍への参加を通じて解放戦争に関与したこと、[★7]さらには一八三〇年代にはプロイセンでの公務を通じて政治に携わったことを忘れてはならない。「過渡期」とされる一八三〇年代において、[★8]非政治的で過去志向のロマン主義と行動的で現在志向の三月前期という対立図式は、かならずしも明確な線引きでもって成り立つものではない。ここではアイヒェンドルフという旧世代の視点をあえて導入することにより、一八三〇年代という「過渡期」を、特にドイツ像およびフォルク観という観点から多角的に捉えることを目指す。

2　一八三〇年代の政治的状況

ハイネ『ロマン派』における解放戦争

アイヒェンドルフに向かう前に、問題提起として、まずはハイネの一八三六年の文学史『ロマン派』におけるアイヒェンドルフへの評価と、そこから導き出される「現在」の意味について改めて確認しておきたい。先述のように、ハイネは「芸術時代の終焉」という言葉で旧世代の作家たちを過去のものとみなしたが、その一方でハイネは同時期にアイヒェンドルフを高く評価してもいる。『ロマン派』においてアイヒェンドルフへの言及が見られるのは、第三巻のルートヴィヒ・ウーラントについて論じた箇所においてである。ハイネはまずウーラントについて、「一八一三年」という時代に言及しつつ、次のように述べている。

一八一三年の人々は、ウーラントの詩のなかに彼らの時代の精神が、それも政治的な精神だけでなく、倫理的、美的な精神もが最も見事に保存されていると考えている。★9

ハイネはここで、ウーラントの詩のなかに一八一三年の精神、すなわち「いわゆる自由戦争★10(Freiheitskrieg)」の精神が保存されているとする見方を確認している。一八一三年の自由戦争とは、ナポレオン率いるフランスによる他民族支配に対し、ドイツ国民の自発的意志による「愛国戦争（patriotischer Krieg）」として結実した「解放戦争（Befreiungskrieg）」に他ならない。[★11]それを指摘したうえでハイネは、ウーラントに匹敵する詩を世に送り出した「ロマン派的同時代人」としてアイヒェンドルフの名を挙げ、とりわけ『予感と現在』に織り込まれた解放戦争時代の詩作品を取り上げて、「実際のところ、フォン・アイヒェンドルフ男爵はなんとすばらしい詩人であろうか」[★12]との絶大な賛辞を送るのである。[★13]

もっとも、この評価は決して手放しのものではない。というのも、ハイネは彼自身がそれらの詩に胸を高鳴らせた解放戦争時代と一八三〇年代の現在とのあいだに大きな隔たりを認めてもいるからである。そもそもハイネはこのときドイツではなくフランスに、それも「現下の最も荒々しい大波がどよめき、現代のもっとも騒がしい声が響き渡る」パリに移住していた。こうした環境を「突撃歩度で国防軍が歩き回り、誰もがフランス語を話している――これが一体ウーラントの詩を読むことのできる場所であろうか」[★14]としたうえで、ハイネは一八一三年の「愛国者（Patriot）」について次のように述べる。

私は愛国者という言葉に一八一三年という年号を付け加えておいた。これは彼らを、もはやいわゆる自由戦争の追憶に生きているのではない今日の愛国者と区別するためである。あの昔の愛国者たちは、ウーラントの詩歌に最も甘美な満足を見出すに違いない。なぜなら、彼の詩の大部分が、彼らの時代の、つまり彼らがまだ若々しい感情と、誇らしい希望をほしいままにしていた時代の精神をたっぷりと内に含んでいるからである。★15

こうしてハイネは、一方では「一八一三年」への懐かしさと憧れを表明しつつも、他方ではウーラントおよびアイヒェンドルフの詩に体現されるその時代の精神性がもはや過去のものであること、とりわけ愛国主義という文脈において現在とは断絶があることを強調するのである。

解放戦争時代の回顧は、実のところ一八三〇年代に流行した現象であった。人々は新たな時代の到来を前にして古き良き解放戦争時代を振り返り、一方では当時の国民運動の記憶を呼び起こすと同時に、他方ではまたハイネのように、そこからの隔たりを強く意識した。★16 この意味で解放戦争への評価は、一八三〇年代以降の新たなナショナリズムをどのように評価するかという問題と密接に関わるものとなった。では、その新たなナショナリズム、先のハイネの言葉で言えば、「もはやいわゆる自由戦争の追憶に生きているのではない」とされる当時のナショナリズムとは一体どのようなものだったのだろうか。ここで一度、一八三〇年代の政治的相関図について、当時ようやく明確に区分されるようになった党派性に留意しつつ確認しておこう。

一八三〇年代のドイツ・ナショナリズムとその矛盾

オットー・ダンの近現代ナショナリズム史叙述によれば、[★17]解放戦争時代と一八三〇年代のナショナリズムの最たる違いは、その敵とは誰かという点にある。一八一三年のドイツ・ナショナリズムはナポレオン率いるフランス軍への抵抗であり、「ドイツ民族」を守るというスローガンのもと、内政上の不和を棚上げにすることができた。民族と国家の境界が一致しない領邦分裂状態のなかで、内的な対立、すなわち身分間の、あるいは領邦国家同士の対立は、共通の敵であるフランスを前にして容易に解消されたのである。こうして「諸国民の戦い（Völkerschlacht）」として結実した解放戦争は、少なくとも表面上は、君主も民衆も含めた「ドイツ国民」の戦いとして意義づけられたのだった。

これに対し、一八三〇年代に七月革命の影響下で再興したドイツ国民運動は、当初より外部ではなく内部の敵を相手どって展開された。というのも、解放戦争後のドイツでは、ヨーロッパ全体の秩序を優先させた「復古体制（Restauration）」のもとで、民族統一も政治的解放も果たされなかったばかりか、それまでの国民運動は新秩序構想にそぐわないものとして弾圧され、一八一八年頃までにはそのほとんどが地下運動を余儀なくされていたからである。ドイツの愛国者たちは、解放戦争での束の間の一体感ののち、予想外に早く、そして不本意にも反体制の烙印を押されたのであった。こうした反動化の時代を経た後で、一八三〇年代に人々が要求したのは成文憲法による基本権の保証および政治参加の権利であり、彼らの敵はいまだ強固な主権を持つ君主と反動化を強める政府であった。

こうしたなかで、一八三〇年代には、国家官僚として外面上は体制側に与する知識人のあいだでも、絶対的王権の存続はもはや非現実的なものとみなされつつあった。絶対主義的社会秩序の存続を望む立場もなかったわけではないが、[18]それ以上に当時の政治状況の理解を困難にするのは、国民の解放を目指す立場のあいだに見られる差異である。その差はとりわけ、君主制と憲法制定に対する考え方において生じる。ダンは二つの方向性として、革命を企てる急進的立場としての「民主主義（Demokratie）」と、改革を望む穏健的立場としての「自由主義（Liberalismus）」とに大別しているが、[19]一方の「自由主義」とは、解放戦争に由来し、市民階級を主な担い手とするもので、個別邦国を基盤に法治国家、市民的自由、議会の権能の強化を目指す立場である。憲法理念を支持することもあるが、かならずしも完全な国民主権を目指すわけではなく、君主制とも妥協しうる。[20]もう一方の「民主主義」とは、一八三〇年の体験に影響を受けた新しい立場であり、国民主権原則の貫徹と「真に民主主義的な憲法」の実現を目指す反絶対主義である。彼らの思い描く国民像は、「民衆の諸階層の全体」を指しており、君主との妥協は不可能である。[21]

この両者の対立は次第に激化し、当時の知識人はその立場の選択をほとんど二者択一で迫られたが、[22]改めて強調しておきたいのは、いずれの陣営もあくまで国民国家形成を目指していたことである。とはいえ、「国民」の解放を掲げるからには当然ながら社会の下層部にも目を配らなければならず、その点で政府による上からの運動とならざるをえない「自由主義」が、社会の根本的変革を求める「民主主義」の勢いに押されがちであったことは想像に難くない。

その勢いは、一八三二年五月、南ドイツの古城ハンバッハに三万人以上の参加者を集めた大規模な集会において最高潮に達した。このハンバッハ祭は、反政府運動に他ならなかったが、「ドイツ人の国民的祝祭」を自称しており、まさに「自由」と「ドイツ統一」を求める国民運動として開催された。例えば、主催者の一人であるジャーナリストのフィリップ・ジーベンプファイファーは、ハンバッハ祭への招請状として『ドイツの五月』を起草し、「立ち上がれ、祖国（Vaterland）と自由（Freiheit）の聖火に胸焦がす、すべての身分（jeder Stand）のドイツの男たちよ、青年たちよ！　怒涛となって来たれ！　ドイツの女たちよ、少女たちよ！　ヨーロッパ秩序のもとで君たちが政治的に軽んじられているのは過ちであり汚点だ。君たちの参加で集会を彩り、活気づけたまえ！」と述べた。[★23] ここに指摘しうるのは「祖国」と「自由」が重ねられていること、そして「女性」を含めた「すべての身分」の参加が促されたことである。このように社会的弱者の解放が積極的に求められ、そのナショナリズムは国民全体のためのものとしての意義を強く打ち出したのである。

地理的な意味でも、「民主主義」陣営は強力な武器を手にしていた。当時、識字率の大幅な向上に加え、大量印刷機の導入と蒸気船および鉄道による交通革命を通じて新聞メディアが急激に発達し、「国民規模のコミュニケーション」が現実のものとなると、[★24] 個別邦国の境界を越えて活動する院外野党派が現れるようになった。[★25] それに対し「自由主義」の活動領域は、自らが属する個別邦国に限定され、その結果、理念的対象としての国民と主体的帰属先としての国民が乖離する傾向にあった。[★26]

だが、こうして優勢に見える「民主主義」の国民運動においても、「国民」という語の意味に関しては奇妙なねじれが生じている。例えば、同じくハンバッハ祭の主催者である弁護士ヨーハン・G・A・ヴィルトの主張には、国民運動を通じて「フランス、ドイツ、ポーランドの各民族（Volk）の誠実な連帯を通じたヨーロッパ国家社会」を創設すべきというものがあったが、[★27] 政治史的には社会主義の台頭として意義づけられるこの動きは、民族的統一国家を目指す動きとは相反するものであった。さらには、その理念がフランスを始めとした外国の思想から得られたものであることから、民族固有の歴史性を無視しているとの批判を招くことにもつながった。

事実、当時新たなナショナリズムを信奉した者にとって、七月革命によって解放運動を先導したフランスは、もはや対抗すべき存在ではなく、むしろ手本とすべき存在となっていた。このことについて、アイヒェンドルフの見解を引用しておこう。

かの一八三〇年に、突然西から押し寄せた嵐が、ドイツでもひどい砂埃を巻き立てた。するとほんの数年前まではドイツ性を備えていると自任していた同じ人間たちが、慌ててそれをフランス流に移し替えたのである。〔E10/1. 265〕

こうして一八三〇年代のドイツでは、国民国家形成のための運動が外国を手本にして展開されるという矛盾が生じることとなる。むろん、これはいずれかの党派の問題というより、近代ナショナリズムという現象自体が抱える矛盾ではあろうが、歴史性を重んじるアイヒェンドルフはそれをよしとしなかった。

加えてもう一つ、この時代のドイツに特有の現象として、憲法制定の是非をめぐってドイツ内部での国家間対立が激化したことにも触れておかなければならない。とりわけ、早い段階で独自の憲法を布いた南ドイツ地域で「民主主義」の勢力が強まると、北のプロイセンでは反動化が進み、憲法の制定に対しますます消極的になっていった。こうしてドイツ統一という目標は、それを目指す各運動が激化すればするほど、その実現からは遠ざかっていったのである。

3　アイヒェンドルフの政治論文とドイツ像

内的必然性としての憲法

ではこうした政治的状況のなかで、アイヒェンドルフはどのような立場に立っていたのだろうか。一八三〇年代のドイツに吹き荒れた「嵐」に眉をひそめ、その過渡期的な政治状況を「不愉快な混乱期」と呼んだアイヒェンドルフが、★28急進的立場に対し批判的であったことは想像に難くない。とりわけハンバッハ祭は彼にとって痛烈な批判の対象となった。一八三二年執筆と推測される風刺小説『我もまたアルカディアにありき』では、ハンバッハ祭が魔女の集会になぞらえられ、無秩序極まりない様子で戯画化される。そこではハンバッハ祭の主催者であるジーベンプファイファーやヴィルトの名を連想させる人物として、同じ曲をうんざりするほどに演奏し続ける「七人の管楽屋（Sieben Pfeiffer）」や、騒音のなかよく通る声で「憲法リキュール（Konstitutionswaßer）」や「ダブルの自由酒（doppelt Freiheit）」を呼び売りする「酒場の主人（Wirth）」が登場する〔E5/3, 194〕。これらの描写からはアイヒェンドルフがダンの言う意味での「民主主義」と相容れない立場にあったことがうかがえる。

それでは、保守派と比較した場合はどうか。当時の保守陣営のうち、アイヒェンドルフが親交を持った人物に、カトリック改宗後のフリードリヒ・シュレーゲルやアーダム・ミュラーといったウィーンのロマン主義者たちがいる。アイヒェンドルフが彼らから受けた影響は計り知れないが、こと国家論に関して言えば、国家を機械装置ではなく有機体とみなすミュラーの有機的国家観に強い影響を受けている。[★29] それでもアイヒェンドルフと彼らのあいだに差異がなかったわけではない。アイヒェンドルフは、シュレーゲルやミュラーが現体制の代替案と信じた中世的秩序への回帰については、それを幻想とみなし認めなかった。[★30] その詳細についてはここでは割愛するが、アイヒェンドルフが美学上の世界観ではなく、あくまで立法を通じた現実上の改革に活路を見出そうとした点に、「政治的ロマン主義」（C・シュミット）とされるシュレーゲルやミュラーとアイヒェンドルフの差異をひとまずは見出すことができる。

こうした差異を生じさせた背景として、アイヒェンドルフが当時プロイセンで公務に就いていたという事情が作用している。アイヒェンドルフは一八二一年よりダンツィヒで勤務し、一八二四年からはケーニヒスベルクで、そして一八三〇年代初めには外務省の「臨時職員（Hilfsarbeiter）」としてベルリンで官職を得た。この経歴のなかで彼はプロイセン改革派官僚らと接近し、とくにテーオドーア・フォン・シェーンやアルテンシュタインの影響を受けたとされる。[★31]

そのアイヒェンドルフは一八三一年から三二年にかけて、公務の一環としていくつか政治論文を執筆した。[★32] そのうち国政および憲法に関する論述は、特に南ドイツの新聞から発せられた、政治的自由および所有財産の保証に関するプロイセンの後進性を批判する声に対し、プロイセンを擁護するという意図を持って書かれたものである。ここで指摘しておきたいのは、憲法制定をめぐる問題が当時のプロイセンにおいて外務省の仕事、すなわち外交問題に関する事柄であったということである。フランス七月革命とその影響への対応は、ドイツ連邦内での領邦国家間の思想的対立を浮き彫りにした。そうしたなかで、新たな憲法の制定は、プロイセン国内の問題のみならず、ドイツ連邦内における「外国」との今後の関係にかかわる重要な案件となったのである。こうして、プロイセンがリベラルな立憲国家として歩み寄る用意のあることをドイツ内の「外国」に対し示すことを目的として、一八三二年、外務省の援助によりベルリンで『歴史・政治誌（Historisch-politische Zeitschrift）』が創刊された。[★33] 一八三〇年代初頭のアイヒェンドルフの一連の政治論文は、元来この雑誌に向けて書かれたものである。

とはいえ、このときアイヒェンドルフが展開した政治思想は、政府の方針とかならずしも一致しなかったようだ。特に、プロイセンがとった領邦ナショナリズムの路線に対し、アイヒェンドルフが文化的に規定される民族全体を含んだ「ドイツ」をあくまで追求したという点にその差異は見出される。当時プロイセンでは、全ドイツ規模での国民国家構想を支持することが「復古体制」に反する国民運動への関与として弾圧対象となりうるものであったことを考えると、それだけに一層アイヒェンドルフのドイツ統一に向けた意志の強さがうかがえる。[★34]

こうして見ると、アイヒェンドルフの政治論文において、公務として書かれた部分と個人的信条とを明確に判別するのは困難ではあるが、「自由状態による専制（Despotismus der Liberalität）」〔E10/1, 186〕という逆説的な状況を批判し、民族に固有の歴史性を何よりも重視するという考え方は少なくとも一貫して見られ、かつ印象的な表現も多いので、それを取り上げてみたい。詩的な比喩をも多用した『プロイセンと憲法』の主張は、以下の文に集約される。

憲法は作られるのではない。というのも、人の恣意が恣意であることに変わりはないのだから。〔……〕人々にお前たちを自由（frei）にはさせないと言うのと、それ以外にないこのあり方で自由であれと言うのとでは、どちらも同じく恣意の押しつけである。日々の無駄話も、学識者やどこかの特権階級の言うことも、ここでは決定権を持ちえない。決定を許されるのは、国民固有の発展の成果としてもたらされる内的必然性のみである。〔E10/1, 187 強調は原文〕

「自由である」ことを目指した運動であっても、それは制度化されていく段階で特定の恣意の発現へと容易に転換し、新たな不自由をもたらしうる。こうしてアイヒェンドルフは憲法も「作られる」のではなく「内なる必然性」の表れとしてもたらされるべきであるとした。この見解は同時代人には「プロイセンに憲法は要らない」[★35]との主張に思われたため、アイヒェンドルフの論文は結局『歴史・政治誌』には掲載されなかったばかりか、彼の生前に発表されることはなかった。[★36]

実際、アイヒェンドルフは論文のなかで憲法制定に消極的な態度を見せている。とりわけ彼は国内の利害関心が一致していない点を強調する。左右の党派的対立もさることながら〔E10/1, 131-136〕、身分によっても要求は異なるのであり〔E10/1, 145〕、これらの不一致をクリアしないままで憲法を制定しようとするのは、聖堂を建てるのに尖頭から始めておいて「そのあとに基礎部分とどう折り合いがつくのかを眺める」〔E10/1, 188〕ようなものである。一方で「塔も憲法も最初から宙に浮かばせることなどできないということを、分別あるものなら誰もがよく知っている」〔E10/1, 188〕はずだ、というのがアイヒェンドルフの主張であった。

こうしてアイヒェンドルフは憲法制定を推し進めようとする議論を性急なものとみなし、それに待ったをかけた。もっとも、利害関心の複数性を配慮する必要を唱えながら、その解決を「内なる必然性」にゆだねるのでは、あまりに楽観的であるとの批判は免れないだろう。とはいえ、アイヒェンドルフもこの「必然性」が容易にもたらされるものとは考えていない。ここにおいてまさに詩人の役割が求められるのである。『プロイセンと憲法』の、国政の課題について述べた部分で、アイヒェンドルフは次のように説明している。

国政とは一つの定まった代数式で行なう抽象の遊戯ではなく、生きた芸術である。それは移り変わるみずみずしい生命を、あらゆる変転を越えた最高次の崇高な関係を基準として、いかなる瞬間にも生き生きとした状態で把握し、またそれに美的かつ有用な形を与えなければならないのである。〔E10/1, 142〕

これは前章で取り上げた、歴史叙述における詩人の役割と共通した考え方であると言えよう。こうした状況でこそアイヒェンドルフは「詩人」の役割を、すなわち「歴史」や、ひいては「現在」を「美」において捉える力を求めたのである。それに対し、例えばイギリスに代表される外国の憲法制度をそのまま導入するのであれば、それは「内的必然性」を欠いた制度の押しつけであり「国民固有の発展」を阻害しかねない。こうした立場からアイヒェンドルフは一つの憲法理念をあらゆる国に応用できるとする考え方を批判し、政治問題にさえも徹頭徹尾詩人として向き合いながら、一八三〇年代の矛盾した国民運動に異を唱えたのだった。

出版法との取り組み——ドイツ統一と世論の問題

憲法制定問題に加え、アイヒェンドルフのもう一つの政治活動として、出版法に関する論文の執筆を挙げることができる。プロイセン外務省に勤務した一八三一年一〇月から一八三二年七月末までのあいだ、アイヒェンドルフは外務省枢密顧問官ヨーハン・アルブレヒト・アイヒホルンによる命を受け、出版法に関する論文を表向きはアイヒホルンによるものとして執筆した。★37 このときの取り組みとして残されているのは、立憲国家においてあるべき「出版の自由（Preßfreiheit）」について論じた『ドイツにおける立憲的出版法の制定』（以下『出版法の制定』）と、新たな出版法作成のための前提について、近年の出版法に関する動向を整理しつつ論じた『出版法作成のための一般原則』（以下『一般原則』）の二つの論文、そしてそれをふまえて書かれた二つの草案である。

アイヒェンドルフは『一般原則』で、ウィーン体制開始直後の一八一五年六月に発足したドイツ連邦において「連邦規約」が制定され、その第一八条により「連邦会議は最初の集会に際し出版の自由に関する同一の（gleichförmig）法令の起草に取り組むべし」〔E10/1, 303〕と定められていたことをまず確認する。しかしこの「同一の法令」の制定はかなわぬまま、一八三〇年代初頭にはこの規約自体がすでに形骸化していた。特にプロイセンでは「一八一九年一〇月一九日の検閲令」〔E10/1, 303〕以降、独自の検閲体制により反動化が進んでいたのだった。

ここで、先に取り上げた憲法制定問題がドイツ連邦内での外交的案件であったことを思い出してみたい。このことは出版法に関しても同様に当てはまる。はたしてアイヒェンドルフの論文では、出版制度の違いにより生じる国家間の分離が問題視される。

こうした分離が生じれば、それはドイツでの出版法制定との関連で極度にゆゆしき結果をもたらすことが避けられないのみならず、政治的観点一般においてもまた大害とみなされよう。なぜならそれはドイツ連邦解体の萌芽と、ドイツ内の諸関係をまるごと変形させる契機を必然的に孕んでいるからである。〔E10/1, 307〕

とりわけ上記のように独自の検閲令を布いたプロイセンにとって、こうした「分離」は一層深刻な問題であった。

この問題に対しアイヒェンドルフは、プロイセンにおける検閲令や、その前の一八一九年九月に連邦会議で可決されたカールスバート決議さえもがあくまで「暫定的措置」にすぎないこと、そして連邦内での「出版の自由に関する同一の法令の起草」が目指された、一八一五年の連邦規約がまだ破棄されていないことをいま一度強調する。つまりアイヒェンドルフは、出版に関する現行法を解放戦争直後の白紙の状態に一旦戻し、新たに共通の取り決めをなすことによって、反動化を強めるプロイセンとリベラル化に熱心な西南ドイツとの調停を図ろうとしたのである。論文ではこれ以降も「共通の（gemeinsam）」という形容詞を多用しながら、「ドイツのあらゆる政府および諸国民の和合（Eintracht aller deutschen Regierungen und Völker）」〔E10/1, 309〕が求められていく。

共通の政治原則を打ち立てることによる全ドイツの国民的統一。こうした構想は、例えばドイツ関税同盟の締結による事実上のドイツ統一を目指す動きと似たものがある。★38 一方でそれはプロイセンの基本路線、すなわちアイヒホルンやシュタインによる、あくまでプロイセンの覇権にもとづく北ドイツ同盟の構想とは方向を異にするものであった。[39] ここでも憲法論文の場合と同様、アイヒェンドルフがプロイセン国内での自分の立場にもましてドイツ統一問題に熱心であった様子がうかがえる。

もっとも、ドイツ統一を最終目標とするのであれば、南西ドイツにおける「立憲主義的」な立場への接近を図ることもできたはずである。だがアイヒェンドルフはそれをも拒否した。もちろん、これはプロイセン国内での彼の立場に由来するものでもある。それでも、「新聞、ならびに定期刊行物およびパンフレット」をすべて「検閲対象のままとする」〔E10/1, 325f.〕ことを定めたアイヒェンドルフの草案は、現行制度以上の制限を課すものであったとも言われる。[40] この点で、アイヒェンドルフが検閲を肯定する立場にあったことは間違いない。[41]

とはいえアイヒェンドルフが検閲対象として念頭に置いているのは、少なくとも彼の言に従えば、特定の政治的立場ではない。「出版の自由」について論じたもう一つの論文『出版法の制定』で取り上げられるのは「出版の濫用（*Mißbrauch* der Preße）」である。彼は「社会状態なくして出版なし」と述べ、「無制限の自由（*unbedingte* Freiheit）」は不可能であるとする立場をとる。そのうえで、「個人の自由を損なわせることなく全体の関心を確保する」ために出版を制限する必要性を唱えるのである〔E10/1, 251 強調は原文〕。かくして「出版の濫用」については次のように規定される。

出版の濫用について満足のいく定義を与えようとしても、あるいは出版の濫用にあたる個々のあらゆる事例をひたすら事前に列挙しようとしても、それはかなわぬばかりでなく実りない試みであるだろう。出版の罪とは、永遠に変転し続ける世論の罪である。この日ごとの女神が見せる色とりどりの変化を誰が事前に記録したいと思うだろうか。〔E10/1, 251f.〕

こうしてアイヒェンドルフは著作物の内容にまして「永遠に変転し続ける世論」、すなわち瞬間的に発せられてはすぐに変転する言論の無責任さそのものを問題にするのである。

国家による検閲を不可避の手段と捉えたアイヒェンドルフの見解は、一見すると反動的なものに見えるが、一八三〇年代の国民運動に見られる、「ほんの数年前まではドイツ性を備えていると自任していた同じ人間たちが、慌ててそれをフランス流に移し替えた」〔E10/1, 265〕というような状況のなかでは、それは理知的な判断でもあった。いずれにせよ、アイヒェンドルフが当時の政治状況に見たのは、ハイネが見た「今日の愛国者」のもう一つの顔ともいうべきものであった。すなわち、ハイネが「自由戦争の追憶に生きているのではない今日の愛国者」★42と呼んだ新たなナショナリストたちは、「自由戦争」の意味を忘却し、「パリの巨大な立憲工場の排水溝」〔E10/1, 249〕から自分たちの主義主張の根拠を引き込むようになったのである。ここにもやはり、国民的統一のための運動がドイツ外から輸入された言論によって進められるという、一八三〇年代のドイツ・ナショナリズムの矛盾した状況が映し出されている。

4　風刺小説『空騒ぎ』（一八三二年）

ここまでで、一八三〇年代のアイヒェンドルフがあくまでドイツ民族統一を目指し、そのために歴史的連続性を重んじる立場に立っていたこと、また同時代の変転する「世論」をとりわけ批判していたことを明らかにした。こうしたアイヒェンドルフの姿勢は『予感と現在』における初期のものとも共通する。とはいえ時代は着々と変化しており、そうしたなかでアイヒェンドルフも自らの依拠する精神的基盤が「過去」にあることを意識せざるをえなくなっていた。ハイネが隔たりを強調した一八一三年と一八三〇年代という二つの時代を、アイヒェンドルフはどのように捉えていたのだろうか。次に、そうした変化を象徴する一八三二年の小説『空騒ぎ』を取り上げ、アイヒェンドルフの同時代批判の内実および歴史観について考察してみたい。

『予感と現在』と『空騒ぎ』――二つの小説の距離

「風刺小説（satirische Novelle）」とされる『空騒ぎ』は、初め一八三二年四月二日から二八日にかけて、新聞への連載小説として発表された。読者公衆の趣味の変化を受けて下火となったロマン主義の末路を描いたとされるこの作品は、[43]同時に「読者氏（Herr Publikum）」と呼ばれる太った男の姿を通じて市民的俗物性を風刺する。

　俗物性に対する批判は、第五章で論じたように、最初の長編小説『予感と現在』においても重要なテーマであった。だが、『空騒ぎ』における風刺は、『予感と現在』とは異なり、自己イロニーに満ちている。作中で何度も滑稽な姿を晒す「読者氏」のまわりには、彼の寵愛を受けようと「小説書き（Novellenmacher）」たちが群がり、その姿を通じて、読者に隷属する作家の方も辛辣に風刺されるのである。そもそもこの小説自体がまさに連載小説、すなわち「息もつけない時代」の「いかにも短篇らしい（novellistisch）」作品として出版された経緯は、[44]アイヒェンドルフが揶揄する社会状況から彼自身が決して自由ではなかったことをうかがわせる。

　それゆえに登場人物たちは、俗物たちを白い目で見ながらも、彼らに対して毅然とした態度をとることができない。これは小説の前半で皇太子ロマーノが出会う『予感と現在』の人物たちの姿に端的に表れている。「読者氏」の邸宅で一夜を明かしたロマーノは、翌朝「うんと若い頃の思い出」を呼び覚まさせるようなギターの音に誘われて屋敷の庭園に足を踏み入れ、そこでレオンティーンとファーバーという二人の詩人に出会う。彼らが『予感と現在』の人物であることを知るロマーノは感激するが、それも束の間、二人の姿は彼が想像していたものとはもはや異なっていた。

「どうしても言っておかなければなりません」と、ゲラゲラと嫌な笑い声がやまないのをとどめて、ついに彼〔ロマーノ〕は言った。「あなた方は以前、天才的な優雅さと言えるようなものを愛していたのではありませんか。さっきから気になっていたのですが、まさかあなた方がこんなおかしな時代遅れの（altmodisch）格好をしているところにまたお会いするとは。どうか悪く思わないでもらいたいのですが、あなた方は縮小した義勇軍（Freikorps）の残骸のようだ」。〔E5/3, 85〕

このロマーノの言葉には、『予感と現在』と『空騒ぎ』の隔たりが、二つの点において表現されている。一つは彼らの格好が「時代遅れ」であるという点であり、もう一つは彼らの姿が解放戦争時代の「義勇軍」を彷彿とさせるものの、それが「残骸」のように見えるという点である。『予感と現在』ですでに職業詩人として描かれていたファーバーは、『空騒ぎ』では「読者氏」の「御抱え詩人（Hofdichter）」〔E5/3, 85〕として酷使されたあげく、流行遅れとして解雇されるという悲惨な運命をたどっている。こうした詩人の姿が、作者に対する読者の優位という当時の社会状況を反映したものであることは言うまでもない。★45 だがそのファーバーにもまして、『予感と現在』では自然と共に生きる自由な詩人として描かれていたレオンティーンの変化は著しい。レオンティーンはロマーノに対し、自らの境遇を自嘲気味に語る。

私たちは扱いにくい世間をも愉快な縄張りとして征服しようとしたものですが、その世間は私たちを徐々に孤独な森の城へと押し返しました。昔からの仲間は、私が城の鋸壁の上に立てた、ぼろぼろのロマン主義の旗のもとに集結するという栄誉を与えてくれています。その場所で私たちは自分たちだけで引き続き面白おかしく騒ぎ立て、自分らで得意がっては他を無視しているのです。〔E5/3, 86f.〕

「ロマン主義」を自称するレオンティーンは、「読者氏」にあからさまに媚びる他の「小説書き」たちとは距離をとってはいるものの、結局は世間に背を向けるだけの無力な存在にすぎない。それどころか、自分たちだけの内輪の享楽にふけるその姿において、「ロマン主義」の隠遁は俗物的な様相すら帯びている。★46

もう一方で、二人の詩人は「義勇軍の残骸」とも形容されている。そもそもアイヒェンドルフが一八一三年に『予感と現在』を執筆した際、彼は来たるべき解放戦争を多分に意識していた。★47 当時アイヒェンドルフは、ドイツを守るための戦いを賛美する詩をいくつも書いており、その内のいくつかを『予感と現在』第三部にそのままの形で組み込んだ。★48 その第三部のなかの主人公の台詞において、小説のタイトルにある「現在」とは「避けられない大きな不幸」を前にして「戦い（Kampf）」へと身を投じるべき混沌の時代のことであり、「予感」とはそうした戦いの先に到来する、「新たなる栄光の中でいましめを解かれた美女」と表現される新たな世界へ向けたものであることが示される〔E3, 333f.〕。

だが、『予感と現在』の時点でアイヒェンドルフが抱いていた解放戦争への憧れは、『空騒ぎ』においては時代錯誤の「残骸」という姿でもって、もっぱら挫折したものとして描かれる。★49「ロマン主義」の終焉、そして解放戦争時代への憧憬とその後の隔たりというこれらの見解は、ハイネと共通している。その点で「現在」の捉え方に関しては、アイヒェンドルフと三月前期の作家とのあいだに大きな差はないようである。それでも、『空騒ぎ』におけるアイヒェンドルフの意図は、やはり「現在」に対する批判にあった。以下にその批判の内容を確認し、アイヒェンドルフが「過去」にどのような意味を見出そうとしたのかを考えてみたい。

浅はかな過去志向への批判

『空騒ぎ』におけるアイヒェンドルフの批判の一つは、出版法論文において展開されたものと同じく、変転する「世論」に向けられている。それは「読者氏」の屋敷の庭に「様々な年齢、身分の者たち」が集まり、「ぺちゃくちゃやかましいおしゃべり」〔E5/3, 89〕をする場面に見られる。そこでは年老いた男と若い男、そして女性詩人の三人が目下の文学状況について討論をしており、その会話に「大勢〔Viele〕」が割って入っては冷やかしを入れる様子が描かれる。三人の文士は初め「大勢」により喝采を受けるが、一方で若い詩人が「大勢」に対し「みなさん、あなた方は私を理解していない、私が言いたいのは――」と声を挙げると、「大勢」はそれを遮って「われわれは理解する気なんかない！」と叫び返すのである〔E5/3. 89〕。このやりとりは、作家が世間にもてはやされる裏で実は作家と読者とのあいだに決定的な乖離が生じている様子を上手く表現していると言えよう。

とはいえ、こうした批判すべき「現在」の状況に対し、アイヒェンドルフは手放しで「過去」の賛美に向かったわけではなかった。それどころか、これに続く場面では、文学において「過去」が流行のものとなったことが揶揄されている。以下は俗物を象徴する「読者氏」が所有する「実用ケ淵〔praktischer Abgrund〕」における書物製造機械の様子である。

彼女〔アウローラ〕は何があるのかとうずうずして近づいてみた。すると片側では、豚革で綴じられた分厚い大型本が山積みになって、絶え間なくかごに投げ込まれているのが目についた。それらの本の中に、その他の年代記とならんでケーフェンヒュラー伯爵が見えたように思って彼女は驚いた。〔……〕続いて彼〔読者氏〕が伯爵夫人〔アウローラ〕を機械の別の端の方へと連れて行くと、ほどなくして青銅のイルカが、大型本を加工しモロッコ革で綴じて作った小さなポケット版『ふたごのアーモンド』を彼女の足元にぺっと吐き出した。読者氏は今年の最新版であるその本を、慇懃な様子で伯爵夫人に贈呈した。〔E5/3, 94〕

書物を生産する機械という点では、当時徐々に普及していた高速印刷機の導入が思い出されるが、[★50]この引用箇所に見られるのは機械による生産速度の増大や大量生産化ではない。むしろここで描かれるのは、「年代記（Chronik）」を始めとした歴史に関する書物が廃棄・解体され、そこから最新かつ流行の簡易本が再生産される様子である。

名指しされる『ふたごのアーモンド（Vielliebchen）』とは、「歴史とロマン派のポケット・ブック」の副題で当時流行した銅版画つきの簡易本を指している。[★51] 当時の大衆的読者が求めたもののなかには、こうしたいわゆる歴史物が数多く含まれていた。ウォルター・スコット作品の輸入を皮切りに起こった歴史小説の流行を受け、ドイツではとりわけ一八二〇年代から一八三〇年代にかけて数々の歴史小説が出版されている。[★52] このとき同時に歴史風装飾を施した建築物も流行したが、こうした現象をW・ゴットフリートは近代化への反感や不安から生じたものとみなしている。[★53] そのようにして求められる過去風の書物が実際には他ならぬ近代的設備によって、それもその年の最新版として製造されることを揶揄した点で、『空騒ぎ』にはナイーブな反近代主義に対する揶揄もまた込められていると言えるだろう。

解放戦争という過去と若さ

こうした批判すべき状況と正反対に位置するのが、「さすらいのうたびと」〔E5/3, 115〕として登場するヴィリバルトである。彼は物語が全体の半分に差し掛かったあたりでようやく登場し、ロマーノらとともに旅をする。そもそも「読者氏」とアウローラの結婚をめぐるドタバタ劇として進行していた物語だが、最終的に「読者氏」と結婚するのは実は偽物であり、本物のアウローラはこのヴィリバルトと人知れず結ばれる。★54 そして新婚の二人がアウローラの故郷イタリアへと旅立つところで物語は幕を閉じる。

芸術の女神とのひそかな結婚、そしてイタリアへの旅立ちという幕切れは、まさに「ゲーテ時代」の芸術への回帰を思わせる。だが、ここまでの風刺の経緯を考えると、これを単なる消極的な過去志向とみなすのは間違いだろう。ヴィリバルトは登場の際の「十字路に立つ」〔E5/3, 115〕という姿に表されているように、「現在」の別の可能性を象徴するキャラクターなのである。

作中で語られる身の上話のなかでは、ヴィリバルトが『予感と現在』に登場する一人の女性と接触していたことがほのめかされる。ここから彼もまた『予感と現在』と同じ時間を共有していたとみなすことができる。一方でヴィリバルトは、レオンティーンやファーバーのような、過去に生きる者たちとは一線を画している。ヴィリバルトが主人公ロマーノに語る台詞のなかに次のようなものがある。

若者は世界を分別ある人々とは違った風に見る、と言う人がいます。〔……〕でも私はこう思い込むことにしています、若い俗物はいずれ老いた俗物になるんだ、それに対して、ひとたび真に若くあった人は一生の間ずっと若いんだ、とね。〔E5/3, 129〕

世界をどのように見るかということと年齢の老い若きは無関係である、とヴィリバルトは語る。そうした信念にもとづいて、『予感と現在』という共通の「過去」から分岐したヴィリバルトは、レオンティーンらとは別の、解放戦争時代に由来するもう一つの姿として「現在」と対峙するのである。

このヴィリバルトの姿において、一八三〇年代のアイヒェンドルフは、解放戦争時代を立脚点としつつ、そこからの連続性のなかに「現在」を捉えることへの希望を見出そうとした。『予感と現在』、ひいては一八一三年の精神そのものがもはや「時代遅れ」であること、またその過去を賛美することがむしろ当世の流行に他ならないことについては、アイヒェンドルフは十分に自覚的であった。そうであるからこそ彼は、目下「過去」に対置される「現在」が歴史的文脈を無視したものであること、そして現在にもてはやされる「過去」が偽物であることを同時代人に突きつけ、それに対するいわば真の過去として、解放戦争時代の本来の精神性を現在に呼び起こそうとしたものである。この意味で『空騒ぎ』は「現在」に対する社会風刺のみならず、「予感」に満ちた「過去」からの政治的批判であったと言うこともできるだろう。

5　長編小説『詩人とその仲間たち』（一八三四年）

加えてもう一つ、一八三〇年代の作品として長編小説『詩人とその仲間たち』を取り上げ、当時のアイヒェンドルフに見られるフォルク観の変化を明らかにしたい。

酔いから覚めた民衆?

アイヒェンドルフの一八三四年の長編小説『詩人とその仲間たち』は、過ぎ去り失われたものへの郷愁をテーマとした作品である。その郷愁は、一つは学生時代に代表される若さへ、もう一つは時代の変化とともに過去のものとなった芸術のあり方へと向けられる。

前者の郷愁は、自然と共にあるのびのびとした文学の世界と、現実を生きるために必要な職業の世界との対比において描かれる。主人公フォルトナートが大学時代の友人を訪ねる冒頭の場面ですでに、気ままに旅をしながら芸術に親しんで生きる「若い」フォルトナートと、官職に就き「以前に比べてのそのそと動くようになり、顔色は青ざめ猫背になった」旧友ヴァルターとが対照的に描かれるが〔E4, 5f.〕、この小説が世に出された一八三四年には、アイヒェンドルフ自身プロイセンの司法官僚として家族を支え現実を生きる立場にあったことを考えると、こうした描写に「詩人法律家」[★55]として文・官の二重生活を送った作家の葛藤を読み込むことは容易だろう。[★56]

後者の郷愁は、文学が大衆的読者に媚びたものとなったことへの登場人物たちの嘆きにおいて表現される。彼らの会話のなかに見られる当時の人気作家への揶揄に代表されるように、[★57]作中では自律的芸術の終焉が、しばしば寂寥感を伴って、あるいは批判的に表現されるのである。

こうして作品執筆の意図は、一八三〇年代に「芸術時代の終焉」が宣言されるなかで、「詩人の生の様々な方向性を描き出す」ことにあったとされるが、[★58]それに対し、本章で注目したいのは、この長編小説の持つ政治性である。『詩人とその仲間たち』では、『空騒ぎ』と同様、一八一三年の解放戦争が一八三〇年代という新たな時代から見た過去として描かれている。繰り返しになるが、一八三〇年代における解放戦争への評価は、当時の新たなナショナリズムをどのように評価するかという問題と密接に関わっていた。その点で、この「最後のロマン主義長編小説」もまた当時のナショナリズムの問題と無縁ではない。

そしてこの問題については、やはりフォルク観が重要なヒントとなる。議論の前提として確認しておきたいのは、第五章でも取り上げた憲法論文において提示されたフォルク像である。アイヒェンドルフは『プロイセンと憲法』において、知識人による啓蒙と有用性の要求に対し、「この理念的運動は、当然ながら民衆（Volk）から直接に発したものではない」〔E10/1, 125〕と指摘した。加えて、「憲法は作られるものではない」と主張していた箇所の、「学識者やどこかの特権階級の言うことも、ここでは決定権を持ち得ない」〔E10/1, 187〕という言葉が示唆するように、教養人の要求が「民衆」の要求とはかならずしも一致しないということを、アイヒェンドルフは度々問題にしているのである。

教養人と民衆の乖離というこの見方は、『詩人とその仲間たち』にも引き継がれる。だが、憲法論文では近代化の過程により「すっかり酔いから覚めた」とされる「民衆」は〔E10/1, 127〕、小説ではまた別の力を帯びた存在として現れてもいる。以下、小説に描かれる解放戦争のモチーフを追いながら、一八三〇年代のアイヒェンドルフにおけるもうひとつのフォルク観について考察する。

古き良き解放戦争時代と現在

『詩人とその仲間たち』のなかで解放戦争時代が最初に話題に上るのは、第八章、主人公フォルトナートと画家アルベルトの会話においてである。二人の台詞のなかで、過ぎ去った解放戦争時代に対する見解の違いが浮き彫りにされる。以下はその引用である。

> そこは彼〔アルベルト〕のアトリエで、天井が高く、いかにも騎士らしい部屋だった。装飾のない中央の壁には、一八一三の年号が記された大振りの剣が掛かっており、その剣にはしなびたオークの葉の輪飾りが巻きついていた。「こいつは私のずっと変わらぬ旅の相棒です」と、アルベルトはフォルトナートに言った。「だらけた休息や軟弱な欲望が私に忍び寄ろうとするときには、いつもこの鉄の花嫁を見て、真面目で偉大な時代に思いを馳せるのです」。――「ああ、それはもう昔の話です！」と、フォルトナートは笑いながら答えた。――「あなたは当時戦場に加わっていらしたのですか」と画家は、いくぶん棘のある言い方で尋ねた。――「もちろん」とフォルトナートは言い返した。「それはおのずとわかることでしょうけど」。〔E4, 77〕

一八一三年の戦いの時代を、かたやアルベルトが「真面目で偉大な時代」と呼び、その記念となる剣を後生大事にしているのに対し、フォルトナートはそれを「昔の話」として一笑に付している。

アルベルトは「古いドイツ風の衣装（altdeutsche Tracht）」〔E4, 75〕を着ており、その他いくつかの特徴からも、彼が解放戦争後の復古体制下で弾圧されていったナショナリストを戯画化したものであることは明白である。[★59] このときアトリエでのこのやりとりをフォルトナートに「なんてひどい有様だ！」〔E4, 79〕と非難させることによって、アイヒェンドルフは解放戦争時代のナショナリズムから距離をとっているようにも見えるが、それでもフォルトナート自身が解放戦争への参加を強調することからわかるように、解放戦争そのものが否定されるわけではない。それどころか解放戦争という過去は、もう一人の主人公ヴィクトールの胸中で、「真面目な」時代として理想化される。小説の後半でヴィクトールは当時を回想しつつ、現在をそれに対置させる。「誠実に奮闘を繰り広げたあの真面目な激動の時代の後で、いまや故郷にあっては、彼にはすべてが卑小で取るに足らないものに思われてくるのだった」〔E4, 201〕。このように、登場人物たちは戦後の立場こそ違えども、解放戦争時代に何かしらの懐かしさや誇りを抱いているのである。

一方で、解放戦争時代に対置される「現在」は、しばしば「嵐」の比喩を用いて表現される。その比喩的表現は「春の嵐」を話題にして、「いまの時代はまさにこの狂った春の天気のようです」〔E4, 39〕と嘆く領地管理官の台詞に始まり、山中に見出される「至福の隠遁」が「世の嵐（der Sturm der Welt）」によって乱されることを怖れるフォルトナートの言葉にも確認することができる〔E4, 49〕。そして旅をする主人公らの頭上には「彼らが森のなかにいるあいだは気がつかなかった嵐（Gewitter）」〔E4, 68〕が迫り、彼らに心休まる暇を与えることはない。こうして「現在」は小説において主人公たちを脅かすものとして位置づけられるのである。

民衆という避難所とその脆さ

そんな彼らが雨風を避け、安らぎを見出すことができるのは、「世間の喧騒から離れた」〔E4, 93〕山中の城であった。このときその環境には民衆的な様相が与えられる。第一〇章、雷雲が立ち込めるなかやって来た主人公たちを、その土地の領主である男爵と若い説教師が出迎える場面においてそれを確認してみよう。二人は一行が到着する直前、「現代（Gegenwart）」についての対話に夢中になっているが、彼らの話す内容は対照的である。説教師が「とどめようのない知性」、「時代の成熟」、「時効なき真実」〔E4, 94〕等々について語り、その姿はハンバッハ祭における「民主主義者」を彷彿とさせるのに対し、★60 男爵はもっぱら自分の領内の物事にのみ関心を持つような、時代の変化から取り残された人物である。だが、主人公を含めた一行に喜びをもたらすのは、「学識ある話をする（gelehrt sprechen）」〔E4, 95〕この説教師ではなく、男爵令嬢のゲルトルートが歌う素朴な「民謡（Volkslieder）」であった。ゲルトルートが旅の一行への出し物としてピアノ演奏を求められたとき、説教師が用意した楽譜ではうまくいかず、機転を利かせた彼女が代わりに歌った「当時まだ山の方では流行していた民謡」によって、一同には感動と快活な気分がもたらされるのである〔E4, 98〕。

その点で、一八三〇年代のアイヒェンドルフにとってもやはり「フォルク」は理想的な存在であったと言えよう。しかし、その「フォルク」にも「現在」を前にして無力さがつきまとう。

男爵の領地は「本物の民衆の祭り（wahres Volksfest）」〔E4, 95〕が行なわれるような場所であり、説教師が扱う「学識（Gelehrsamkeit）」と対比されるこの民衆的な風景は、たしかに一見するとアイヒェンドルフの理想世界を描いたもののようにも見える。だが、一同が「静かな城のなかでの安全というひそやかな感情」〔E4, 98〕に心を休める屋敷の外では「現代の意味深い表象」としての雷雨が吹き荒れ、「時代のひそかな足音」の接近が予感されるのであり〔E4, 94〕、それに対し「古くてがたがた」〔E4, 96〕と形容されるその城が、彼らをいつまでも守ってくれる保証はない。したがって、この束の間のユートピアは、アイヒェンドルフが理想とする民衆文化を表現したものであるとともに、それが「現在」に対してはもはや力を持ちえないということを表してもいるのである。

ゲリラとしての民衆——新たな力？

しかしながら『詩人とその仲間たち』において民衆は、時代の波に飲まれ消えゆく存在としてのみ登場するわけではない。ここで再び解放戦争モチーフに話を戻すと、三部で構成されたこの小説のなかで、解放戦争時代の出来事は一部にかならず一度ずつ描かれている。[★61] それらは、いずれもスペインの山中を舞台としており、そこには農民による「ゲリラ（Guerilla）」が登場する。歴史上実際に起こったスペインでのゲリラ戦に仮託してアイヒェンドルフが描いたものについて、次に上層階級と民衆の関係という観点から考察してみたい。

それが最初に描かれるのは、イギリスの卿と呼ばれる人物が軍の士官として対仏戦争に参加した際の体験談においてである。このとき馬上のトラブルにより、進撃するフランス軍の真っ只中に飛び込んでしまった卿は敵に捕らえられるが、彼が「フランス語を話し、また財布に金を持っていたので」、彼らはすぐに打ち解け、「良き仲間（gute Kamerade）」となる〔E4, 99〕。フランス軍は彼を捕虜として手厚く扱うが、反対に彼は護送される最中に、本来は味方であるはずの「武装したスペイン農民の部隊」〔E4, 100〕に命を狙われる。ここには注目すべき構図の転換が起こっていると言えよう。すなわち、フランス軍対イギリス軍という当初の国際政治上の敵対関係は、語学的知性と宮廷的な振舞い、そして経済力でもって連携しうる上層階級の社会と、それに対する武装した下層民との戦いという対立に取って代わるのである。

歴史的に見れば、解放戦争におけるスペインのゲリラ戦は、それ以前の王朝間の領土や覇権の奪い合いという意味を超えた、まさに新時代のナショナリズムを象徴する戦いとして意義づけられる。この戦争を通じて「祖国」の危機が「国民」自身の危機として認識され、それにより一般庶民もが戦争に動員されるようになったのである。[★62] しかし、小説中で卿が住む世界においては、そうしたナショナルな敵対関係はあっさり解消されている。ここにはむしろ、解放戦争時代にもなお革命以前の旧体制的な社会構造が残存していたことが示唆される。

一方で、そうした上層階級に対置される武装した農民には、人智を超えた特性が与えられている。彼らは「野性的な（wild）スペイン女」と呼ばれる魔力的な女性によって率いられるのである。その「スペイン女」こと伯爵令嬢は、「ジプシー」の血を引く乳母の秘術により、男を虜にし、なすがままに操ることのできる魔力を得ている。そうでなくとも美しく成長した彼女は敵であるはずのフランスの男たちを魅了するが、そのなかで彼女に求愛する者の一人である若き士官を主人公として、以下の物語が展開する。

士官はあるときスペインで「ゲリラが山中で歌う戦いの歌」に誘われ、夢見心地となったところを、武装した農民たちからなる「ゲリラの一味」に捕らえられる〔E4, 107〕。彼は初め抗おうとしたものの、ほどなくしてゲリラを率いる伯爵令嬢の魔力に操られ、「すっかり理性を失い、混乱して」一味の先頭に立ち、あろうことか自国のフランス軍を襲撃するのであった〔E4, 110〕。このとき農民たちは決して自覚的な政治行動をとるわけではない。彼らはむしろ魔力的で不可思議な存在として現れる。だが、それゆえにこそ彼らは軍人たちを取り込むことが可能となり、それにより、上層階級が規定する政治的諸関係の枠組みをも揺るがすのである。

小説中に描かれるもう一つの解放戦争時代は、フォルトナートの旧友グルントリングの体験談のなかに現れる。ハイデルベルクでの学生時代、グルントリングは謎の失踪を遂げていたが〔E4, 159f.〕、その空白期間に彼は「ゲリラ」と接触していたのだった。当時彼は「明晰な哲学的頭脳」〔E4, 164〕を持つ「イギリスの卿」とも出会っており、意気投合した二人は行動を共にする。以下はその二人がスペイン山中で遭遇した出来事である。少々長いが引用してみよう。

だがスペインで僕ら〔グルントリングと卿〕は妙な目に合った。〔……〕僕らがある晩、山岳地帯に乗りつけるやいなや、二、三の実直な若者たちが仲間に加わった。真面目なものは休息を好まない。僕らはすぐにも彼らと実践哲学の分野に由来する話を始めた。ほどなくして僕らはさらに一組の旅人たちに追いつき、そしてまた一組と続き、しまいには山のふもとで大きな明るい集団に出くわした。僕はさしてよく考えずに、その集団（Volk）を相手に長広舌をふるった。僕は迷信について、意志の自由等々について語った。ますます興奮してきて、声は割れんばかり、ひらめきは火花となってほとばしった。それがすぐにも右に左に点火して、連中は歓声をあげ、ブラボーに続くブラボーを叫んだ。そして手のひらをかえすより早く、話の真っ最中にやつらは槍や棒でもってぼろぼろの古いテントを頭上高く掲げ、歓喜のあまりに僕と卿を天蓋の上に揺すり上げて乗せ、そのまま僕らを凱旋よろしく古い貴族の城まで運んで行ったのだ。その様子は、やつらが僕らの頭で壁を突き破ろうとしている以外の何ものでもなかった。というのも、やつらは熱狂していて、僕らを乗せた天蓋に対して城門がずっと低い位置にあることなど、てんで問題にしていなかったのだ。〔E4, 164f.〕

ここに描かれるのは、民衆に政治的解放の理念を説く教養人と、それを受けて実際に行動を起こす民衆の姿である。とはいえ、その両者のあいだには隔絶がある。グルントリングが自ら白状するように、その演説は「さしてよく考えずに」発せられた哲学的思弁にすぎなかったが、それによって「フォルク」は触発され、貴族の城を目指して武力行動を起こし、それに巻き込まれた教養人たちは自らの命を危険に晒す羽目に陥るのである。

グルントリングは学生時代にはカント哲学を学んだ啓蒙の信奉者であり、彼のことをフォルトナートは「麦畑に置き忘れられた古い標識のように、啓蒙主義を指し示し続けていた」人物であると評している〔E4, 159〕。この暗示によって一七八九年の革命とも重なりうるこの場面は、しかし「スーツケースいっぱいに新しい憲法を携えていて、それを色んな国にもたらそうとしている」卿の姿により〔E4, 164〕、やはり一八三〇年代の状況をほのめかすものとなる。こうして時間軸が奇妙に入り交じった小説の構造は、教養人と民衆の乖離という現象が特定の時代に限定されたものではないことを我々に伝えている。政治的解放なるものが知識人の側から要求され続ける限り、両者はいつの時代でも乖離したままなのである。

それでも演説を受けた「フォルク」は行動を起こし、教養人が予期しない、当初の理念から逸脱した暴力をもたらす。こうした姿を描くことによって、アイヒェンドルフは「人民主権（Volkssouveränität）」の要求に沸く一八三〇年代の急進派に対し警鐘を鳴らしたのである。

民衆と観衆

こうして『詩人とその仲間たち』において「フォルク」の両義性が指摘される。アイヒェンドルフにとって、一方では「民謡」に代表される「フォルク」の文化は、その力を失いつつも理想的なものであり続けたが、他方で「野性的な」世界と接する「フォルク」は、やはり教養人によって自由に扱いうる存在ではなかったのである。だが、一八三〇年代のアイヒェンドルフにおける「フォルク」へのアンビヴァレンスは、単に教養人と民衆の乖離の問題としてのみ理解すべきものではない。最後にそのことに触れておきたい。

『詩人とその仲間たち』の前半、かつて旅回りの劇団で音楽を担当していた楽士ドリュアンダーは、役者たち一行が彼を再び旅の仲間に引き入れようと訪ねてきたのに対し、文句をつけながら次のように応答する。

「何が望みだ?」と、役者たちに向かって楽士は階上からがみがみと怒鳴りつけた。「おまえたちは私がみずみずしい山の空気を離れ、おまえたちのいる街灯の煙霧の中に降りていくとでも思っているのか? 観衆（Publikum）を求めて民衆（Volk）を捨てたり、おまえたちのトリルや名文句を求めて森のざわめきを捨てたりするとでも?」〔E4. 65〕

ここでは「みずみずしい山の空気」と「街灯の煙霧」というイメージでもって自然と都市が対比され、それに重なる形で「森のざわめき」と、観客を満足させるための技巧としての「トリルや名文句」が対比されている。そして、前者が「民衆」、後者が「観衆」によって受容されるものであることから、「民衆」の方が肯定的に捉えられていることは明らかである。

しかしながら、そうした山中の牧歌的な民衆の世界がもはや「現在」に対し力を持たないこともまた、先に確認した通りである。むしろ小説において「フォルク」とは、啓蒙主義者グルントリングの回想の場面に見たように、演説の聞き手となり、さらには実際の行動を通じて自らの意志を表示しうる存在でもあった。その点で「民衆」と「観衆」は、いみじくもここで並置されているように、表裏一体のものとみなすべきであろう。アイヒェンドルフにおいて「フォルク」は、教養人が自分たちの理想を投影したり、自分たちの価値体系に引き入れたりするための受動的な存在にとどまらない。それは教養人が発した言論を受容し、かつ彼ら独自の基準にもとづいてそれに反応する存在なのである。このとき「フォルク」は上層階級の人間には思いもよらない反応を示すことで、彼らの世界を揺るがすことさえある。

一八三〇年代の矛盾したナショナリズムに対するアイヒェンドルフの批判的視座は、「フォルク」のこうした側面を彼がよく認識していたことにもとづいていると言えよう。だが一方で、こうした「フォルク」の姿を自ら提示したことにより、民衆文化に対し無邪気な憧れを表現することはアイヒェンドルフにとってますます困難なものとなった。楽士ドリュアンダーのように「観衆」のうちの理想的な部分を「民衆」として区別することは、もはやアイヒェンドルフには容易ではなくなっていたのである。

終　章
視る、読む、裁く「フォルク」の遠心力

一八世紀から一九世紀への転換期、近代国民国家としての「ドイツ」の創出が求められたとき、作家や思想家たちは「ドイツ国民」を束ねるための紐帯となるものを模索した。多くの場合、それは言語や文化に求められ、そのときドイツ語の「フォルク（Volk）」には、他の文化的集団とは区別される特別な性質を体現するものとして新たな意味が与えられた――これが従来のフォルク概念史における定説であった。

だが、当時の作家たちのなかには、そうしたフォルク観に少なからず違和感を抱いた者たちもい

た。彼らは同時代のフォルクをめぐる言説に対し積極的に異を唱えるわけではなくとも——あるいは彼ら自身「国民（Nation）」という共同体を志向しながらも——それでもなお「フォルク」を完全に理想化できていないのである。

こうした観点から、本書はクライスト、ゲレス、アイヒェンドルフという三人の作家が「フォルク」という言葉で描いたイメージの諸相を示すことにより、一九世紀初頭のドイツ文学・思想に指摘されがちな「ロマン主義的」概念としての「民族」や「民衆」とは異なる、もうひとつのフォルク観を描き出そうと試みた。この試みを通じて明らかにされたことを、最後にいま一度確認しておきたい。

本書の関心は、「国民」の形成を目指す運動のなかで求められたとされる理想的概念とは別のフォルク観に向けられたわけだが、そうして抽出されたフォルク像は、決して作家によってばらばらのものというわけではなく、ある一定の方向性を持っていた。その方向性とそれが持つ意義をまとめると、以下のようになる。

（1）「フォルク」は概念的・理念的なものにとどまらない、社会的力として捉えられる

クライスト、ゲレス、アイヒェンドルフの三者は、たしかに国民国家としての「ドイツ」を求め、そのために「民族」や「民衆」をめぐる同時代の言説に接近してもいた。それでも彼らにお

いて「フォルク」は、共同体創設に向けた理想像という以上に、現実の社会のなかに生じる不特定多数の力として認識されている。

ここで用いた「現実の」という表現は、かならずしも同時代の現実の民衆、すなわち無教養で貧しい下層民を指すものではない。本書で取り上げた三者は、そうした下層民の解放を目指していたわけではなく、その点で彼らにおける「フォルク」は、例えば民衆啓蒙運動や身分的解放運動が現実に対処しようとした人々とは異なる。だが他方で、彼らは「フォルク」を卑しき下層民として退けようとしたわけでもなければ、「フォルク」という言葉でもって「ロマン主義的」で非現実的な理想像を掲げたわけでもない。むしろ彼らにおいて「フォルク」は、身分的・経済的・教養的差異を持たない平等の人々の集団として捉えられている。そしてそれゆえにこそ、そこには現実の民衆もまた含まれるのである。

(2)「フォルク」による受容は新たな空間を生み出す

そうした「フォルク」を、対象の三者は、広義の文学の受容者として捉えた。この意味で「フォルク」は「読者」や「公衆 (Publikum)」の概念とも重なりうる。もっとも、これは公的で理性的な議論を展開する教養層を意味するものでも、さらには識字者に限定されるものでもない。むしろ対象の三者の目を通じて、「フォルク」は潜在的読者をも含めた受容者として提示される。そして、そうした存在が情報あるいは文化一般を媒介することこそが、彼らの共同体像のなかで重要な意味を持つのである。

例えばクライストにおいて、「フォルク」は伝達された情報や言論を受容し、それに反応を示す存在として描かれる。そこではそうした「フォルク」の受容を通じて、政治的エリートの主張や活動が初めて目に見えるものとなる。それはしばしば「世論」とも重ねられ、他者への評価を「声」として表明し伝播することで、他者を承認することもあれば、他者に対する暴力をもたらしうる（第一章、第二章）。ゲレスはそうした受容者としての「フォルク」に、体制への監視者、ひいては審判者としての機能を認めた（第三章）。さらに彼は「フォルク」による受容を「多数者と時間の試練」とみなすことにより、「フォルク」による選択に歴史的な長さを与えてもいる（第四章）。

この二人に比べると、アイヒェンドルフは、たしかに「フォルク」に対し無邪気に理想像を投影してもいた。とはいえそのことの意味も、読者や受容者という観点を導入することで初めて正確に理解しうる。というのも、アイヒェンドルフは同時代の文学における読者の役割とその重要性を認識したうえで、悪しき読者たる教養俗物に対するアンチテーゼとして「フォルク」の読書に期待を寄せたからである（第五章）。他方でアイヒェンドルフは、理想化された民衆像がもはや時代遅れで非現実のユートピアにすぎないこともまた自覚しており、その点が彼のフォルク観にアンビヴァレンスをもたらしてもいる（第六章）。

こうした彼らのフォルク観において、高尚文学と通俗文学という二分法は、しばしば意味を失う。これは一つには、同時代の文学をめぐる社会状況の変化、すなわち、ラテン語に代わる俗語文化の拡大、識字率の向上、出版の一般化といった現象の影響を示すものである。しかし同時にそのことは、当時の作家たちにおいて、エリートと民衆を包摂する空間がすでに想像されえたことを示唆してもいる。

（3）「フォルク」はエリート層を客体化する

他方で、こうした受容者としての「フォルク」は、本来主体であるはずのエリート層を客体化しうる存在でもある。本書が対象とした三者においては、文化を発信するエリートが主体であり、それに対し「フォルク」は受動的な客体にすぎないとする見方は、もはや成立しない。むしろ彼らには、自分たちが不特定多数の人々の目にさらされ、評価されるという意識が絶えずつきまとっている。

このことは、「ロマン主義」が「フォルク」を理想化することによって、実際には彼らの理想像から現実の民衆を排除したという従来の批判に対する反証となる。もちろんこれは、当時そうした理想化や排除が生じていたこと自体を否定するものではない。しかし、同時代の作家のうち、少なくとも本書が対象とした三者においては、自分たちと「フォルク」との〈視る・視られる〉の関係は容易に転倒しうる。こうして彼らは現実の民衆をも含めた集合的意志の力が自分たちに向けられうること、さらにはその力が社会全体に影響することをたしかに意識し、その力を「フォルク」という言葉で表現したのである。

これらの特徴にもとづいて本書が提示しようとする視る民、読む民、裁く民としてのフォルク像は、近代的国民の内実を現実的な目で正確に捉えたものであると言える。それは序章で取り上げたような、ナチズムに代表される民族主義的イデオロギーには回収されないばかりか、そうしたイデオロギー的概念とは真っ向から対立するものですらある。というのも、本書が対象とした三者における「フォルク」は、「国民」という共同体の負の側面をも可視化しうるものだからである。

その最たる例として、彼らが描く「フォルク」が不特定多数の人々の集合であることが挙げられる。そうした「フォルク」が声を発するとき、それはしばしば突発的で無思慮なものである。しかし、匿名的な多数者である「フォルク」は、その影響力の大きさに反し、自らその責任をとることはない。

こうした多数者を、従来の思想的伝統は「群衆（Masse）」と定義し、理性的な「公衆」とは区別する傾向にあった。しかし、本書が対象とした作家たちのヴィジョンのなかで、それらはしばしば「フォルク」として同一視されている。これは彼らの理論的な不備によるものではなく、むしろそれらが表裏一体であるという確たる認識にもとづくものであったと考えるべきである。実際のところ、「国民」なる存在を前にして理性的公衆と突発的群衆という線引きがいかに困難かということは、他ならぬナチズムの台頭という歴史的事象が伝えるところである。この意味で、一九世紀初頭に描かれたフォルク像の一部は、ナチズムの思想を支えるどころか、その病理を予見したものであったとさえ言える。

こうしたフォルク観を、ロマン主義が持つ重要な要素の一つとして捉えることも、今後可能かもしれない。従来の見方では、共同体を束ねる求心力としての「フォルク」が「ロマン主義」の成果とみなされてきたが、少なくとも、クライスト、ゲレス、アイヒェンドルフにおいては、「フォルク」は共同体を解体しうる遠心力をも内包している。「フォルク」のこうした側面を抜きにしてロマン主義を論じることはできない。とはいえ、ロマン主義そのものを再定義することは、すでに本書の限界を超えている。これについては今後の課題としたい。

いずれにせよ、本書が提示したフォルク観は、現代の我々が生きる社会とも無縁ではない。それどころか、虚偽を含めた情報の蔓延、思慮を欠いた匿名的評価の横行、多数者の投票への盲信、そしてそれらの裏返しとしての個人の責任の欠如といった点において、本書が扱った歴史的風景は、あたかも現代社会を描出したもののようになってしまった。こうしたなかで、国民国家が初めて構想された「ロマン主義」時代の文学は、近代以降の共同体像とその問題を理解し、それに対処するためのまたとない手がかりを我々に示してくれる。そしてそれは、明瞭に打ち出された政治的綱領においてよりも、作家たちの違和感や不安もが反映された文学的テクストのなかに、よりはっきりと見出されるのである。

序章

★1 Vgl. Koselleck, Reinhart/Gschnitzer, Fritz/Werner, Karl Ferdinand/Schönemann, Bernd: Volk, Nation, Nationalismus, Masse. In: Brunner, Otto/Conze, Werner/Koselleck, Reinhart (Hrsg.): Geschichtliche Grundbegriffe. Historisches Lexikon zur politisch-sozialen Sprache in Deutschland. Studienausgabe, Bd. 7. Stuttgart 2004, S. 283.

★2 Herder, Johann Gottfried: Johann Gottfried Herder Werke. In zehn Bänden. Bd. 2. Schriften zur Ästhetik und Literatur 1767-1781. Hrsg. von Grimm, Gunter E. Frankfurt am Main 1993, S. 448.

★3 Vgl. ebd., S. 239

★4 ヘルダーの民衆文学観については第四章で再び取り上げる。

★5 Koselleck/Gschnitzer/Werner/Schönemann, a. a. O., S. 283.

★6 Koselleck, Reinhart: Einleitung. In: Brunner, Otto/Conze, Werner/Koselleck, Reinhart (Hrsg.): Geschichtliche Grundbegriffe. Historisches Lexikon zur politisch-sozialen Sprache in Deutschland. Studienausgabe, Bd. 1. Stuttgart 2004, S. XV. なお、「はざま期」という訳語に関しては、坂井榮八郎／川原美江に従う。坂井榮八郎「十八世紀ドイツの文化と社会」、成瀬治他編『世界歴史大系　ドイツ史2——一六四八年〜一八九〇年』、山川出版社、一九九六年、一四二頁、および川原美江「「フォルク」のいない文学——ヘルダーからグリム兄弟にいたる民衆文学の構築」、日本独文学会『ドイツ文学』第一四八号、二〇一四年、一四二頁を参照。

★7 Adelung, Johann Christoph: Art. „Das Volk“. In: Grammatisch-kritisches Wörterbuch der Hochdeutschen Mundart, mit beständiger Vergleichung der übrigen Mundarten, besonders aber der

Oberdeutschen. Bd. 4. Zweite vermehrte und verbesserte Ausgabe. Hildesheim/New York 1970, Sp. 1224f.

★8 Ebd., Sp. 1225.

★9 Ebd.

★10 富沢克「ナショナリズム」、古賀敬太編『政治概念の歴史的展開』第三巻、晃洋書房、二〇〇九年、九三頁を参照。もっとも、富沢はここでフランス・ナショナリズムとドイツ・ナショナリズムという二つの別個のナショナリズムを想定することは「おそらくミスリーディングである」としている。

★11 ルナン、エルンスト「国民とは何か」、鵜飼哲訳、鵜飼哲他編『国民とは何か』、インスクリプト、一九九七年、六一頁を参照。

★12 Fichte, Johann Gottlieb: Reden an die deutsche Nation. In: Fichtes Werke. Bd. 7, hrsg. von Immanuel Hermann Fichte, Berlin 1971, S. 359. フィヒテの「民族」に関する発言の詳細については第二章で取り上げる。

★13 フィヒテ『ドイツ国民に告ぐ』とルナン『国民とは何か』を含む、国民概念に関する重要な論文を編訳した鵜飼哲らの著書も、ルナン＝フランス的、フィヒテ＝ドイツ的という二つの対立的な国民概念が存在するわけではないという認識を出発点としている。

★14 富沢、前掲論文、九三頁。

★15 細見和之「フィヒテのテクストをめぐるいくつかの前提について」、鵜飼哲他編『国民とは何か』、河出書房新社、一九九七年、二九〇頁以下を参照。

★16 嶋田洋一郎『ヘルダー論集』、花書院、二〇〇七年、一五一頁。

★17 同上。

★18 ヘルダーとナショナリズムに関する研究史については、同上書、一六〇—一九六頁を参照。

★19 アンダーソン、ベネディクト『定本　想像の共同体——ナショナリズムの起源と流行』、白石隆／白石さや訳、書籍工房早山、二〇〇七年、一二一頁。

★20 伊坂青司「ドイツ・ロマン主義の精神とモチーフ」、伊坂青司／原田哲史編『ドイツ・ロマン主義研究』、御茶の水書房、二〇〇七年、四頁および一五頁を参照。

★21 同上書、四—一五頁を参照。

★22 Vgl. Plessner, Helmut: Die verspätete Nation. Über die politische Verführbarkeit bürgerlichen Geistes. Stuttgart 1962, S. 27.〔プレスナー、ヘルムート『ドイツロマン主義とナチズム——遅れてきた国民』、松本道介訳、講談社、一九九五年、四五頁を参照〕

★23 Ebd., S. 13.〔同上書、一八頁以下〕

★24 Viereck, Peter: Metapolitics. The roots of the Nazi mind. New York 1965, S. 19f.〔ヴィーレック、ピーター『ロマン派からヒトラーへ——ナチズムの源流』、西城信訳、紀伊国屋書店、一九七三年、二〇頁以下。〕

★25 Ebd.〔同上〕

★26 Ebd., S. 38.〔同上書、四〇頁〕

★27 この他、ヴァイマル期のドイツで台頭しつつあるナチズムを「政治的ロマン主義（politische Romantik）」とみなした議論については、Vgl. Safranski, Rüdiger: Romantik. Eine deutsche

Affäre. Frankfurt am Main 2011, S. 348f.〔ザフランスキー、リュディガー『ロマン主義——あるドイツ的な事件』、津山拓也訳、法政大学出版局、二〇一〇年、三七五頁以下を参照〕

★28 モッセ、ジョージ・L『フェルキッシュ革命——ドイツ民族主義から反ユダヤ主義へ』、植村和秀他訳、柏書房、一九九八年、二九頁。

★29 バーリン、アイザィア『ヴィーコとヘルダー——理念の歴史・二つの試論』、小池銈訳、みすず書房、一九八一年、三〇一頁以下を参照。

★30 Safranski, a. a. O., S. 12.〔ザフランスキー、前掲書、三頁〕

★31 Vgl. ebd, S. 350ff.〔同上書、三七七—三八〇頁を参照〕この他、ナチズムおよび保守革命の論者による「ロマン主義」に対する両義的な態度については、田野大輔「反逆の徴——ロマン主義とナチズム再考」、『大阪経大論集』第五七巻第三号、二〇〇六年、三一一—三七頁を参照。それによれば、カール・シュミットやエルンスト・ユンガーを含む論者たちにおいて「ロマン主義」とは軟弱さ、感傷的精神、逃避的態度を表す概念であり、それは現実に背を向けた非政治性を示すものとしてしばしば批判された。

★32 先述のヴィーレックも、クライストを「民族」を称揚した「ロマン主義者」と呼んでいる。

★33 政治的文脈におけるアイヒェンドルフの受容について網羅的に扱った研究として、Vgl. Hollender, Martin: Die politische und ideologische Vereinnahmung Joseph von Eichendorffs. Einhundert Jahre Rezeptionsgeschichte in der Publizistik (1888-1988). Frankfurt am Main 1997.

第1章

★1 作品の成立は遅くとも一八〇六年秋、ケーニヒスベルク滞在中のことと推定されている。Vgl. K3, 802f. これに対し、作品の主題や文体から、一八〇六年の成立に疑念を呈し、もっと早い時期に書かれていたと主張する説も少なくない。一八〇〇年から一八〇一年の成立を唱える説として、Vgl. Oellers, Norbert: Das Erdbeben in Chili. In: Hinderer, Walter (Hrsg.): Interpretation. Kleists Erzählungen. Stuttgart 2011, S. 106. 後述のＨ・Ｍ・ヴォルフ（本章★26）も、作品にクライストの身分制批判を読み込む立場から、関連する発言が多数見られる一八〇〇年秋を作品の成立時期と見ている。

★2 登場人物の名前については、小説の舞台がチリすなわちスペイン語圏であることを考慮し、可能な限りでスペイン語の発音に近い表記を採用した。もっとも、ドイツ語話者による複数の朗読ＣＤを聴くと、人物名の発音はかならずしもスペイン語風に統一されておらず、ドイツ語風、英語風の発音が混在している。Vgl. Meyer-Eller, Sören (Producer)/Hinze, Wolfgang (Sprecher): Heinrich von Kleist. Das Erdbeben in Chili. Der Findling. Zwei Erzählungen. München 1998; Kraus, Gottfried (Artistic Supervision)/Hoppe, Marianne (Sprecherin): Kleist. Das Erdbeben in Chili. München 2003; Feuerstein, Torsten (Regie)/Haase, Matthias (Sprecher): Heinrich von Kleist. Das Erdbeben in Chili. Berlin 2005; Mund, Heike (Regie)/Roden, Simon (Sprecher): Heinrich von Kleist. Das Erdbeben in Chili. Köln 2010.

★3 小説の二つの版を比較すると、もともと全部で三一個あった段落数が三段落に切り詰められるという構成上の変更はあるが、内容的には大きな異同はない。以下の引用は『小説集』版に依拠する。

★4 『チリの地震』における宗教的シンボルの詳細については、Vgl. Müller-Salget, Klaus: Heinrich von Kleist. Stuttgart 2011, S. 161-164.

★5 弁神論論争の概要と、『チリの地震』成立へのその影響については、Vgl. Liebrand, Claudia: Das Erdbeben in Chili. In: Breuer, Ingo (Hrsg.): Kleist-Handbuch. Leben-Werk-Wirkung. Sonderausgabe. Stuttgart 2009, S. 115. その他にも、例えばB・グライナーはカントの『判断力批判』を中心に、弁神論論争における言説とクライストのテクストとの比較分析を行なっている。Vgl. Greiner, Bernhard: Kleists Dramen und Erzählungen. Experimente zum »Fall« der Kunst. Tübingen/Basel/Francke 2000, S. 363-383.

★6 例えば地震の直後、修道院に預けられていた子供を助け出すため炎を上げる建物のなかに飛び込んだホセーフェは「まるで天上の天使たちが総出で彼女を庇護したかのように」〔K3, 199〕赤ん坊を抱いて無傷で戻って来る。もっとも、ここで用いられる「かのように（als ob）」という表現がすでにその非現実性を示唆していることは言うまでもない。それどころか、クライストの小説において語り手が嘘をつくこともしばしば指摘される通りである。P・ホルンはクライストの短編小説の特徴として、「真実（Wahrheit）」と「真実らしさ（Wahrscheinlichkeit）」が一致しないこと、すなわちその語りが一方では人物、場所、時間を即物的に伝える新聞報道の形式を取りながら、他方で伝えられる内容がその形式と矛盾することを指摘している。Vgl. Horn, Peter: Heinrich von Kleists Erzählungen. Eine Einführung. Regensburg 1987, S. 1-16.

★7 作品の構成自体が聖書的世界観への揶揄を感じさせるものとなっている。小説は大きく分けて、（1）地震による破壊の場面、（2）避難先での楽園的情景の場面、（3）教会での暴動の場面の三つから成るが、この三枚絵のような構成は、原初状態としての楽園から現在の没落状態を経て再び真の楽園へ到達するという聖書的歴史哲学の発展段階をほのめかしつつ、それを反転させたものと見ることができるだろう。Vgl. Liebrand, a. a. O., S. 116f.

★8 クライストの精神性を後期啓蒙主義の文脈に位置づけるJ・シュミットは、フランス啓蒙主義、とりわけヴォルテールによる、教会の不寛容、教条主義、特権保持に対する批判の影響をクライストに見出し、それが『チリの地震』に顕著に表れていると指摘する。Vgl. Schmidt, Jochen: Heinrich von Kleist. Die Dramen und Erzählungen in ihrer Epoche. Darmstadt 2011, S. 22-27. プロテスタントを宗派とするクライストがカトリックの宗教儀式の荘厳さに感銘を受けたことを伝える手紙も遺されているが、それでもフリードリヒ・シュレーゲルやアーダム・ミュラーといった、彼と関わりのあった他のロマン主義者が実際にカトリックに改宗したのに対し、クライストが最後まで改宗しなかったことをシュミットはここで強調している。Vgl. ebd., S. 26f.

★9 P・ホルンは『チリの地震』が弁神論論争に何ら新しい解答をもたらすものではないことを指摘したうえで、クライストは小説の執筆に際し形而上学的・神学的テーマに関心を寄せたわけではないと主張する。Vgl. Horn, a. a. O., S. 125. H・コープマンもホルンの論を批判的に継承しながら『チリの地震』への形而上学的、神学的解釈を退け、作品を社会的なテーマに関するテクストとして読むことを要求している。Vgl. Koopmann, Helmut: Das Nachbeben der Revolution. Heinrich von Kleist: Das Erdbeben in Chili. In: Hałub, Marek (Hrsg.): Deutsche Romantik und Französische Revolution. Internationales Kolloquium Karpacz 28. September — 2. Oktober 1987. Wrocław 1990, S. 90-94.

★10 K・ミュラー＝ザルゲトは、小説に登場する「ザクロの木」が聖書的シンボルとしてホセーフェと聖母マリアの同一視を促すことを指摘しつつも、そのモチーフ自体が伝統的には「実に多義的なシンボル」であるであるがゆえに、むしろ「語り手は一つの解釈を断固として退け、出来事は逆説的な構造となって配置されるのみで、人物の側からなされる解釈はすべて台無しにされる」という小説全体の特徴を象徴していると論じた。Vgl. Müller-Salget, a. a. O., S. 163f.

★11 眞鍋正紀は、既存の世界観と現実認識には絶対的な根拠は存在しないとするクライストの不信が、その後別様な形で真理や美を捉えようとする特異な思考や表現方法を生んだことを「認識のシニシズム」から「シニカルな認識方法」への転換として評価し、その執筆技法を分析している。眞鍋正紀『クライスト、認識の擬似性に抗して——その執筆手法』、鳥影社、二〇一二年、三二頁を参照。

★12 地震という、現在でも予測の困難な天災がすでに偶然性を最大限に体現しているが、小説では先述のように主人公らの修道院での逢瀬もが、彼ら自身の揺るがぬ意志によってではなく「幸運な偶然によって」〔K3, 189〕成就したものとされている。

★13 Vgl. Schnyder, Peter: Zufall. In: Breuer, Ingo (Hrsg.): Kleist-Handbuch, S. 379-382. シュニーダーはここで、クライストの「偶然」という語の使用が今日の意味とはかならずしも一致しな

いことを指摘し、一八〇〇年頃の言説をふまえてその語の意味を細分化する必要性を唱えている。

★14　一九六〇年代にヨーロッパ文学研究において生じた変化とは、文学作品自体の固有性、あるいは作家の生涯と作品の連関性を追求する手法から、受容理論やコミュニケーション理論といった作品の外在的条件に着目する手法への転換としてまとめうる。深見茂『ドイツ近代短篇小説の研究——その歴史と本質』、東洋出版、一九九五年、三頁以下を参照。深見はここで、ノヴェレ理論の歴史を概観しつつ、M・シューニヒトによる従来のドイツ短編小説理論を批判した一九六〇年の論文をエポックメイキングな現象として取り上げ、一九世紀初頭から長らく共有されてきた短編小説形式に関する一種の精神史的基盤がシューニヒト以降の世代にはもはや失われたことを指摘している。

★15　代表的な例として以下の研究を挙げておく。Blöcker, Günter: Heinrich von Kleist oder das absolute Ich. Berlin 1960; Herrmann, Hans Peter: Zufall und Ich. Zum Begriff der Situation in den Novellen Heinrich von Kleists. [1961] In: Müller-Seidel, Walter (Hrsg.): Heinrich von Kleist. Aufsätze und Essays. Darmstadt 1973.

★16　クライストは一八〇一年二月五日付の姉ウルリーケ宛の手紙のなかで、それまで再三にわたって主張していた学問的修養による真理への到達という啓蒙主義的目標に挫折をおぼえたことを「人生設計（Lebensplan）」の破綻として伝え〔K4, 197-200〕、さらにその二か月半後、三月二二日付の婚約者ヴィルヘルミーネ宛の手紙では、「最近のいわゆるカント哲学（neuere sogenannte Kantische Philosophie）」の受容を通じて「僕たちが真理と呼んでいるものが本当に真理であるのか、あるいはそう見えるだけなのか判断できない」という認識に至ったと述べている〔K4, 205〕。

★17 R・グリミンガーは、近代の目的合理的思考への抵抗として「美的アナーキズム」を称揚し、初期ロマン主義以上に美学上の破壊を徹底した人物としてクライストに注目している。Vgl. Grimminger, Rolf: Die Ordnung, das Chaos und die Kunst. Für eine neue Dialektik der Aufklärung. Mit einer Einleitung zur Taschenbuchausgabe (1990). Frankfurt am Main 1990, S. 105. K・H・ボーラーもまた、近代的な歴史の連続性とは別の価値体系において自己を捉える「美的主観性」というテーゼを立てるにあたり、「カント危機」時代のクライストの文章に「連続性への期待から引き離された自我」を見ようとする。Vgl. Bohrer, Karl-Heinz: Der romantische Brief. Die Entstehung ästhetischer Subjektivität. München/Wien 1987, S. 87-103. 日本でも、法制史学の分野において村上淳一が、「普遍的な正しさを標榜する体系的秩序」に対抗した「フレクシブルな「新しい秩序」」について論じたときに依拠したのがクライストのテクストであった。村上淳一『仮想の近代――西洋的理性とポストモダン』、東京大学出版会、一九九二年、三頁以下を参照。これらはいずれも、偶然性や不確定性を表現するクライストの文学に既存の秩序や価値の体系を揺さぶる美的攻撃性を見出し、それを評価する見方であったと言える。

★18 Schmidt, a. a. O., S. 42.

★19 Müller-Salget, a. a. O., S. 16.

★20 Silz, Walter: Das Erdbeben in Chili. In: Müller-Seidel, Walter (Hrsg.): Heinrich von Kleist. Aufsätze und Essays. Darmstadt 1967, S. 351. ジルツもまた、クライストの執筆手法を様々な角度から分

析し評価しつつ、作品における「偶然」に重きを置いている。

★21 Wellbery, David E. (Hrsg.): Positionen der Literaturwissenschaft. Acht Modellanalysen am Beispiel von Kleists »Das Erdbeben in Chili«. München 1993 (1. Auflage 1985).

★22 Hamacher, Werner: Das Beben der Darstellung. In: Ebd., S. 172.

★23 作品の歴史性を重視する立場をとるJ・シュミットは、近年のクライスト研究の動向を詳細にまとめたうえで、「正確な文献学的分析を通じて真っ当な路線をとりながら、非合理な流行から無視されてきた一昔前の若干数の研究の価値」を認める必要性を呈している。Vgl. Schmidt, a. a. O., S. 40. K・ミュラー＝ザルゲトはこのシュミットの研究を取り上げ、「ポストモダン的思弁」から「文献学」的方法への回帰という近年の研究傾向を肯定的に評価している。Vgl. Müller-Salget, a. a. O., S. 16.

★24 和仁陽「サヴィニー・ギュンダーローデ・クライスト——美的モデルネ対法のモデルネ？」、海老原明夫編『法の近代とポストモダン』、東京大学出版会、一九九三年、二三一頁。和仁はクライストの秩序イメージがむしろ「極めて「硬質」」であり、「「フレクシブルな」秩序を構想できないからこそ、フランス革命以来のヨーロッパ秩序再編成を顚覆としてしか経験しえない」と指摘する。同上論文、二二四頁を参照。

★25 本章★17を参照。

★26 Wolff, Hans M.: Heinrich von Kleist. Die Geschichte seines Schaffens. Bern 1954, S. 42. また、この見方から、ヴォルフは作品成立の起源を、クライストが婚約者に宛てた手紙のなかで貴族的身分制への嫌悪を示した一八〇〇年秋に見ている。

★27 ホルンは小説中の暴動を、抑圧された願望を持つ者たちによる「サディスティックな代償行為」と捉える。それによれば、貴族であるホセーフェの父ばかりでなく、ペドリーニョ親方やヘロニモの父（自称）といった暴動の首謀者たちもまた、身分差結婚というタブーに対して抑圧的願望を抱きながらも、それを通じた社会的関係性の変容を怖れ、既存の権威的秩序にもとづいて主人公らを罰するのである。Vgl. Horn, a. a. O., S. 166ff.

★28 Vgl. Koopmann, a. a. O., S. 96ff.『チリの地震』をクライストによる「フランス革命史」として読むコープマンは、フランス革命後に一つのトポスとなった「地震」の比喩に加え、その後の三月革命期における「雷（Donner）」や「嵐（Gewitter）」の比喩を、ハイネやアイヒェンドルフを参照しつつ取り上げている。

★29 Schmidt, a. a. O., S. 187.

★30 菅利恵『ドイツ市民悲劇とジェンダー――啓蒙時代の「自己形成」』、彩流社、二〇〇九年、一四頁。

★31 こうしたクライストの演出的な物言いをどの程度まで鵜呑みにしてよいかという点にはたしかに注意が必要ではある。G・ブランベルガーは、クライストが結局は貴族的価値観を脱していないという見解をとる。もっとも、「貴族性（Adeligkeit）」を「人の上に立ち続けるための戦い」と定義するブランベルガーが自説の論拠として挙げるのは、「名声と栄誉（Ruhm und Ehre）」を求める「闘争的（agonal）」思考がクライストに色濃く見られるという点であり、それは経済的発展を志向するという点では市民社会の価値観にも同様に当てはまることを考えると、この見解はいささか説得力に欠ける。Vgl. Blamberger, Günter: Adel und Adelskultur.

★32 In: Breuer (Hrsg.): Kleist-Handbuch, S. 241f.

★33 『チリの地震』では、家族ぐるみで避難しているドン・フェルナンド家の一行を指して「集まり（Gesellschaft）」という言葉が用いられていることをあわせて指摘しておく。

★34 クライストはパリへ向かう旅の途上で、ドレースデン周辺地域の自然の風景に触れ、「家長であり農夫である者以上に自然の意思に忠実に従い自らの使命をまっとうしている者が他にいるでしょうか」〔K4, S. 227f.〕と述べている。

★35 クライストへのルソーの影響については、Vgl. Schmidt, a. a. O., S. 27-37. シュミットは、その影響は文明批判と自然崇拝の側面が最も大きく、それに対し『社会契約論』における人民主権や一般意志の思想は、クライストにとって周辺的なテーマにとどまっていたとしている。Vgl. ebd., S. 27f.

★36 クライストの生まれた一七七〇年代には、ヘルダーがすでに「民衆（Volk）」と「愚民（Pöbel）」を区別し、身分の卑しい者たちとは異なる「フォルク」観を提示していた。詳しくは第四章を参照。

★37 クライストが少なくとも一八〇一年夏のパリ滞在時には、フリードリヒ・シュレーゲルのような民族、言語、歴史に論及したロマン主義者とも交流を持っていたことをふまえると、理想的な民族あるいは民衆としての新たなフォルク観を彼がまったく知らなかったとは考えにくい。

★38 ここで「群衆」に相当する用語として想定しているのは Masse である。もっとも、クライストは「群衆」を表現するのに Masse という言葉を用いてはいない。

★38 Vgl. Kittler, Friedrich A.: Ein Erdbeben in Chili und Preußen. In: Wellbery (Hrsg.), a. a. O, S. 35f.

★39 林立騎「パルチザン／文学——ハインリヒ・フォン・クライストの「チリの地震」」、『早稲田大学大学院文学研究科紀要』第三分冊五五巻、二〇〇九年、五六頁以下を参照。

★40 同上論文、五八頁。

★41 クライストは一八〇九年に発表した一連の政治著作の一つである『オーストリア救国について』のなかで次のように述べている。「万人にかかわる巨大な危機は、きちんとした対処がなされる場合には、国家に一瞬のあいだ民主的な様相（demokratisches Ansehn）を与える。街全体を飲み込もうとする炎を、手厚い救助が人々の流入を呼び、そうして集まった人々が警察の手に負えなくなるかもしれないという怖れから防がないなどという考えは、狂気の沙汰であろう。それは独裁者の心に浮かぶことはあっても、誠実で徳のある君主が考えることではない」〔K3, 497〕。この提言は、キットラーや林のように、クライストに「民主的な」力への志向を見出そうとする場合にしばしば引き合いに出される。

★42 林、前掲論文、五六頁。

★43 今村仁司『群衆——モンスターの誕生』、筑摩書房、一九九六年、一一頁。

★44 周知のように、ギュスターヴ・ル・ボンが一八九五年に『群衆心理』を発表して以来、二〇世紀のファシズムの時代、あるいは第二次世界大戦後に様々な論者によって群衆の心理的特性、生成のメカニズム、社会的影響等が論じられてきた。ここではその代表的なものとして、邦訳のある以下の文献を挙げておく。Le Bon, Gustave: Psychologie des foules. Paris 1905.〔ル・ボン、ギュスターヴ『群衆心理』、櫻井成夫訳、講談社、一九九三年〕; Lefebvre, Georges:

Foules révolutionnaires. Daisan-shobo. Tokyo 1977.〔ルフェーヴル、G『革命的群衆』、二宮宏之訳、岩波書店、二〇〇七年〕; Broch, Hermann: Massenpsychologie. Düsseldorf 1959.〔ブロッホ、ヘルマン『群衆の心理——その根源と新しい民主主義創出への模索』、入野田真右他訳、法政大学出版局、一九七九年〕; Canetti, Elias: Masse und Macht. Hamburg 1971.〔カネッティ、エリアス『群衆と権力』（上・下）、岩田行一訳、法政大学出版局、一九七一年〕; Riesman, David: The lonely crowd. A study of the changing American character. New Haven 1961.〔リースマン、デイヴィッド『孤独な群衆』、加藤秀俊訳、みすず書房、一九六四年〕; Moscovici, Serge: L'âge des foules. Un traité historique de psychologie des masses. Paris 1981.〔モスコヴィッシ、セルジュ『群衆の時代』、古田幸男訳、法政大学出版局、一九八四年〕

★45 Canetti, a. a. O., S. 50f.〔カネッティ、前掲書、五七頁〕

★46 この他、地震という危機を通じて突発的に平等状態となる群衆は、カネッティによる「群衆とは絶対的平等（absolute Gleichheit）の状態である」という定義と一致する。Vgl. Canetti, a. a. O., S. 28.〔カネッティ『群衆と権力』（上）、二六頁〕今村はカネッティの他、ル・ボンやタルドに代表される群衆心理学に広く依拠しつつ、群衆の行動メカニズムを、危機を前にして「差異の体系」が崩壊し「宙づり状態」となった人々が、一方では互いに「模倣」と「同化」を繰り返しながら他方で同時に「排除」すべき異物を見出し、それに向けて「全員の暴力を集中」させることで「痙攣的に固定化する」ものと説明しているが、『チリの地震』の群衆はこれらの特徴をすべて備えていると言える。今村、前掲書、三一—三六頁を参照。

★47 この「迫害群衆」形成の要因を、カネッティは人々の恐怖に見る。カネッティによれば、迫害群衆による共同殺害とは群衆にとって魅惑的なものであるばかりでなく、自らを襲う「死の脅威」を他の者の方へそらせるための必要に応えるものである。Vgl. Canetti, a. a. O., S. 51.〔カネッティ、前掲書、五八頁を参照〕

★48 Vgl. Wolff, a. a. O., S. 45.

★49 眞鍋は情報の真偽が「群衆の内部にいてはわからない」というこの状態を、クライストが体験した「群衆という現象を前に個人が陥らざるをえない認識の危機的状況」と表現している。眞鍋、前掲書、一一一頁以下を参照。

★50 西尾宇広は『チリの地震』に描かれる「声」を、デモクラシーをめぐる問題のなかで扱い、発せられた時点では平等であったはずの「声」が「匿名化され、互いに等価で量的に計算可能となった「声」の過剰な集積」（三七頁）を成し、調和を乱す異論の声を切り捨てることでむしろ個々の声を不平等に抑圧することを指摘している。西尾宇広「震災とデモクラシー――クライスト『チリの地震』における「声」の政治的射程」、日本独文学会『ドイツ文学』第一四八号、二〇一四年を参照。本章は、そうした政治的機能を指摘しうる「声」がクライストにおいてまさに「フォルク」と重ねられていることを示そうとするものである。

第2章

★1 Nipperdey, Thomas: Deutsche Geschichte 1800-1866. Bürgerwelt und starker Staat. München 1983, S. 11.

★2 クライスト作品の受容史については、Vgl. Gerrekens, Louis/Roussel, Martin/Lütteken, Anett/

Maurach, Martin/Eke, Norbert Otto/Breuer Ingo: Rezeption und Wirkung in der deutschsprachigen Literatur. In: Breuer, Ingo (Hrsg.): Kleist-Handbuch. Leben-Werk-Wirkung. Sonderausgabe. Stuttgart 2009, S. 410-435, hier S. 411f.; 451f.

★3 作品の成立について、Vgl. K2, 1070ff.

★4 一八〇九年四月二〇日付、友人コリン宛の手紙より。Vgl. K4, 432. その後一八一〇年一月にも、クライストはコリンに対し「情勢が再び好転した」ことを理由に『ヘルマンの戦い』の上演を催促している。Vgl. K4, 440.

★5 Müller-Salget, Klaus: Die Herrmannsschlacht. In: Breuer, Ingo (Hrsg.): Kleist-Handbuch. Leben-Werk-Wirkung. Stuttgart 2009, S. 76.

★6 ただし、この上演にはクライスト作品のオリジナルではなく、作家兼演劇雑誌編集者F・ヴェールの手による修正版が用いられた。上演の経緯およびその受容については、以下の論文に詳しい。鈴木将史「ドイツ国民祝典劇の胎動——シュレーゲル『ヘルマン』及びクライスト『ヘルマンの戦い』について」、小樽商科大学研究報告編集委員会『人文研究』第一一四輯、二〇〇七年、特に四三—四九頁を参照。

★7 一九世紀後半以降のナショナリズムの興隆と連動した『ヘルマンの戦い』の受容について、Vgl. Goldammer, Peter: Mit mehr als fünfzigjähriger Verspätung. Ein unbekanntes Standardwerk der Kleist-Forschung soll endlich veröffentlicht werden: »Heinrich von Kleists Teilnahme an den politischen Bewegungen der Jahre 1805-1809. Von Richard Samuel«. In: Weimarer Beiträge. Zeitschrift für Literaturwissenschaft, Ästhetik und Kulturwissenschaften 37 (1991) 5, S. 693f.

★8 Müller-Salget, a. a. O., S. 77. こうした否定的評価に対し、歴史的解釈の立場をとるJ・シュミットは、作品が苦境の時代の産物であることを考慮し、それを好意的に評価する。Vgl. Schmidt, Jochen: Heinrich von Kleist. Die Dramen und Erzählungen in ihrer Epoche. Darmstadt 2011, S. 149f.

★9 事実、R・ジェニーによる一八七五年の『ヘルマンの戦い』の演出では、原作でのローマ人殲滅へと向かう結末があまりに陰鬱でニヒリスティックであるという点を考慮して、ドイツ統一の方に重点を置いた形でテクストが書き換えられた。Vgl. Philipp Riedl, Peter: Für »den Augenblick berechnet«. Propagandastrategien in Heinrich von Kleists Die Herrmannsschlacht und in seinen politischen Schriften. In: Frick, Werner (Hrsg.): Heinrich von Kleist. Neue Ansichten eines rebellischen Klassikers. Freiburg/Berlin/Wien 2014, S. 189ff.

★10 Allemann, Beda: Der Nationalismus Heinrich von Kleists. In: Müller-Seidel, Walter (Hrsg.): Kleists Aktualität. Neue Aufsätze und Essays 1966-1978. Darmstadt 1981, S. 53. アレマンは『ヘルマンの戦い』と同時代のプロイセンの歴史的状況との連関を詳細に明らかにしたR・ザミュエルの研究を受け継ぎつつも、戯曲はかならずしも一八〇八年の「現実の姿」を映したものではなく、クライストの「理想像」が描かれたものであるとし、『ヘルマンの戦い』を、「政治的怠惰を非難する精神があえてとった試みであり、国民の分裂状態の華々しい克服という、いまの現実から通じうる道の一つを詩人の流儀で用意しようとしたもの」と定義している。Vgl. ebd.

★11 Riedl, a. a. O., S. 222.

★12 『歴史基礎概念事典』によれば、「自由」は例えば「友人（Freund）」や「親愛なる（lieb）」という言葉とも語源的に同種のものである。Vgl. Conze, Werner/Meier, Christian/Bleicken, Jochen/May, Gerhard/Dipper, Christof/Günter, Horst/Klippel, Diethelm: Freiheit. In: Geschichtliche Grundbegriffe. Historisches Lexikon zur politisch-sozialen Sprache in Deutschland. Studienausgabe. Bd. 2. Hrsg. von Brunner, Otto/Conze, Werner/Koselleck, Reinhart. Stuttgart 2004, S. 425.

★13 Vgl. ebd., S. 503ff.

★14 戯曲の後半では、ローマ軍との戦闘の末に「トイトブルク全土が瓦礫と灰になった」光景を前にして、ヘルマンは何一つ嘆くことなく「かまわんさ！　前より美しいものを創るのだ！」〔K2, 551〕と言い放つ。ヘルマンの「自由」に内包されるこうした破壊性は、戯曲の成立と同時期にクライストが時のプロイセン王フリードリヒ・ヴィルヘルム三世に捧げて書いた詩にも見出すことができる。「首都の堂塔を戦場にしても／戦いは神聖なる正義のために新たに始められねばならぬ／塔が建てられ、おお主なる君よ、それがどれほどきらめき輝こうと／より良き財のためなれば、塵のなかへと沈みゆく！」〔K3, 437〕

★15 Müller-Salget, Klaus: Heinrich von Kleist. Stuttgart 2011, S. 252.

★16 Vgl. Dann, Otto: Nation und Nationalismus in Deutschland 1770-1990. München 1994, S. 52.

★17 波田節夫「ヴィーラントとドイツ人意識」、日本ヘルダー学会『ヘルダー研究』第八号、二〇〇二年、八〇―八四頁を参照。引用にあたり一部表記を変更した。

★18 Vgl. Beßlich, Barbara: Der deutsche Napoleon-Mythos. Literatur und Erinnerung 1800-1945. Darmstadt 2007, S. 68f. ベースリヒはこうしたナポレオンへの期待が、エルンスト・モーリッ

ツ・アルントが『時代の精神』において対ナポレオンの論陣を張っていた一八〇六年にもなお見られることを、ヨハネス・フォン・ミュラーやシェリングを引き合いに出して紹介している。

★19 ゲレスは一八〇〇年、ナポレオンの第一執政への就任を「自由の希望の墓場」と表現しており、その点で彼は比較的早くからナポレオンを危険視していたと言える。それでも、その批判的視点はドイツの危機という認識にはすぐには結びつかなかったとされる。Vgl. ebd., S. 62f.

★20 もちろん、クライストが領邦国家を「祖国」とみなす見方を一切とらないわけではない。一八〇〇年八月三〇日付の手紙では、プロイセンからザクセンへと渡る国境上で「祖国」を振り返るという表現が見られる〔K4, 91〕。

★21 身分制に対するクライストの考え方については本書三八―四六頁を参照。

★22 プロイセン官僚らによるドイツ蜂起計画とクライストとの関係について論じた研究として、Vgl. Samuel, Richard: Kleists »Hermannsschlacht« und der Freiherr vom Stein. In: Jahrbuch der deutschen Schillergesellschaft, 5. Stuttgart 1961, S. 64-101. それに対し、リードルはクライストとプロイセン軍事官僚との連関性を認めつつも、例えばクラウゼヴィッツは戦争のダイナミズムを統治者の力によって制御しようとした点で、無秩序状態に代えてでも全国民蜂起に期待したクライストとは真逆の立場にあったと主張する。Vgl. Riedl, a. a. O., S. 191f.

★23 Fichte, Johann Gottlieb: Reden an die deutsche Nation. In: Fichtes Werke. Bd. 7, hrsg. von Immanuel Hermann Fichte, Berlin 1971, S. 266.

★24 Ebd., S. 277. ここでフィヒテが「教育」を通じて、あくまで未来のドイツ国民を志向しているのに対し（『ドイツ国民に告ぐ』における「現在は我々のものではない」というフィヒテの言葉を見よ）、クライストは現在における、万人による即座の戦争を求めた。この点にもクライストとフィヒテの差異を見てとることができる。Vgl. Riedl, a. a. O., S. 203.

★25 もちろん、フィヒテのこの講演を、あらゆる社会層の人々が受容し理解できたわけではなかったはずである。しかし、フィヒテのこのフォルク観は、少なくとも当時の社会のなかで「フォルク」を「国民」と同一視する考え方が広く受け容れられるものであったことを示している。

★26 Ebd., S. 359.

★27 Ebd., S. 311-314.

★28 フィヒテがここで「ドイツ人」と対比させているのはフランス人であり、その意味で彼はフランス人をも「ゲルマン系諸民族」のなかに位置づけていることになる。この一見奇妙な構図について、細見和之は、フィヒテにとってフランス人とはあくまで「フランク人」であり、しかも「被征服民」であるラテン民族と混交してしまった西ゲルマンの一部族であること、さらにはこうした見方が同時代人であるヘーゲルにも共有されていることを指摘している。細見和之『「戦後」の思想——カントからハーバーマスへ』、白水社、二〇〇九年、五七頁以下を参照。

★29 小原淳『フォルクと帝国創設——一九世紀ドイツにおけるトゥルネン運動の史的考察』、彩流社、二〇一一年、三三頁。

★30 Jahn, Friedrich Ludwig: Deutsches Volksthum. Hrsg. von Gerhard Heilfurth. Hildesheim/New York 1980, S. 7. ここからヤーンは将来の統一ドイツ国家の形態をかなり具体的に論じていくが、その際に彼は「民族性」を有効に展開させるための国家秩序という大義名分のもとに、人口比率をも引合いに出しながら「ドイツ人が圧倒的多数を占める」プロイセンが主導となってドイツ統一を果たすべきだと主張している。Vgl. ebd., S. XIf. 『ドイツ民族性』全体の内容についての詳細な解説は、小原、前掲書、三四―三六頁を参照。

★31 「民族性」という言葉が新造語であるということを、ヤーン自身がその後『ドイツ民族性への注解』（一八三三年）のなかで示している。この新しい言葉を、同時代人たちは胡散臭さを感じつつも歓迎した。ヤーコプ・グリムはその語彙に対し、言語学的観点から違和感を呈した。それに対しアルントは、当初は忌避感を抱きながらも、ヤーンの著作からわずか三年後の一八一三年には自身の著作の一部をわざわざ修正してまで「民族性」という言葉を取り入れている。河野眞「ドイツ思想史におけるフォルクストゥームの概念について（一）」、『愛知大学国際問題研究所紀要』第一二〇巻、二〇〇三年、一〇三頁を参照。

★32 戯曲全体を通じて、ローマ人は他民族を理解しない存在として非難されている。以下は第一幕第三場、ゲルマンの族長たちがローマ人について話す場面でのヘルマンの台詞である。「思うに、ドイツ人の方が偉大な素質に恵まれているが、イタリア人はあまり恵まれなかったその素質を、一瞬の機を逃さずに発展させたのだ。うたびとが歌う歌が現実のものとなり、一つの王笏のもとに全人類が統一されることがあれば、それを率いるのがドイツ人であるということは考えられる。あるいはブリタニア人かガリア人か、君たちの知る他の民族かもしれない。だがあのラテン人ではない、天にかけても！　やつらは自分たち以外の他民族の特質（Volksnatur）を理解できないし、尊重もできないのだから」〔K2, S. 459〕。ここでは「ラテン人」と対比する形で「ドイツ人」の「より偉大な」素質に触れられてはいるが、一方で「ブリタニア人」や「ガリア人」もが引き合いに出されることで「ドイツ人」の絶対化が避けられている。ここでの力点は「ラテン人」の負の特性、すなわち他民族に対する配慮のなさを弾劾することにある。『ヘルマンの戦い』に、クライストの帝国主義批判を指摘した研究として、Vgl. Essen, Gesa von: Hermannsschlachten. Germanen- und Römerbilder in der Literatur des 18. und 19. Jahrhunderts. Göttingen 1998, bes. S. 147f.

★33 Viereck, Peter: Metapolitics. The roots of the Nazi mind. New York 1965, S. 13.〔ヴィーレック、ピーター『ロマン派からヒトラーへ――ナチズムの源流』、西城信訳、紀伊国屋書店、一九七三年、一二頁〕

★34 Essen, a. a. O., S. 11.

★35 Vgl. ebd., S. 147.

★36 Blöcker, Günter: Heinrich von Kleist oder das absolute Ich. Berlin 1960, S. 97.

★37 Vgl. Ryan, Lawrence: Die „vaterländische Umkehr“ in der „Hermannsschlacht“. In: Hinderer, Walter (Hrsg.): Kleists Dramen. Neue Interpretation. Stuttgart 1981, S. 194f.

★38 こうした「国民」観はフランス革命以降のものとされる。阪上孝『近代的統治の誕生――人口・世論・家族』、岩波書店、一九九九年、五六―五九頁、強調は原文。

★39 もちろん、フィヒテやヤーンが民族の固有性を持ち出すことによって規定しようとした「国民」も、「すでに存在する」ものではなく「あるべき」未来概念であり、その点では彼らとクライストの目標は一致している。だがそうであればこそ、クライストが「民族」を理想化しない、あるいは理想化できていないということは、「フォルク」に対するクライストの認識の独自性を一層際立たせる。

★40 阪上、前掲書、五五頁。

★41 ホルンは次のように述べている。「ヘルマンが向かうのは政治的なものである。それは純粋に形式的であるが、しかし唯一の根本的区別、すなわち友敵の区別から成る」。Horn, Eva: Herrmanns »Lektionen«. Strategische Führung in Kleists »Herrmannsschlacht«. In: Kleist-Jahrbuch 2011. Stuttgart/Weimar, S. 75.

★42 戯曲の構成という点でも、ローマ軍との合戦が描かれるのは全五幕のうちようやく第五幕第二〇場、それもすでにゲルマン人側が勝利したことが事後報告として伝えられるのみで、そこに至るまでの過程が物語の大半を占めていることを考えると、このことは明白である。

★43 『ヘルマンの戦い』に「憎悪に満ちた一面性」を指摘したミュラー＝ザルゲトも、トゥスネルダによる熊の場面についてはそれが矛盾を孕んだ悲劇であることを認めている。Vgl. Müller-Salget, a. a. O., S. 257.

★44 阪上、前掲書、一一九―一二四頁を参照。J・ハーバーマスもまた、「世論」が正確な意味で取り上げられるようになったのは一七世紀後半のイギリスと一八世紀のフランスであるとしたうえで、世論と連動した「公共性（Öffentlichkeit）」の概念が「歴史的カテゴリー」である点を強調する。Vgl. Habermas, Jürgen: Strukturwandel der Öffentlichkeit. Untersuchungen zu einer Kategorie der bürgerlichen Gesellschaft. Mit einem Vorwort zur Neuauflage 1990. Frankfurt am Main 2013 (1962), S. 51.

★45 Twellmann, Marcus: Was das Volk nicht weiß... Politische Agnotologie nach Kleist. In: Blamberger, Günter/Breuer, Ingo/Müller-Salget, Klaus (Hrsg.): Kleist-Jahrbuch 2010. Stuttgart/Weimar 2010, S. 183f.

★46 阪上、前掲書、一二六頁以下を参照。世論の発生母体を「市民的公共圏」に求めるハーバーマスのテーゼに対し、阪上は「「市民的公共圏」が批判的な政治的言論の展開にかんして果たした役割を否定するわけではないけれども、そこでかわされる言説を世論とすることでは、世論の観念の力の源泉である超越性を明らかにすることはできない」として、それよりも「いかにして世論がもつ超越的な力を獲得するのか」を問うべきであると主張する。

★47 同上。

★48 「世論」と「国民」を同一視するこの見方は、ルソーの言う「一般意志」との類似性を感じさせる。J・シュミットはクライストにルソーの影響を指摘しつつも、『社会契約論』における人民主権や一般意志の思想はクライストにとって「周辺的」なテーマにとどまっていたと述べたが、両者の関係性についてはさらに詳細に検討する必要があるだろう。Vgl. Schmidt, a. a. O., S. 27f.

★49 リードルは、群衆に語りかける者が用いる「情動のレトリック」によって単なる聴衆であった者たちが自ら行動する主体へと変化するメカニズムに、両作品に描かれる群衆の類縁性を指摘している。Vgl. Riedl, a. a. O., S. 209.

★50　この場面では、ヘルマンの拒否により王権の正式な決定は一応保留され、改めて票決をとるという提案がなされている。だが、ヘルマンによるその提案自体が全員一致の喝采で受け入れられるこの場の雰囲気を考えると、はたしてその後にまともな票決が行なわれたのかどうかも疑わしい。

★51　このこと自体、ヘルマンにとっては「自由」の喪失を意味するものではないだろうか。第一章で引用したクライストの言葉、すなわち「ぼくたちは自由だと思い上がっているが、そんなぼくらを偶然が細く紡いだ千の糸にゆわえて絶大な力で先へと引っぱっているのだ。〔……〕自分では最上の意志を持ちながら、それでもまったく正しくないことをしなければならないというような羽目に陥ることはありませんか」〔K4, 214f. 強調は原文〕という言葉と、この言葉が自らを取り巻く人間関係がもたらす圧力への不満から生じたものであったことを思い出すならば、ヘルマンの置かれた次の状況は、クライストが感じた不自由さとちょうど同じ性質のものである。

第3章

★1　この öffentliche Meynung という言葉は、引用文中では明らかに肯定的な意味で用いられているので、ここでは「公論」と訳した。一方でその言葉はこの時代にかならずしも理性的な公衆による議論を指して用いられるわけではなく、むしろ突発的で無思慮な世間の声を指す場合もある。その場合にはそれを「世論」と訳す。

★2　第一章および第二章で取り上げた作品以外でも、クライストにおいて öffentliche Meinung は、しばしば非理性的でありながら社会に絶大な影響を及ぼす力として捉えられる。中編小説『ミヒャエル・コールハース』（一八一〇）は、貴族の横暴に対し、一市民であるコールハースが自らの「正義／権利（Recht）」をめぐる私闘を繰り広げる物語であるが、そのなかで「フォルク」による「世論」が審判の力を持ち、その力が法や国家権力以上に強大となる様子が描かれる。それは特に、小説に登場するマルティン・ルターが選帝侯に宛てて書いた手紙の一節に確認できる。以下はその引用である。「世論（öffentliche Meinung）は、この上なく危険な具合にこの男〔コールハース〕に味方しており、この男が三度にわたって灰燼に帰せしめたヴィッテンベルクにおいてさえ、彼に有利な声が上がるほどです。したがってこの男は、その申し出がはねつけられようものなら、そのことを間違いなく憎しみに満ちた所見を添えて民衆（Volk）に知れ渡らせるでしょうから、そうすると民衆はいとも簡単に誘導され、国家権力をもってしても彼らに対し何一つ手の施しようがないという事態を招くでしょう」〔K3, 82〕。

★3 Koszyk, Kurt: Deutsche Presse im 19. Jahrhundert. Berlin 1966, S. 24.

★4 Vgl. Lückemeier, Kai: Information als Verblendung. Die Geschichte der Presse und der öffentlichen Meinung im 19. Jahrhundert. Stuttgart 2001, S. 113f. リュッケマイアーはここで、ゲレスの理念がすでに同時代人によってその先駆性を認められ、多大な影響力を持ったことを確認している。

★5 アンダーソン、ベネディクト『定本　想像の共同体——ナショナリズムの起源と流行』、白石隆／白石さや訳、書籍工房早山、二〇〇七年、特に五九頁以下を参照。もはや現代の新古典となった、一九八〇年代に展開された一連のナショナリズム論は、国民やナショナリズムという概念の持つ「構築性」あるいは「虚構性」、すなわち「国民」が文化や歴史を共有する人々として初めから存在するのではなく、人為的に構想されるものであることを明らかにした。E・ゲルナーは、近代における社会の産業化と、それに伴う文字コミュニケーションの普遍化をナショナリズムの条件とみなしている。ゲルナー、アーネスト『民族とナショナリズム』加藤節監訳、岩波書店、二〇〇〇年を参照。この両者の論は、いずれも出版物を国民の形成の要因とみなす点で共通している。

★6 ゲレスの生誕一五〇周年にあたる一九二六年の前後には、それを記念する伝記や論文集が盛んに出版された。代表的なものとして、Vgl. Schellberg, Wilhelm: Joseph von Görres. Zum 150. Geburtstage. Köln 1926; Stein, Robert: Görres. Ein Weckruf zu seinem 150. Geburtstag am 25. Januar 1926. Bielefeld/Leipzig 1926.

★7 Fink-Lang, Monika: Joseph Görres. Die Biografie. Paderborn/München/Wien/Zürich 2013, S. 8. フィンク＝ラングは、こうしたゲレスの立場の変化は「専制（Despotismus）」への抵抗という一貫した理念にもとづいたものであると主張する。

★8 他のロマン主義者とのゲレスの関係を中心とした伝記的研究として、Vgl. Schultz, Franz: Joseph Görres als Herausgeber, Literaturhistoriker, Kritiker im Zusammenhange mit der jüngeren Romantik. Berlin/Leipzig 1922. ここではロマン主義以前の革命思想の段階については前史として触れられるのみであり、詳述はされていない。

★9 K・A・v・ミュラーは、伝記的叙述にあたってゲレスの生涯のなかでもシュトラースブルク亡命後に照準を絞り、政府および警察と新聞の関係というテーマのなかで論じている。Vgl. Müller, Karl Alexander von: Görres in Straßburg 1819/20. Eine Episode aus dem Beginnen der Demagogenverfolgungen. Stuttgart 1926.

★10 ゲレスのプロテスタント性を強調するＦ・Ｏ・ｚ・リンデンは、カトリック改宗以後のゲレスにも改革派プロテスタンティズムの思考様式が見られるとし、「教会権至上主義（Ultramontanismus）」の立場に立つ彼を「真のゲレス」とみなす見方を批判する。Vgl. Linden, Friedrich Otto zur: Görres und der Protestantismus. Nach den Quellen dargestellt. Berlin 1927.

★11 子供時代のゲレスの伝記的事実については、Vgl. Fink-Lang, a. a. O., S. 11-29.

★12 Raab, Heribert: Joseph Görres. Ein Leben für Freiheit und Recht. Paderborn 1978, S. 24.

★13 Ebd., S. 25.

★14 「共和主義」という言葉を、ここでは絶対主義的君主ないし限定された社会層の人間による独裁に抵抗し、人々の声をあまねく政治に反映させようとする立場として広義に用いる。ゲレスは自らを「共和主義者」と呼んだが、当時では「共和主義者」を「ジャコバン派」を始めとする急進的革命派と同一のものとして危険視する見方もあった。「ドイツ・ジャコバン派」については、Vgl. Grab, Walter: Die deutschen Jakobiner. In: Engels, Hans-Werner: Geschichte und Lieder deutscher Jakobiner. Stuttgart 1971.

★15 Vgl. Fink-Lang, S. 33.

★16 Ebd., S. 34.

★17 浜本隆志『ドイツ・ジャコバン派――消された革命史』、平凡社、一九九一年、八〇頁を参照。

★18 Kant, Immanuel: Zum ewigen Frieden – Ein philosophischer Entwurf. In: Batscha, Zwi/Saage, Richard (Hrsg.): Friedensutopien. Kant, Fichte, Schlegel, Görres. Frankfurt am Main 1979, S. 38.

★19 Raab, a. a. O., S. 26.

★20 Fink-Lang, a. a. O., S. 39f.

★21 Kant, a. a. O., S. 39.

★22 Ebd.

★23 細見和之『「戦後」の思想――カントからハーバーマスへ』、白水社、二〇〇九年、一六―一八頁を参照。

★24 Volksrepublik は通常「人民共和国」と訳されるが、ここで Völker という複数形で表現される Völkerrepublik という言葉は、「国際法（Völkerrecht）」の概念と同様の観点から複数の国家を念頭に置いたものであるので、この訳語を採用した。この「共和国」は、最小ではドイツの領邦国家を指すと考えられるが、最大ではヨーロッパのみならず北アメリカをも含みうる。論文中には、「その共和国のおかげで自由を手にするあらゆる国民（alle Nationen）は、北アメリカも含め、その共和国と社会上の連帯関係に入ることが厳粛な宣言を通じて要求される」〔GI, 45〕という記述が見られる。

★25 Vgl. Fink-Lang, a. a. O., S. 56-59.

★26 西村稔『文士と官僚――ドイツ教養官僚の淵源』、木鐸社、一九九八年、一二一―一二七頁を参照。

★27 これに対し、斉藤渉は、当時のドイツ語圏地域で領邦国家間の移動が許された者は限られており、その特権を有していた大学関係者こそが「ドイツ」という帰属先を自覚しえたとし、「当時、ドイツという表象ももっぱら「知識人共和国（Gelehrtenrepublik）」としてのみリアリティをもちえた」との見方を示している。斉藤渉「フンボルトにおけるネイションの問題」、日本ヘーゲル学会『ヘーゲル哲学研究』第一五号、二〇〇九年、九二頁を参照。

★28 浜本、前掲書、一二頁を参照。

★29 杉田敦「デモクラシー」、古賀敬太編『政治概念の歴史的展開　第六巻』、晃洋書房、二〇一三年、二八頁。

★30 Vgl. Fink-Lang, S. 48.

★31 Batscha/Saage, a. a. O., S. 173f.

★32 熊谷英人『フランス革命という鏡——一九世紀ドイツ歴史主義の時代』、白水社、二〇一五年、一四頁以下を参照。

★33 田口武史『R・Z・ベッカーの民衆啓蒙運動——近代的フォルク像の源流』、鳥影社、二〇一四年、四〇頁、強調は原文。

★34 当時の識字率の低さも知識人と「フォルク」を隔てる大きな要因となっていることは言うまでもない。これについては次章で扱う。

★35 Fink-Lang, a. a. O., S. 49ff.

第４章

★1 田口武史『R・Z・ベッカーの民衆啓蒙運動——近代的フォルク像の源流』、鳥影社、二〇一四年、一八三頁以下を参照。

★2 川原美江は、グリム兄弟が教養人の考案物にすぎない創作文学を退けようとしながら、彼らの文学観にもとづく民衆文学の蒐集の試みもまた、文学という領域において実体のない「フォルク」を表象しようとするものであり、そうして提示された民衆文学もまた他ならぬ教養人により考案されたものであることを確認している。川原美江「「フォルク」のいない文学——ヘルダーからグリム兄弟にいたる民衆文学の構築」、日本独文学会『ドイツ文学』第一四八号、二〇一四年、一五一—一五六頁を参照。

★3 H・モーザーは、ヘルダーに始まりその後ロマン主義者たちのあいだで発展した民衆文学観を、審美的文学的把握と民族的神話的把握との二つに分け、前者に該当する人物としてアウグスト・ヴィルヘルム・シュレーゲル、ルートヴィヒ・ティーク、クレーメンス・ブレンターノ、アーヒム・フォン・アルニムを、後者に該当する人物としてグリム兄弟とゲレスを挙げている。野口芳子『グリムのメルヒェン——その夢と現実』、勁草書房、一九九四年、九頁以下を参照。

★4 この場合の「フォルク」の定義、すなわち当時の社会の中で「フォルク」が具体的にいかなる職業や身分、経済的立場の人間を指すのかについては、本来厳密な議論を要する。ここでは手がかりとして以下の点を確認しておきたい。すなわち、当時の社会階級は、聖職者を除けば王侯貴族、市民、農民の三つに大別されるのが通例であるが、民衆啓蒙運動の文脈では、市民というカテゴリーも「上層市民」と「下層市民」とに分けて考えるのが適切であり、その場合、「下層市民」はほとんど「フォルク」として扱われるということである。その意味で、区画された市の外に住む農民だけでなく、市内に住む「下層市民」のなかにも「フォルク」と呼ばれる人々がいたことになる。田口、前掲書、二八頁以下を参照。R・エンゲルジング（本章★5）やR・シェンダ（本章★9）による読書史の叙述も、農民に限らず当時新たな読者として書物に関わりえた比較的下層の人々を総じて「フォルク」として扱っている。

★5 Vgl. Engelsing, Rolf: Analphabetentum und Lektüre. Zur Sozialgeschichte des Lesens in Deutschland zwischen feudaler und industrieller Gesellschaft. Stuttgart 1973, S. X.〔エンゲルジング、ロルフ『文盲と読書の社会史』中川勇治訳、思索社、一九八五年、六頁を参照〕

★6 Vgl. Engelsing, a. a. O., S. X.〔エンゲルジング、前掲書、七頁以下を参照〕

★7 これと関連して、寺田光雄は、活字の文章を読む能力と手書きの文章を読む能力とを区別する必要性を付け加えた。というのも、手書きの文章を読むためには、自ら文字を書く能力を有することがその前提となるからである。寺田光雄『民衆啓蒙の世界像——ドイツ民衆学校読本の展開』、一九九六年、一六頁を参照。

★8 Vgl. Engelsing, a. a. O., S. Xf.〔エンゲルジング、前掲書、八頁を参照〕

★9 Vgl. Schenda, Rudolf: Volk ohne Buch. Studien zur Sozialgeschichte der populären Lesestoffe 1770-1910. Frankfurt am Main 1970, S. 444.

★10 Schenda, a. a. O., S. 445.

★11 ドイツ社会史に関するH－U・ヴェーラーの通史的叙述では、ドイツにおける読者一般の数は、一八世紀前半には成人人口の一〇パーセントであったが、一七七〇年代以降二倍になり、一八〇〇年には二五パーセントにまで増大したと記されている。Vgl. Wehler, Hans-Ulrich: Deutsche Gesellschaftsgeschichte. Erster Band. Vom Feudalismus des Alten Reiches bis zur defensiven Modernisierung der Reformära. 1700-1815. München 1987, S. 303. メッツラー社の文学史事典でもその数字はほぼ同様で、一七七〇年頃には多くとも全人口の一五パーセント、一八〇〇年頃には二五パーセント程度とされているが、ここではその読者人口のなかでもいわゆる「高尚な文学作品（schöne Literatur）」に関心を持つ者の数はもっと少なかったという留保がつけられている。Vgl. Stephan, Inge: Art. „Aufklärung". In: Beutin, Wolfgang/Beilein, Mattias/Ehlert, Klaus/Emmerich, Wolfgang/Kanz, Christine/Lutz, Bernd/Meid, Voker/Opitz, Michael/Opitz-Wiemers, Carola/Schnell, Ralf/Stein, Peter/Stephan, Inge: Deutsche Literaturgeschichte. Von der Aufklärung bis zur Gegenwart. Stuttgart/Weimar 2013, S. 152f.

★12 Vgl. Wehler, a. a. O., S. 304.

★13 ベルリンのエリート市民を中心とした啓蒙主義者サークル「ベルリン水曜会」において思想、言論、出版の自由の範囲をめぐってなされた一七八三年の論争について、田口、前掲書、三〇—三八頁を参照。田口はここで、クライン、スヴァーレツ、メンデルスゾーン、ニコライ、ゲーディケによる議論を紹介し、彼らが程度の差こそあれ、言論・出版の自由と民衆啓蒙とを求める見解を示しながらも、国民全体に向けられる情報は市民の手で管理されねばならないという留保を共有していたことを指摘し、彼らと民衆啓蒙家R・Z・ベッカーとの差異を強調している。

★14 同上書、三八―四〇頁を参照。

★15 ロホウは農村学校や都市下級市民の子弟が通う下級学校を、初めて多くの人の目に触れる形で「民衆学校（Volksschule）」と呼んだ。寺田、前掲書、ii頁を参照。

★16 両著作の出版数に関するデータは、Vgl. Wehler, a. a. O., S. 305.

★17 ブリュフォードは同時代のイギリスで年間販売数が五千から一万部に達すれば、それが極めて高い数字であるとみなされたことを引き合いに出し、ベッカーの著作の桁違いの発行部数の高さを「受入れがたい数」と形容している。W・H・ブリュフォード『一八世紀のドイツ――ゲーテ時代の社会的背景　第二版』、上西川原章訳、三修社、一九七八年、二六九頁以下および三三七頁を参照。

★18 ベッカーによる『農家必携』出版の意図および販売戦略について、田口、前掲書、七九―八三頁を参照。田口によれば、ベッカーは民衆向けの本を出版するにあたり、十分な知識を持たないために命を落とす哀れな人々を救済するという意図を掲げている。『農家必携』の出版に先立って、彼はまず私的な人脈を頼りに啓蒙家相互のネットワークを構築し、自身が編集する新聞の購読者を着実に増やしていった。田口はそれを「出版物による市民の全ドイツ的連携を、他に例を見ないほどの規模と密度で実現させた」ものとしている。そのうえで農民たちに実際に購読させるために、ベッカーは「あらゆる農民も理解し楽しく読めるよう」、また「子供も進んで拾い読みするよう」、木版画の挿絵を入れることはもとより、その書が当時普及していた民衆本『不死身のジークフリート』や『美しきマゲローネ』よりも高価であってはならないと考え、販売価格を数グロッシェンに抑えるよう尽力したうえで、それでも入手できない者を顧慮し、彼の理念に賛同する有力者に対し大量予約購入と貧民への配布を呼びかけたのだった。

★19 ベルリンでは一七四六年にすでに、それらの職業の採用基準として識字能力を求める「奉公人規則（Gesindeordnung）」が出されており、同様の基準は一七五二年から五三年にかけて他のいくつかの町でも取り入れられた。Vgl. Engelsing, a. a. O., S. 56.〔エンゲルジング、前掲書、一一〇頁を参照〕

★20 本章★13および西村稔『文士と官僚——ドイツ教養官僚の淵源』、木鐸社、一九九八年、二六〇頁を参照。

★21 田口、前掲書、一一一—一一五頁を参照。

★22 西村、前掲書、二六二頁以下を参照。スヴァーレッツはこの現象を否定的に捉え、「普通の民たる読者たち（gewöhnliche Volksleserei）」においては慎重な検閲が必要であるとの見解を示している。田口、前掲書、三四頁以下を参照。

★23 Vgl. Wehler, a. a. O., S. 320.

★24 Ebd.

★25 Ebd., S. 321.

★26 西村、前掲書、一七〇頁を参照。

★27 この語は直訳すれば「貸出図書館」であるが、こちらは読書クラブに比べて商業的・営利的な側面を強く持っていたことから、「貸本屋」という訳語を採用した。

★28 ヴィットマン、ラインハルト「一八世紀末に読書革命は起こったか」、シャルティエ、ロジェ

／カヴァッロ、グリエルモ編『読むことの歴史――ヨーロッパ読書史』、田村毅他訳、大修館書店、二〇〇〇年、四三九頁。

★29 Vgl. Schenda, a. a. O., S. 205.

★30 Herder, Johann Gottfried: Johann Gottfried Herder Werke. In zehn Bänden. Bd. 3. Volkslieder, Übertragungen, Dichtungen. Hrsg. von Gaier, Ulrich. Frankfurt am Main 1990, S. 71.〔以下H3と略記〕またヘルダーは『民謡集』においてVolkspoesieを「民謡（Volkslied）」、「民衆歌（Volksgesang）」、「民衆寓話（Volksfabel）」の総称として用いている。川原、前掲論文、一四一頁を参照。

★31 Herder, Johann Gottfried: Johann Gottfried Herder Werke. In zehn Bänden. Bd. 2. Schriften zur Ästhetik und Literatur 1767-1781. Hrsg. von Grimm, Gunter E. Frankfurt am Main 1993, S. 448.

★32 ヘルダーは『オシアン論』全体のなかでこれらの形容詞を度々「フォルク」に結びつけて用いている。

★33 H3, S. 239.

★34 H3, S. 966.

★35 Ebd.

★36 Ebd.

★37 川原、前掲論文、一四八頁を参照。

★38 Vgl. Segeberg, Harro: Phasen der Romantik. In: Schanze, Helmut (Hrsg.): Romantik-Handbuch. Stuttgart 1994, S. 49.

★39 田口、前掲書、一三頁を参照。

★40 田口はゲレス『ドイツ民衆本』における「実用書」採用に着目し、そこに「民衆啓蒙運動とロマン主義的文学運動との屈折した接続関係」を見出そうとする。田口、前掲書、一九五頁以下を参照。

★41 野口、前掲書、五頁以下を参照。研究の動向の詳細については、同上書、二〇—四二頁を参照。野口はここで、グリムのメルヒェン集を「ドイツ民族の文化遺産」であると意義づけたヨハネス・ボルテおよびヴィルヘルム・ショーフの見解に対し、グリムのメルヒェンにおけるシャルル・ペローの影響を具体的に示したロルフ・ハーゲンの研究（一九五四）以降、その神話性が解体したことを確認している。また、グリムのメルヒェンの語り手のほとんどがヘッセンやマイン地方に移住してきたフランスのユグノーの家系の者であったことを明らかにしたハインツ・レレケの研究（一九七五）を紹介し、さらにグリムのメルヒェンの文体がロマン主義とビーダーマイアー調にもとづくものであることを指摘したマックス・リューティーの研究（一九七四）および、そのメルヒェンを新しい時代の「読むタイプ」のメルヒェンであると捉えたヴェーバー＝ケラーマンの研究（一九七〇）をふまえたうえで、グリムのメルヒェンを、一九世紀初等の市民における新たな家族像のなかで受け容れられた「ビュルガーメルヒェン」であると結論づけている。

★42 同上書、七頁を参照。

★43 Zit. nach Steig, Reinhold: Achim von Arnim und Jacob und Wilhelm Grimm. Stuttgart/Berlin 1904, S. 14.

★44 Zit. nach ebd., S. 119.

★45 Zit. nach ebd., S. 248f.

★46 Zit. nach ebd., S. 255.

★47 野口、前掲書、一六頁以下を参照。この矛盾について野口は、彼らの蒐集活動が、アルニムと同様にメルヒェンを審美的に評価したブレンターノの仕事への協力として始められたことに由来すると指摘している。

★48 野口、一七頁以下を参照。

★49 野口、前掲書、二五―二七頁を参照。その詐称の理由について野口は、「無名の民衆から集めたものというイメージを壊したくなかったからか、偶然に知りあった語り手たちが生粋のドイツ人ではなく、フランスからの移民かも知れないということに感付いていたからか、推察するしかない」と述べている。

★50 田口、前掲書、二一六頁以下を参照。

★51 同上を参照。田口はここで、ヴィルヘルムがメルヒェン集の序文のなかでその理想的語り手たるドロテーア・フィーマンを詳細に描写したり、方言が持つ価値を強調したりしたことは、メルヒェンが声の文学であることを読者に印象づけるための演出とみなしうるとしている。

★52 同上書、二一九頁以下を参照。

★53 野口、前掲書、一六頁を参照。

★54 田口、前掲書、二一九―二二二頁を参照。

★55 同上書、二二七頁を参照。

★56 滝藤早苗「アヒム・フォン・アルニムの民謡と創作リートに関する見解」、慶應義塾大学日吉紀要『ドイツ語学・文学』第五四号、二〇一七年、一九頁以下を参照。

★57 田口、前掲書、一九六頁以下を参照。

★58 同上を参照。

★59 田口、二〇九頁を参照。

★60 Vgl. Kreutzer, Hans Joachim: Der Mythos von Volksbuch. Studien zur Wirkungsgeschichte des frühen deutschen Romans seit der Romantik. Stuttgart 1977, S. 23-27.

★61 Vgl. ebd., S. 24

★62 ゲレスが「民衆本」を高尚な文学と民衆文学の接点として位置づけようとしていたことは、『ドイツ民衆本』に彼自身が付した宣伝文句からもうかがえる。『ハイデルベルク文学年鑑』に掲載された広告には、『ドイツ民衆本』の意図が高尚な文学と民衆文学という「両文学が和解するための基礎作り」を目指すことにあるとの旨が記されている。田口、前掲書、二〇一頁を参照。

第5章

★1 Vgl. Mann, Thomas: Betrachtungen eines Unpolitischen. Herausgegeben und textkritisch durchgesehen von Hermann Kurzke. Frankfurt am Main 2009, S. 413f. トーマス・マンは『非政治的考察』の「美徳（Tugend）について」という章の冒頭で、次のように述べている。「私は本章を、一冊の古風でドイツ的な――現在の瞬間を鑑みて付け加えるなら、いまなおドイツ

的な——本についての考察から始めよう。その本は、今日美徳と呼ばれるもの、〔……〕すなわち政治的美徳を、ぞんざい極まりないほどに欠いている。その本は、政治的美徳などというものを知ろうともせず（かといって意志を持たないというわけではない）、いや、事実それを知りもしないのであり、今日であれば唖然とするほどの、政治的な無邪気さと破廉恥さを併せ持っている。私が言っているのは、ヨーゼフ・フォン・アイヒェンドルフの驚くほどに気高く、自由で愛らしい夢に溢れた小説『のらくら者』のことである」。Ebd., S. 408 強調は原文。

★2 Vgl. Lämmert, Eberhard: Eichendorffs Wandel unter den Deutschen. Überlegungen zur Wirkungsgeschichte seiner Dichtung. In: Steffen, Hans (Hrsg.): Die deutsche Romantik. Petik, Fromen und Motive. Göttingen 1978, S. 219-223. こうした期待は、素朴な憧れにもとづくものから、政治イデオロギーへの利用に至るまで多岐にわたる。とりわけ政治的なものに特化してその受容史をまとめた浩瀚な研究として、Vgl. Hollender, Martin: Die politische und ideologische Vereinnahmung Joseph von Eichendorffs. Einhundert Jahre Rezeptionsgeschichte in der Publizistik (1888-1988). Frankfurt am Main 1997.

★3 Lämmert, a. a. O., S. 237.

★4 すでにアイヒェンドルフの没年には、いくつもの追悼文のなかで「ロマン主義の最後の騎士」、「ロマン派最後の詩人」の死が偲ばれたが、それらの賛辞からは、「愛すべき詩人」としてのアイヒェンドルフの詩人像が彼の文学に親しむ同時代の人々のあいだで一つのイメージをなして定着していたことがうかがわれる。そうした詩人像は二〇世紀に入ってもほとんど変化せず、おのずと受容の方向性を狭める結果となった。久保田功「「愛すべき詩人」アイヒェンドルフと彼の『近代ロマン主義論』――受容史にみられる問題点を中心に」、『金沢大学文学部論集　文学科篇』創刊号、一九八一年、二九―三二頁を参照。久保田はここで、アイヒェンドルフ受容の特徴として、受容者の抱くイメージがほぼまとまったタイプに収斂する傾向にあること、『のらくら者の生涯より』および抒情詩の持つ圧倒的な影響力のために、他の作品にもとづいた新たな詩人像の形成が妨げられていること、作品を生み出した詩人と作品が作り出した詩人像とのあいだに大きなずれがあることを指摘している。

★5 Vgl. Ries, Franz Xaver: Zeitkritik bei Joseph von Eichendorff. Berlin 1997. リースは、アイヒェンドルフの詩的世界を受容者の「願望世界」のために恣意的に用いるのではなく、背景となる時代状況を念頭に置いて検討する必要性を主張している。

★6 K・リューダーセンは、法学的見地から、ウーラントやE・T・A・ホフマン、あるいはグリルパルツァーやハイネといった同時代人とならんで「詩人法学者（Dichterjuristen）」の一人とみなしうるアイヒェンドルフの立ち位置を、特にフリードリヒ・カール・フォン・サヴィニーとの関連性において論じている。Vgl. Lüderssen, Klaus: Eichendorff und das Recht. Frankfurt am Main/Leipzig 2007. R・ジーゲルトもまた、アイヒェンドルフが長いあいだ詩人としてのみ知られてきたことを問題にしたうえで、こちらも法制史上の問題に論及しながら、アイヒェンドルフの国家理念について精密な考察を行なっている。Vgl. Siegert, Reinhard: Die Staatsidee Joseph von Eichendorffs und ihre geistigen Grundlagen. Paderborn/München/Wien/Zürich 2008. このような、同時代の状況に即して導き出される作家像の変化は、

★7 伝記叙述の分野でも強調され始めている。G・シヴィは、溌剌として楽しげな「さすらいの歌（Wanderlied）」の詩人から、矛盾した時代を映す鏡となる作家・思想家へというアイヒェンドルフ像の変化を、いくつかの観点からまとめている。Vgl. Schiwy, Günter: Eichendorff. Der Dichter in seiner Zeit. Eine Biographie. München 2007, S. 13.

★8 例えばR・ジーゲルトの研究（本章★6）はその考察対象を、遺稿となった政治著作の他、日記と自伝という、文学作品以外のテクストに限定している。例外として取り上げられる風刺小説『我もまたアルカディアにありき』（一八三二）についても、それをあくまで政治的著作として扱うことを自ら断っている。Vgl. Siegert, a. a. O., S. 17.

★9 次章でも取り上げるように、アイヒェンドルフはハレ大学とハイデルベルク大学で法学を学んだのち、一八一〇年の秋にオーストリアの国家試験を受けたが、優秀な成績に反してすぐに法律職に就くことはなく、一八一三年にはリュッツォー義勇軍に志願した。一八三〇年代以降のアイヒェンドルフの政治的関心も、解放戦争時代に興隆したドイツ統一運動の意識を引き継いでいる。

アイヒェンドルフはハイデルベルクでゲレスの講義を聴講したばかりでなく、その自宅を訪れることもあった。さらにアイヒェンドルフはゲレスの『ドイツ民衆本』のための資料収集にも協力している。アイヒェンドルフへのゲレスの影響については、横溝眞理「アイヒェンドルフに対するゲレスの影響について」、『聖霊女子短期大学紀要』第三一号、二〇〇三年、および「アイヒェンドルフに対するゲレスの影響について（二）」、『聖霊女子短期大学紀要』第三二号、二〇〇四年を参照。

★10 アイヒェンドルフの「主観性」批判について、Vgl. Neubauer, John: „Liederlichkeit der Gefühle“: Kritik der Subjektivität in Eichendorffs Studie zum deutschen Roman des achtzehnten Jahrhunderts. In: (Hrsg.) Frühwald, Wolfgang/Heiduk, Franz/Koopmann, Helmut/Neumann, Peter Horst: Aurora. Jahrbuch der Eichendorff-Gesellschaft. 45. Sigmaringen 1985; Kessler, Michael: Das Verhältnis der Innerlichkeit. Zu Eichendorffs Kritik neuzeitlicher Subjektivität. In: (Hrsg.) Kessler, Michael/Koopmann, Helmut: Eichendorffs Modernität. Akten des internationalen, interdisziplinären Eichendorff-Symposions 6.-8. Oktober 1988, Akademie der Diözese Rottenburg-Stuttgart. Tübingen 1989.

★11 Vgl. Schmitt, Carl: Politische Romantik. Berlin 1998, S. 81.

★12 Ebd., S. 88.

★13 Ebd., S. 78.

★14 「デモーニッシュな力との闘い」を描いたとされるこれらの作品への詳解については、田中真奈美「昏い炎——アイヒェンドルフの小説におけるデモーニッシュなものの流れ（一）」、慶應義塾大学独文学研究室『研究年報』第八号、一九九一年、および田中真奈美「昏い炎——アイヒェンドルフの小説におけるデモーニッシュなものの流れ（二）」、慶應義塾大学独文学研究室『研究年報』第九号、一九九二年を参照。もっとも、アイヒェンドルフの作品においてこうした「デモーニッシュな」性質を持つ「破壊的な主観性（zerstörende Subjektivität）」を担うのは、主人公ではなく、むしろ主人公に対置される誘惑者たちである。その点では、「デモーニッシュなもの」は批判されるようにも見えるが、それでもJ・ノイバウアーが指摘する通り、そのとき道徳的・宗教的意志の勝利が描かれるわけではない。アイヒェンドルフ作品の主人公が「デモーニッシュなもの」の誘惑に打ち勝つとして、それは主人公自身の力によってではなく、外からもたらされる偶然の力によって可能になるにすぎないのである。この点でアイヒェンドルフの「主観性」批判は「間接的な」ものにとどまる。Vgl. Neubauer, a. a. O., S. 159f.

★15 この論文は、ヨーゼフ・ゲレスの息子であるグイード・ゲレスらが編集を務める『カトリック・ドイツのための歴史・政治新聞（Historisch-politische Blätter für das katholische Deutschland）』（第一七号、一八四六年、発行地ミュンヒェン）に匿名で掲載された。Vgl. E8/1, S. 187. その内容の一部は、その後の論文『ドイツ近代ロマン主義文学の倫理的および宗教的意義について（Ueber die ethische und religiöse Bedeutung der neueren romantischen Poesie in Deutschland）』（一八四七年）と重複しているばかりでなく、『ドイツ文学史』のロマン主義について論じた箇所にもほとんど形を変えずに引き継がれている。Vgl. E8/1, S. XXI.

★16 Vgl. Kessler, a. a. O., S. 73f.

★17 ジャン・パウルは同時代の読者を、（1）ほとんど教育や教養のない大衆、（2）教授、学生、批評家で構成される学識ある読者、（3）社交界の人士と教養ある婦人、芸術家、上流階級の人間などの教養ある読者の三つに区分している。ヴィットマン、ラインハルト「十八世紀末に読書革命は起こったか」、シャルティエ、ロジェ／カヴァッロ、グリエルモ編『読むことの歴史——ヨーロッパ読書史』、田村毅他訳、大修館書店、二〇〇〇年、四一九頁を参照。

★18 同上を参照。

★19 Schenda, Rudolf: Volk ohne Buch. Studien zur Sozialgeschichte der populären Lesestoffe 1770-1910. Frankfurt am Main 1970, S. 205.

★20 Vgl. Engelsing, Rolf: Analphabetentum und Lektüre. Zur Sozialgeschichte des Lesens in Deutschland zwischen feudaler und industrieller Gesellschaft. Stuttgart 1973, S. 46.〔エンゲルジング、ロルフ『文盲と読書の社会史』、中川勇治訳、思索社、一九八五年、九二頁以下を参照〕

★21 西村稔『文士と官僚——ドイツ教養官僚の淵源』、木鐸社、一九九八年、四一頁を参照。

★22 同上書、四三頁を参照。

★23 Vgl. Engelsing, a. a. O., S. 50.〔エンゲルジング、前掲書、一〇〇頁を参照〕

★24 ヴィットマン、前掲論文、四一九頁以下を参照。

★25 Engelsing, a. a. O., S. 51.〔エンゲルジング、前掲書、一〇一頁以下〕

★26 そもそも「貴族と革命」という表題が示す通り、この回顧録は一七八九年のフランス革命はもとより一八四八年の三月革命を念頭に置いて書かれたものであるが、アイヒェンドルフは当時の貴族について、「我々が見てきたように、彼らは自分たちの本来の意義や使命をせいぜい薄弱な感情と意識としてしか持ち合わせていなかったし、偶然与えられた外見としての伝統を漠然と保っているにすぎず、したがってその伝統に対する確かな信念などもはや無きに等しかった」と述べ、政治的にも社会的にも「当時の貴族をもっぱら保守派であったとみなすのはそもそも間違いである」と考えている〔E5/4, 127〕。

★27 こうした茶会ないしサロンは、一九世紀初頭のベルリンを始めとした大都市では日常的に開催されていた。Vgl. Wilhelmy, Petra: Der Berliner Salon im 19. Jahrhundert (1780-1914). Berlin/

New York 1989, S. 80. F・X・リースは、当時まさにこうしたサロンが、貴族が啓蒙の理念に適応する用意があることを示す場、すなわち彼らが「教養ある市民」となるためのイニシエーションの場として機能したことを指摘している。Vgl. Ries, a. a. O., S. 44.

★28 Ries, a.a.O., S. 30.

★29 久保田功は、こうしたあり方を「自我を世界の根元的原理として把握する主観主義」と呼び、アイヒェンドルフはその克服を目指したと考えている。久保田功「アイヒェンドルフ文学における「書物」と「読者」(Ⅰ)」、『金沢大学文学部論集　文学科篇』第一四号、一九九四年、九六頁を参照。

★30 久保田、前掲論文、九〇頁以下を参照。

★31 久保田功「アイヒェンドルフ文学における「書物」と「読者」(Ⅲ)」、『金沢大学文学部論集　言語・文学篇』第一八号、一九九八年、七五頁を参照。

★32 アイヒェンドルフは実際に晩年の詩のなかで、神が書く世界史というモチーフをたびたび用いている。久保田、前掲論文、七九―八四頁を参照。

★33 Humboldt, Wilhelm von: Gesammelte Schriften. Bd. 4. Hrsg. von Leitzmann, Albert. Berlin 1968, S. 35.

★34 Ebd., S. 36.

★35 Ebd., S. 37.

★36 Ebd.

★37 Ebd., S. 39.

★38 Stein, Peter: Vormärz. In: Beutin, Wolfgang/Beilein, Matthias/Ehlert, Klaus/Emmerich, Wolfgang/Kanz, Christine/Lutz, Bernd/Meid, Volker/Opitz, Michael/Opitz-Wiemers, Carola/Schnell, Ralf/Stein, Peter/Stephen, Inge: Deutsche Literaturgeschichte. Von den Anfängen bis zur Gegenwart. Achte, aktualisierte und erweiterte Auflage. Mit 555 Abbildungen. Stuttgart/Weimar 2013, S. 254.

第6章

★1 Vgl. Eke, Norbert Otto: Einführung in die Literatur des Vormärz. Darmstadt 2005, S. 7ff.

★2 Heine, Heinrich: Gesammelte Werke in sechs Bänden. Bd. 4. Hrsg. von Harich, Wolfgang. Berlin 1955, S. 183ff. この短い小論のみからハイネの歴史観の全貌を明らかにすることは困難だが、歴史というテーマを正面から見据えたこの小論が歴史に対する彼の重要な姿勢を示しているのは確かだろう。高池久隆「現在・過去・未来――ハインリヒ・ハイネの『さまざまな歴史観』について」、岡山理科大学『岡山理科大学紀要』第三〇号B　人文・社会科学、一九九四年、三三頁を参照。もちろんハイネにも過去志向の要素が見られないわけではない。ハイネの「芸術時代」に対する葛藤、および過ぎ去った時代への郷愁については、Vgl. Sammons, Jeffrey L.: »Welch ein vortrefflicher Dichter ist der Freyherr von Eichendorff«. Betrachtungen zu Heines Eichendorff-Urteil. In: Frühwald, Wolfgang/Heiduk, Franz/Koopmann, Helmut/Neumann, Peter Horst (Hrsg.): Aurora. Jahrbuch der Eichendorff-Gesellschaft 45. Sigmaringen 1985, S. 148f.

★3 Vgl. Eke, a. a. O., S. 60f.

★4 Strich, Fritz: Die Romantik als europäische Bewegung. In: Prang, Helmut (Hrsg.):

Begriffsbestimmung der Romantik. Darmstadt 1972, S. 134. シュトリヒはここでイギリス、フランス、イタリア等におけるヨーロッパのロマン主義とドイツ・ロマン主義を比較しているが、一方でH・R・ヤウスが指摘するように、とりわけ一八三〇年前後のヨーロッパ文学においては、その国民的特殊性のみならず共時性、すなわち地域を越えて同時に現れる特性にこそ留意すべきである。ヤウス、H・R「芸術時代の終焉——ハイネ、ユゴーおよびスタンダールにおける文学革命の諸相」、『挑発としての文学史』、轡田収訳、岩波書店、二〇〇一年を参照。

★5 Heine, a. a. O., S. 183.

★6 「歴史法学派（Historische Rechtschule）」のアイヒェンドルフへの影響については、Vgl. Lüderssen, Klaus: Eichendorff und das Recht. Frankfurt am Main/Leipzig 2007.

★7 もっとも、アイヒェンドルフが義勇軍に志願したことの真意については諸説ある。間近に迫った職業決定からの逃避を主張する説として、Vgl. Pörnbacher, Hans: Joseph Freiherr von Eichendorff als Beamter. Dargestellt auf Grund bisher unbekannter Akten. Dortmund 1963, S. 11f. また「神への信頼を基盤とした戦いの共同体」を理想とし、ナポレオンに対する以上に市民的俗物に対し宣戦布告したとする説として、Vgl. Schultz, Hartwig: Joseph von Eichendorff. Biographie. Frankfurt am Main/Leipzig 2007, S. 141; 145f.

★8 「過渡期（Übergangsepoche）」という概念は、『美学出征』（一八三四）およびその前年のキール大学での講義の中で「老いたドイツ」に対置される「若きドイツ」という立場を提唱したルードルフ・ヴィーンバルクによる。ヴィーンバルクもまたハイネ同様「歴史主義」に対し批判的であった。高池久隆「「過渡期」における新しい文学への展望——ルードルフ・ヴィーンバルクの『美学出征』をめぐって」、日本独文学会中国・四国支部『ドイツ文学論集』第四六号、二〇一三年、四二頁以下を参照。アイヒェンドルフもすでに一八三一—三二年の一連の政治論文のなかで、Übergangsperiode もしくは Durchgangsperiode という言葉で同時代の状況を表現していた。その際、アイヒェンドルフはそれを「不快な混乱期」として、もっぱら否定的に捉えている。久保田功「風刺作家としてのアイヒェンドルフ——„Auch ich war in Arkadien“の意味するもの」、『金沢大学文学部論集　文学科篇』第四号、一九八四年、一〇頁以下を参照。

★9　Heine, a. a. O., S. 168.

★10　Ebd., S. 167.

★11　Vgl. Nipperdey, Thomas: Deutsche Geschichte 1800-1866. Bürgerwelt und starker Staat. München 1984, S. 83. とはいえ、ニッパーダイはここで、戦争参加の義務を免れようとする者は市民的所有権を制限される場合があったことを指摘し、その戦争がかならずしも自由意志にもとづくものではなかったとの留保もつけている。

★12　Heine, a. a. O., S. 168.

★13　ハイネによるアイヒェンドルフへの言及は、他の著作も含め決して多くはないが、確認されるものはどれも好意的なものである。それに対し、J・L・サモンズは、ハイネの宗教的立場からするとアイヒェンドルフもまた批判対象となったはずであり、そこから推測するにハイネはアイヒェンドルフの文学史を中心とした一八四〇年代以降の著作を知らなかった可能性があると指摘している。Vgl. Sammons, a. a. O., S. 145-148.

★14 Ebd., S. 164.

★15 Ebd., S. 167.

★16 例えばインマーマンは、同時代の長編小説『エピゴーネン』（一八三六）に、捕虜生活のために解放戦争時のドイツ・ナショナリズムの高揚を経験しないままに一八三〇年代を迎えることとなった帰還兵の戸惑いを通じて、一八三〇年代に際立ったドイツ国民意識の変化を描いている。Vgl. Willems, Gottfried: Geschichte der deutschen Literatur. Bd. 4. Vormärz und Realismus. Köln/Weimar/Wien 2014, S. 274ff.

★17 以下の記述は、Dann, Otto: Nation und Nationalismus in Deutschland 1770-1990. München 1994〔ダン、オットー『ドイツ国民とナショナリズム 一七七〇―一九九〇』、末川清他訳、名古屋大学出版会、一九九九年〕に依拠している。なお、ダンは「ナショナリズム（Nationalismus）」という語を、他民族への攻撃性を内包したものとして否定的に用いているが、ここでは民族的統一を目指す思想ないし運動の意味で中立的に用いる。

★18 一方にはゲルラッハ兄弟やハラーに代表されるような、身分制とキリスト教秩序の復活を狙う立場があり、また一方にはアーダム・ミュラーやフリードリヒ・シュレーゲルに代表されるような、中世的秩序を夢想するロマン主義の立場があった。熊谷英人『フランス革命という鏡——十九世紀ドイツ歴史主義の時代』、白水社、二〇一五年、四八頁以下を参照。

★19 Vgl. Dann, a. a. O., S. 100ff.

★20 プロイセンの改革派官僚がこの類型に当てはまる。ヴィルヘルム・フォン・フンボルトはもとより、メッテルニヒの右腕として保守派とみなされることもあるフリードリヒ・ゲンツもまた、その政治思想においては憲法理念を支持していた。Vgl. Siegert, Reinhard: Die Staatsidee Joseph von Eichendorffs und ihre geistigen Grundlagen. Paderborn/München/Wien/Zürich 2008, S. 102f.

★21　この類型としては、南ドイツで力を持っていた急進派、特に次に論じるハンバッハ祭の主催者を挙げることができる。

★22　Vgl. Dann, a. a. O., S. 100. 両者の対立は根深く、その後一八四〇年代以降急進化した反体制派の内部でも、この方向性の違いが対立をもたらすほどであった。Vgl. ebd., S. 110.

★23　Zit. nach Dann, a. a. O., S. 96.

★24　Vgl. Nipperdey, a. a. O., S. 368. こうして発達した新聞を「民主主義」陣営は大いに活用し、また積極的に「ドイツ」の新聞を代表しようとした。本文中にも名前を挙げたヴィルトは「ドイツ新聞協会」のパンフレットとして『ドイツの義務（Deutschlands Pflicht）』を執筆し、その中で「目下ドイツ国民なるものはまだ存在しない」のだから「ドイツ帝国の組織化が必要であるという意識を、民主主義の意味において、全ドイツ市民が生き生きと確信できるまでに高めることが新聞の使命である」と明言した。Vgl. Dann, a. a. O., S. 95f.

★25　Vgl. Nipperdey, a. a. O., S. 369.

★26　斉藤渉「フンボルトにおけるネイションの問題」、日本ヘーゲル学会『ヘーゲル哲学研究』第一五号、二〇〇九年を参照。ヴィルヘルム・フォン・フンボルトは、プロイセンという一領邦国家をその行動の準拠枠としたが、理念的にはプロイセンの国境を越えたドイツ人ネイションを構想してもいた。彼は大学教育における移動の自由を重視し、領邦間を行き来しうる知識階層による「知識人共和国（Gelehrtenrepublik）」にドイツという表象のリアリティを見ていた。同上論文、九二頁を参照。

★27 Zit. nach Dann, a. a. O., S. 96.

★28 本章★8を参照。

★29 その影響については、横溝眞理「アイヒェンドルフとフリードリヒ・シュレーゲル」、『聖霊女子短期大学紀要』第二〇号、一九九二年、および「アイヒェンドルフに対するアーダム・ミュラーの影響について」、『聖霊女子短期大学紀要』第三三号、二〇〇五年を参照。アイヒェンドルフは、国家というものが宗教や文学と不可分の関係にあることを、一八四七年の文学史論『ドイツにおける近代ロマン主義文学の倫理的・宗教的意義について』の中でミュラーを引用しつつ論じている。横溝「アイヒェンドルフに対するアーダム・ミュラーの影響について」、一三頁以下を参照。

★30 Vgl. Schwering, Markus: Politische Romantik. In: Schanze, Helmut (Hrsg.): Romantik-Handbuch. Stuttgart 1994, S. 499.

★31 Vgl. Siegert, a. a. O., S. 79f.; 85f.

★32 内容がほぼ共通しており、同一テーマの変奏とみなされることもあるこれらのテクストについて、その成立時期をめぐるこれまでの議論については、Vgl. ebd., S. 98-101. ジーゲルトはここで、これらの論文の執筆順序によって、アイヒェンドルフが全ドイツあるいはプロイセンのどちらにより多く関心を向けていたのか、その比重が変わる可能性があると指摘している。

★33 『歴史・政治誌』創刊の経緯については、古典版全集の註釈を参照。Vgl. Joseph von Eichendorff Werke in sechs Bänden. Bd. 5. Tagebücher, autobiographische Dichtungen, historische und politische Schriften. Hrsg. von Schulz, Hartwig. Mit einem Essay von Frühwald, Wolfgang. Frankfurt am Main 1993, S. 1142f.〔以下DKV5と略記〕

★34 これは国民記念碑をめぐる議論にも確認できる。一八二三年よりアイヒェンドルフが担当した、マリーエンブルク城修復事業は、政府の方針としてはプロイセンの文化的シンボルの再興に向けたものであったが、アイヒェンドルフはそれに反してドイツ的意義を強調した。Vgl. Siegert, a. a. O., S. 82f.

★35 『歴史・政治誌』第一巻刊行を前にした一八三二年一月二八日付の、書籍出版業者カール・ドゥンカーの手紙からの引用。Vgl. ebd., S. 1145.

★36 Vgl. E10/2, 43.

★37 成立の経緯や時期については、Vgl. Siegert, a. a. O., S. 151-154.

★38 Vgl. Etgas, Andreas: Von der »vorgestellten« zur »realen« Gefühls- und Interessengemeinschaft? Nation und Nationalismus in Deutschland von 1830 bis 1848. In: Echternkamp, Jörg/Müller, Sven Oliver (Hrsg.): Die Politik der Nation. Deutscher Nationalismus in Krieg und Krisen 1760-1960. München 2002, S. 61-80.

★39 Vgl. Siegert, a. a. O., S. 167ff.

★40 Vgl. ebd. S. 165f.

★41 アイヒェンドルフはその後の一八三二年一〇月にも「新設の検閲機関」への登用を求める手紙を書き送っている〔E12, 125〕。この意図についても諸説あるが、少なくともこうした事実をふまえてなお、彼が検閲に消極的であったとみなすのは無理がある。

★42 Heine, a. a. O., S. 167.

★43 『空騒ぎ』の成立および執筆の意図については、古典版全集の註釈を参照。Vgl. Joseph von Eichendorff Werke in sechs Bänden. Bd. 3. Dichter und ihre Gesellen, Erzählungen II. Hrsg. von Schillbach, Brigitte/Schultz, Hartwig. Frankfurt am Main 1993, S. 620f.〔以下DKV3と略記〕

★44 Vgl. Kaminski, Nicola/Mergenthaler, Volker: „Der Dichtkunst Morgenröthe verließ der Erde Thal“: viel Lärmen um Nichts: Modellstudie zu einer Literatur in Fortsetzungen; mit einem Faksimile des „Gesellschafters oder Blätter für Geist und Herz“ vom April 1832. Wehrhahn 2010, S. 12.

★45 一八二〇年代から三〇年代にかけて、ポケット版簡易本の売れ行きが急増すると、それに応じて作家は大勢の読者の好みに合わせた執筆を求められるようになった。批評家ヴォルフガング・メンツェルは、一八三〇年には読者公衆の力が作者が媚びねばならないほどに巨大になったことを伝えている。Vgl. Wesemeier, Reinhold: Joseph von Eichendorffs satirische Novellen. Inaugural-Dissertation zur Erlangung der Doktorwürde der hohen Philosophischen Fakultät der Königlichen Universität Marburg. Marburg 1915, S. 5-8.

★46 小説中では幽霊話を指して「ホフマンっぽくする（hoffmannisieren）」という表現が用いられるなど、当時のアイヒェンドルフにとってロマン主義の通俗化が批判すべきものであったことが随所にうかがえる。アイヒェンドルフの「似非ロマン主義（Pseudoromantik）」批判については、Vgl. Wesemeier, a. a. O., S. 9-12.

★47 ナポレオンに関するアイヒェンドルフの直接の言及は残されていないが、ナポレオンの猛威は、一八〇六年にはアイヒェンドルフの故郷であるシュレージエン全土にも及んでいた。彼が生まれた町ブレスラウも、一八〇六年と七年に包囲攻撃を受けている。また一八〇六年には、彼が当時在学していたハレ大学がナポレオンの進軍により閉鎖されている。

★48 『予感と現在』の構成について、K・シャウムは第一部を「思い出のポエジー」、第二部を「社会批判のポエジー」、第三部を「行動（Tat）のポエジー」と特徴づけている。Vgl. Schaum, Konrad: Poesie und Wirklichkeit in Joseph von Eichendorffs Ahnung und Gegenwart. Heiderberg 2008.

★49 元来「レオンティーン（Leontin）」という名に百獣の王である「ライオン（Löwen）」のイメージが重ねられ、彼の姿に「戦う男性」が象徴されていたのだとすれば、その挫折はいっそう深刻なものと映る。Vgl. Nolte, Cornelia: Symbol und historische Wahrheit. Eichendorffs satirische und dramatische Schriften im Zusammenhang mit dem sozialen und kulturellen Leben seiner Zeit. Paderborn/München/Wien/Zürich 1986, S. 69.

★50 高速印刷機の歴史的発展およびそれに対する作家の反応については、Vgl. Kaminski/Mergenthaler, a. a. O., S. 49-58.

★51 Vgl. E5/3, 677.

★52 Vgl. Beutin, Wolfgang: Historischer und Zeit-Roman. In: Sautermeister, Gert/Schmid, Ulrich (Hrsg.): Zwischen Revolution und Restauration 1815-1848. Hansers Sozialgeschichte der deutschen Literatur vom 16. Jahrhundert bis zur Gegenwart. Bd. 5. München 1998, S. 176-178.

★53 Vgl. Willems, a. a. O., S. 18f.

★54 その点でヴィリバルトは、虚偽の主人公の世界と真の主人公の世界という二層構造を持つこの小説の「真の（echt）」側に立つ人物であるとされる。Vgl. Nolte, a. a. O., S. 63f.

★55 ヴォールハウプター、オイゲン『詩人法律家』、堅田剛編訳、御茶の水書房、二〇一二年を参照。アイヒェンドルフに関する包括的な記述はないが、天性の詩人でありながら法律職との折り合いをつけた類型として、ヴェルナー、E・T・A・ホフマン、ウーラントと並んでアイヒェンドルフの名が挙げられている。

★56 とはいえ、作中では若さや芸術への耽溺が常に理想のあり方として無批判的に描かれるわけではなく、現実主義的態度の必要性もまた否定されてはいない。これは法学と職業の世界を否定し、芸術に耽溺したあげく命を落とす学生オットーと、彼を人生の先輩として現実の世界に引き戻そうとするヴァルターの姿に表される。ヴァルターは決して杓子定規な人間として描かれてはおらず、また、文学の世界への憧れと同時に「国務」への自負や喜びを感じてもいる。

★57 作中ではゲーテの『若きヴェルターの悩み』の一場面になぞらえてティートゲが、その他にもラ・フォンテーヌやコッツェブーが名前を挙げて揶揄される〔E4, 55〕。

★58 一八三三年四月一二日付のテーオドーア・フォン・シェーン宛の手紙を参照〔E12, 129〕。こうした成立の経緯から、『詩人とその仲間たち』は「最後のロマン主義長編小説」とも呼ばれる。Vgl. Offermanns, Ernst L.: Eichendorffs Roman »Dichter und ihre Gesellen«. In: Riemen,

Alfred (Hrsg.): Ansichten zu Eichendorff. Beiträge der Forschung 1958 bis 1988. Sigmaringen 1988, S. 151. このように先行研究においては、この長編小説はアイヒェンドルフの芸術および詩作に対する意識の変化を示すものとして扱われてきた。古典版全集の註釈では、その執筆の意図は、かつて構想されたロマン主義的な「詩的な生」が一八三〇年代という条件のもとでいかにして可能かを吟味することにあったとされている。Vgl. DKV3, S. 602. また、M・ペラウディンは、『詩人とその仲間』における表現技法を細かに分析し、一八三〇年代という文脈の中でのアイヒェンドルフの徹底した物質主義批判を論じている。Vgl. Perraudin, Michael: „Poesie“ ist keine „Trialschule der sogenannten Realien“: Eichendorff als systematischer Anti-Realist. Zur Dichter und ihre Gesellen und Geschichte der poetischen Literatur Deutschlands. In: Bunzel, Wolfgang/Stein, Peter/Vaßen, Florian (Hrsg.): Romantik und Vormärz. Zur Archäologie literarischer Kommunikation in der ersten Hälfte des 19. Jahrhunderts. Bielefeld 2003. V・シュタインは、「詩人の生の様々な方向性」の意味を、『予感と現在』や下書きとなる手稿との比較を通じて緻密に考察している。Vgl. Stein, Volkmar: Zwanzig Jahre später: Dichter und ihre Gesellen. In: Aurora. Jahrbuch der Eichendorff-Gesellschaft 62. Tübingen 2003. A・リーメンは、アイヒェンドルフの他の風刺作品も取り上げながら、一八三〇年代のリベラリストによって煽動される民衆について論究しており、本章の着想はそこから得られたものである。もっともここでは小説中の民衆像に関する詳細な分析には至っていない。Vgl. Riemen, Alfred: „Das Schwert von 1813“. Die deutsche Gesellschaft der Restaurationzeit in Eichendorffs Dichtung. In: Gössmann, Wilhelm/Roth, Klaus-Hinrich (Hrsg.): Poetisierung – Politisierung. Deutschlandbilder in der Literatur bis 1848. Paderborn/München/Wien/Zürich 1994.

★59 Vgl. Riemen, a. a. O., S. 109f.

★60 Vgl. DKV3, S. 764.

★61 それは第一部（第一〇章）ではイギリスの卿と呼ばれる人物の語りのなかで、第二部（第一六章）ではフォルトナートの学友グルントリングの回想のなかで、そして第三部（第一九章）ではヴィクトールの胸中に蘇る記憶として提示される。

★62 カール・シュミットは、スペインでのゲリラ戦を「最初の近代的な正規の軍隊に対して非正規闘争を敢行した最初のもの」と定義する。シュミット、カール『パルチザンの理論——政治的なものの概念についての中間所見』、新田邦夫訳、筑摩書房、一九九五年、一七頁以下を参照。

あとがき

ドイツ文学を志す者にとって、ナチズムというテーマは避けて通れないものの一つであるが、私自身はそうした問題をこれまで正面切って論じてきたわけではない。それでも本書の最大の関心事であったのは、一九世紀初頭の「ロマン主義」の時代にナチズムの萌芽が果たして見られるのかという問題であった。詳細な議論は序章および各章に譲るが、本書において私が明らかにしようとしたのは、大まかには次の二点に集約される。すなわち、特殊にドイツ的なナショナリズムを生んだとされる「ロマン主義」の時代のドイツで、一つにはたしかに全体主義を招来しうるような風土が用意されていたこと、そしてもう一つには、同時にそれに抵抗しようとする力もまたすでに形成されていたこと、この二つである。

こうしたテーマに向かうこととなった背景には、社会の大衆化や右傾化といった、現代の我々を取り巻く問題への関心があったことは言うまでもない。だが、いまにして思えば、そうした具体的な問題意識よりも先に、「みんな」という存在への違和感という、ごく個人的でナイーヴな感覚があった。たしかにこれも、場の「空気」を読むことが一層重視される（あるいはそれにより生じる同調圧力が問題視される）ようになったと思しき現代の状況がもたらしたものではある。しかし同時に、和を尊ぶことに対しては常々十分すぎるほどの敬意を払いながらも、そのなかでいつもどこか孤独を感じてしまうという、私の生来的性格に由来するものでもあった。そもそも私の文学への関心は、集団のなかでの個人の寂寥感や孤独に向けられていたように思う。そうした意味で、集団となった人間の盲目さが何をもたらすのかを、詩人というアウトサイダーが残した作品を通して考えたいという構想は、幼い頃からの野望でもあった。

とはいえ、本書の原型は、二〇一七年九月に京都大学大学院人間・環境学研究科に提出した博士論文「近代ドイツ文学における「フォルク」概念の諸相――クライスト、ゲレス、アイヒェンドルフ」にある。そうした事情からしても、本書の成立に際しては、あまりにたくさんの人々のお世話になった。「みんな」への違和感から始まった本書は、結果的には多数の人々のおかげで上梓されることとなったわけである。もっともそれは、「みんな」という言葉では決してまとめることのできない、かけがえのない人たちである。全員の名を挙げることができないのが心苦しいが、以下に可能な限りで謝辞を記したい。

まずは誰よりも、大学院での指導教官であり、博士論文の主査を引き受けてくださった、京都大学大学院人間・環境学研究科の大川勇教授に深く感謝を申し上げたい。そもそも私が文学研究を志すことを決めたのは、進路に悩んでいた学部生の頃に師の著書に触れ、おこがましくも「こんな本が書きたい」と思ったことが直接的なきっかけである。大学院で学ぶあいだにも、膨大な資料を手元に集めてはそれを捌き、緻密かつスケールの大きな論を展開する師の姿には常に敬服させられてきた。思えば、本書成立以前に私が立てた研究計画は、一八世紀から二〇世紀までをつなぐ大きな精神史を描くという無謀なものであった。いまようやく書き上げた本書は、師の前ではまだまだスケールの小さなものになってしまったと感じている。今後とも師の背中を追って研鑽に励みたい。

また、お忙しいなかで博士論文の副査を快く引き受けてくださった、京都大学大学院人間・環境学研究科の奥田敏広教授、細見和之教授にも、この場を借りて厚く御礼を申し上げる。お二人からは博士論文の公聴会で大変有意義なコメントをいくつもいただいた。本書にそれらをすべて活かすことができたかどうかは判断していただく他ないが、このときのコメントがなかったら、本書をこうして形にすることは難しかっただろう。

京都府立大学文学部の青地伯水教授から受けた学恩には、いくら感謝してもし尽くすことはない。師は、私が学部生の頃より、決して出来の良い学生ではなかった私の成長を長い目で見守ってくださった、いわば研究者としての育ての親にあたる。引っ込み思案で遅筆な私に、師は辛抱強く活動の場を与えてくださった。その助力がなければ、現在の私はない。そのぶんご迷惑をおかけしたことも多く、思い返せば赤面の至りであるが、本書の上梓をもってようやく卒業論文を提出できた気持ちでいる。また、研究を「象牙の塔」に留めず、大学教育の場ではもちろん、広く一般市民にも還元しようとする姿勢には、毎度ながら感心させられている。もし本書を専門外の方が手にとり、何かしらの面白みを感じてくださったとすれば、それは私が師の背中から学んだものの成果である。

京都大学および岡山大学名誉教授の西村稔先生にも、心より感謝申し上げる。師には修士論文の副査を引き受けていただいたのみならず、退官されてからもヴィルヘルム・フォン・フンボルトの研究会で長年にわたってご指導いただいた。その該博な知識から多くを学ばせていただいたのはもちろん、執筆作法の面でも教わることは多かった。論文を書くにあたっては、師の著作と、師からいただくコメントが常に私の指標であった。ドイツ語を読むこと自体がおぼつかないような修士課程の頃から、翻訳の作法を叩き込んでくださったのも師である。

加えて、最も近い場所で私の成長に直接関わってくれた方々として、慶應義塾大学商学部准教授の西尾宇広氏、関西学院大学文学部助教の宇和川雄氏、そして四月より三重大学人文学部特任講師となる稲葉瑛志氏の三名には格別の感謝を表したい。おもに西尾氏にはクライストの研究会で、宇和川氏と稲葉氏にはエルンスト・ユンガーの研究会やヨーロッパ思想に関する勉強会で大変お世話になった。常に刺激的かつ信頼の置ける研究成果をもたらしてくれる彼らとともに過ごした幸福な数年間がなかったら、本書は独り善がりの思弁に終わってしまっていたことだろう。

本書がこうしてなんとか刊行に漕ぎ着けたのは、松籟社の夏目裕介さんが労を取ってくださったおかげである。夏目さんにはこれまでにも二冊の共著でお世話になったが、その頃からすでに私はちまちまとした修正を重ねることで大変な迷惑をかけた。それでも好意的に接してくださった夏目さんには感謝の言葉もない。夏目さんの辛抱強さのおかげで、院生の頃より研究会や読書会で何度も通った出町柳駅そばの喫茶店で出版の段取りを打ち合わせる時間は、とても楽しいものとなった。

なお、出版にあたっては、京都大学大学院人間・環境学研究科による、平成三〇年度総長裁量経費人文・社会系若手研究者出版助成を受けている。関係者の方々に御礼を申し上げる次第である。

最後になるが、幼少の頃より常に批判的な眼で議論の好敵となってくれた父と、内向的な私に他者と円滑に仕事をするためのコミュニケーションの力を授けてくれた母に本書を捧げる。

二〇一九年三月　京都にて

須藤秀平

視る民、読む民、裁く民
――ロマン主義時代におけるもうひとつのフォルク

2019年3月15日初版発行

定価はカバーに
表示しています

著　者　須藤秀平
発行者　相坂　一

〒612-0801　京都市伏見区深草正覚町1－34
発行所　㈱松　籟　社
SHORAISHA（しょうらいしゃ）

電話　075-531-2878
FAX　075-532-2309
振替　01040-3-13030
URL：http://shoraisha.com

装丁　安藤紫野（こゆるぎデザイン）
印刷・製本　亜細亜印刷株式会社

Printed in Japan

ISBN 978-4-87984-375-3 C0098

著者略歴

須藤秀平（すとう・しゅうへい）

1987年山形県酒田市生まれ。2014年京都大学大学院人間・環境学研究科研究指導認定退学。京都大学博士（人間・環境学）
日本学術振興会特別研究員、京都府立大学文学部共同研究員を経て、2019年4月より福岡大学人文学部講師。
専門は近代ドイツ文学、フォルク概念史。
主な著書に、『文学と政治――近現代ドイツの想像力』（共著、松籟社）、『映画でめぐるドイツ――ゲーテから21世紀まで』（共著、松籟社）がある。

参考文献

【一次文献】

クライスト、ゲレス、アイヒェンドルフのテクストは以下のものを使用し、引用と参照に際しては本文中の括弧内に略号とともに巻数と頁数を記す。

Kleist, Heinrich von: Heinrich von Kleist Sämtliche Werke und Briefe in vier Bänden. Hrsg. von Barth, Ilse-Marie/Müller-Salget, Klaus/Ormanns, Stefan/Seeba, Hinrich C. Frankfurt am Main 1991-1997.〔K と略記〕

Görres, Joseph: Gesamelte Schriften.〔G と略記〕

-Bd. 1: Politische Schriften der Frühzeit (1795-1800). Hrsg. von Braubach, Max. Köln 1928.

-Bd. 6-8: Rheinischer Merkur, 1. Band (1815/16). Hrsg. von Ester, Karl d'/Münster, Hans A./Schellberg, Wilhelm/Wentzke, Paul. Köln 1928.

Görres, Joseph: Die teutschen Volksbücher. Nachdruck der Ausgabe Heidelberg 1807. Hildesheim/New York 1982.〔GV と略記〕

Eichendorff, Joseph von: Sämtliche Werke des Freiherrn Joseph von Eichendorff. Historisch-kritische Ausgabe. Begründet von Kosch, Wilhelm/Sauer, August. Fortgeführt und hrsg. von Kunisch, Hermann; seit 1978 hrsg. von Kunisch, Hermann/ Koopmann, Helmut.〔K と略記〕

-Bd. III: Ahnung und Gegenwart. Hrsg. von Briegleb, Christiane/Rauschenberg, Clemens. Stuttgart/Berlin/Köln/Mainz 1984.

-Bd. IV: Dichter und ihre Gesellen. Text und Kommentar. Hrsg. von Stein, Volkmar. Tübingen 2001.

-Bd. V/3: Erzählungen, zweiter Teil, Fragmente und Nachgelassenes, Text und Kommentar. Hrsg. von Niewerth, Heinz-Peter. Unter Mitarbeit von Allnach, Konstanze. Erläuterungen von Magen, Antonie. Tübingen 2006.

-Bd. V/4: Erzählungen, dritterteil. Autobiographische Fragmente. Text und Kommentar.

Hrsg von. Kunisch, Dietmar. Tübingen 1998.

-Bd. VIII/1: Literarhistorische Schriften von Freiherrn Joseph von Eichendorff I. Aufsätze zur Literatur. Auf Grund der Vorarbeiten von Ranegger, Franz. Hrsg. von Mauser, Wolfgang. Mit einem Vorwort von Kunisch, Hermann. Regensburg 1962.

-Bd. VIII/2: Literarhistorische Schriften von Freiherrn Joseph von Eichendorff II. Abhandlungen zur Literatur. Auf Grund der Vorarbeiten von Ranegger, Franz. Hrsg. von Mauser, Wolfram. Regensburg 1965.

-Bd. IX: Literarhistorische Schriften von Freiherrn Joseph von Eichendorff III. Geschichte der poetischen Literatur Deutschlands. Hrsg. von Mauser, Wolfram. Regensburg 1970.

-Bd. X/1: Historische und Politische Schriften. Text. Hrsg. von Magen, Antonie. Tübingen 2007.

-Bd. XI/1: Tagebücher. Text. Hrsg. von Regener, Ursula. Unter Mitarbeit von Heiduk, Franz. Tübingen 2006

-Bd. XII: Briefe 1794-1857. Text. Hrsg. von Steinsdorff, Sibylle von. Stuttgart/Berlin/Köln 1992.

Joseph von Eichendorff Werke in sechs Bänden. Bd. 3. Dichter und ihre Gesellen, Erzählungen II. Hrsg. von Schillbach, Brigitte/Schultz, Hartwig. Frankfurt am Main 1993.

Joseph von Eichendorff Werke in sechs Bänden. Bd. 5. Tagebücher, autobiographische Dichtungen, historische und politische Schriften. Hrsg. von Schulz, Hartwig. Mit einem Essay von Frühwald, Wolfgang. Frankfurt am Main 1993.

【二次文献、欧文】

Adelung, Johann Christoph: Art. „Das Volk“. In: Grammatisch-kritisches Wörterbuch der Hochdeutschen Mundart, mit beständiger Vergleichung der übrigen Mundarten, besonders aber der Oberdeutschen. Bd. 4. Zweite vermehrte und verbesserte Ausgabe. Hildesheim/New York 1970.

Allemann, Beda: Der Nationalismus Heinrich von Kleists. In: Müller-Seidel, Walter (Hrsg.): Kleists Aktualität. Neue Aufsätze und Essays 1966-1978. Darmstadt

1981.

Batscha, Zwi/Saage, Richard (Hrsg.): Friedensutopien. Kant, Fichte, Schlegel, Görres. Frankfurt am Main 1979.

Beßlich, Barbara: Der deutsche Napoleon-Mythos. Literatur und Erinnerung 1800-1945. Darmstadt 2007.

Beutin, Wolfgang: Historischer und Zeit-Roman. In: Sautermeister, Gert/Schmid, Ulrich (Hrsg.): Zwischen Revolution und Restauration 1815-1848. Hansers Sozialgeschichte der deutschen Literatur vom 16. Jahrhundert bis zur Gegenwart. Bd. 5. München 1998.

Beutin, Wolfgang/Beilein, Matthias/Ehlert, Klaus/Emmerich, Wolfgang/Kanz, Christine/Lutz, Bernd/Meid, Volker/Opitz, Michael/Opitz-Wiemers, Carola/Schnell, Ralf/Stein, Peter/Stephen, Inge: Deutsche Literaturgeschichte. Von den Anfängen bis zur Gegenwart. Achte, aktualisierte und erweiterte Auflage. Mit 555 Abbildungen. Stuttgart/Weimar 2013.

Blöcker, Günter: Heinrich von Kleist oder das absolute Ich. Berlin 1960.

Bohrer, Karl-Heinz: Der romantische Brief. Die Entstehung ästhetischer Subjektivität. München/Wien 1987.

Breuer, Ingo (Hrsg.): Kleist-Handbuch. Leben-Werk-Wirkung. Sonderausgabe. Stuttgart 2009.

Broch, Hermann: Massenpsychologie. Düsseldorf 1959.〔ブロッホ、ヘルマン『群衆の心理 —— その根源と新しい民主主義創出への模索』、入野田真右／小崎順／小岸昭訳、法政大学出版局、1979年〕

Brunner, Otto/Conze, Werner/Koselleck, Reinhart (Hrsg.): Geschichtliche Grundbegriffe. Historisches Lexikon zur politisch-sozialen Sprache in Deutschland. Studienausgab. Stuttgart 2004.

Canetti, Elias: Masse und Macht. Hamburg 1971.〔カネッティ、エリアス『群衆と権力』（上・下）、岩田行一訳、法政大学出版局、1971年〕

Conze, Werner/Meier, Christian/Bleicken, Jochen/May, Gerhard/Dipper, Christof/Günter, Horst/Klippel, Diethelm: Freiheit. In: Geschichtliche Grundbegriffe. Historisches Lexikon zur politisch-sozialen Sprache in Deutschland. Studienausgabe. Bd. 2. Hrsg. von Brunner, Otto/Conze, Werner/Koselleck, Reinhart. Stuttgart 2004.

Dann, Otto: Nation und Nationalismus in Deutschland 1770-1990. München 1994.〔ダン、オットー『ドイツ国民とナショナリズム 1770-1990』、末川清/姫岡とし子/高橋秀寿訳、名古屋大学出版会、1999年〕

Eke, Norbert Otto: Einführung in die Literatur des Vormärz. Darmstadt 2005.

Engelsing, Rolf: Analphabetentum und Lektüre. Zur Sozialgeschichte des Lesens in Deutschland zwischen feudaler und industrieller Gesellschaft. Stuttgart 1973.〔エンゲルジング、ロルフ『文盲と読書の社会史』、中川勇治訳、思索社、1985年〕

Essen, Gesa von: Hermannsschlachten. Germanen- und Römerbilder in der Literatur des 18. und 19. Jahrhunderts. Göttingen 1998.

Etgas, Andreas: Von der »vorgestellten« zur »realen« Gefühls- und Interessengemeinschaft? Nation und Nationalismus in Deutschland von 1830 bis 1848. In: Echternkamp, Jörg/Müller, Sven Oliver (Hrsg.): Die Politik der Nation. Deutscher Nationalismus in Krieg und Krisen 1760-1960. München 2002.

Fichte, Johann Gottlieb: Reden an die deutsche Nation. In: Fichtes Werke. Bd. 7, hrsg. von Immanuel Hermann Fichte, Berlin 1971.

Fink-Lang, Monika: Joseph Görres. Die Biografie. Paderborn/München/Wien/Zürich 2013.

Goldammer, Peter: Mit mehr als fünfzigjähriger Verspätung. Ein unbekanntes Standardwerk der Kleist-Forschung soll endlich veröffentlicht werden: „Heinrich von Kleists Teilnahme an den politischen Bewegungen der Jahre 1805-1809. Von Richard Samuel“. In: Weimarer Beiträge. Zeitschrift für Literaturwissenschaft, Ästhetik und Kulturwissenschaften. Jg. 37, Berlin/Weimar 1991.

Grab, Walter: Die deutschen Jakobiner. In: Engels, Hans-Werner: Geschichte und Lieder deutscher Jakobiner. Stuttgart 1971.

Greiner, Bernhard: Kleists Dramen und Erzählungen. Experimente zum »Fall« der Kunst. Tübingen/Basel/Francke 2000.

Grimminger, Rolf: Die Ordnung, das Chaos und die Kunst. Für eine neue Dialektik der Aufklärung. Mit einer Einleitung zur Taschenbuchausgabe (1990). Frankfurt am Main 1990.

Habermas, Jürgen: Strukturwandel der Öffentlichkeit. Untersuchungen zu einer Kategorie

der bürgerlichen Gesellschaft. Mit einem Vorwort zur Neuauflage 1990. Frankfurt am Main 2013 (1962).

Hamacher, Werner: Das Beben der Darstellung. In: Wellbery, David E. (Hrsg.): Positionen der Literaturwissenschaft. Acht Modellanalysen am Beispiel von Kleists »Das Erdbeben in Chili«. München 1993 (1. Auflage 1985).

Heine, Heinrich: Gesammelte Werke in sechs Bänden. Bd. 4. Hrsg. von Harich, Wolfgang. Berlin 1955.

Herder, Johann Gottfried: Johann Gottfried Herder Werke. In zehn Bänden. Bd. 2. Schriften zur Ästhetik und Literatur 1767-1781. Hrsg. von Grimm, Gunter E. Frankfurt am Main 1993.

—: Johann Gottfried Herder Werke. In zehn Bänden. Bd. 3. Volkslieder, Übertragungen, Dichtungen. Hrsg. von Gaier, Ulrich. Frankfurt am Main 1990.

Herrmann, Hans Peter: Zufall und Ich. Zum Begriff der Situation in den Novellen Heinrich von Kleists. [1961] In: Müller-Seidel, Walter (Hrsg.): Heinrich von Kleist. Aufsätze und Essays. Darmstadt 1973.

Hollender, Martin: Die politische und ideologische Vereinnahmung Joseph von Eichendorffs. Einhundert Jahre Rezeptionsgeschichte in der Publizistik (1888-1988). Frankfurt am Main 1997.

Horn, Eva: Herrmanns »Lektionen«. Strategische Führung in Kleists »Herrmannsschlacht«. In: Kleist-Jahrbuch 2011. Stuttgart/Weimar.

Horn, Peter: Heinrich von Kleists Erzählungen. Eine Einführung. Regensburg 1987.

Humboldt, Wilhelm von: Gesammelte Schriften. Bd. 4. Hrsg. von Leitzmann, Albert. Berlin 1968.

Jahn, Friedrich Ludwig: Deutsches Volksthum. Hrsg. von Gerhard Heilfurth. Hildesheim/New York 1980.

Kaminski, Nicola/Mergenthaler, Volker: „Der Dichtkunst Morgenröthe verließ der Erde Thal“: viel Lärmen um Nichts: Modellstudie zu einer Literatur in Fortsetzungen; mit einem Faksimile des "Gesellschafters oder Blätter für Geist und Herz" vom April 1832. Wehrhahn 2010.

Kant, Immanuel: Zum ewigen Frieden — Ein philosophischer Entwurf. In: Batscha, Zwi/Saage, Richard (Hrsg.): Friedensutopien. Kant, Fichte, Schlegel, Görres. Frankfurt

am Main 1979.

Kessler, Michael: Das Verhältnis der Innerlichkeit. Zu Eichendorffs Kritik neuzeitlicher Subjektivität. In: (Hrsg.) Kessler, Michael/Koopmann, Helmut: Eichendorffs Modernität. Akten des internationalen, interdisziplinären Eichendorff-Symposions 6.-8. Oktober 1988, Akademie der Diözese Rottenburg-Stuttgart. Tübingen 1989.

Kittler, Friedrich A.: Ein Erdbeben in Chili und Preußen. In: Wellbery, David E. (Hrsg.): Positionen der Literaturwissenschaft. Acht Modellanalysen am Beispiel von Kleists »Das Erdbeben in Chili«. München 1993 (1. Auflage 1985).

Koopmann, Helmut: Das Nachbeben der Revolution. Heinrich von Kleist: Das Erdbeben in Chili. In: Hałub, Marek (Hrsg.): Deutsche Romantik und Französische Revolution. Internationales Kolloquium Karpacz 28. September — 2. Oktober 1987. Wrocław 1990.

Koszyk, Kurt: Deutsche Presse im 19. Jahrhundert. Berlin 1966.

Kreutzer, Hans Joachim: Der Mythos von Volksbuch. Studien zur Wirkungsgeschichte des frühen deutschen Romans seit der Romantik. Stuttgart 1977.

Lämmert, Eberhard: Eichendorffs Wandel unter den Deutschen. Überlegungen zur Wirkungsgeschichte seiner Dichtung. In: Steffen, Hans (Hrsg.): Die deutsche Romantik. Petik, Fromen und Motive. Göttingen 1978.

Le Bon, Gustave: Psychologie des foules. Paris 1905.〔ル・ボン、ギュスターヴ『群衆心理』、櫻井成夫訳、講談社、1993年〕

Lefebvre, Georges: Foules révolutionnaires. Daisan-shobo. Tokyo 1977.〔ルフェーヴル、G『革命的群衆』、二宮宏之訳、岩波書店、2007年〕

Linden, Friedrich Otto zur: Görres und der Protestantismus. Nach den Quellen dargestellt. Berlin 1927.

Lückemeier, Kai: Information als Verblendung. Die Geschichte der Presse und der öffentlichen Meinung im 19. Jahrhundert. Stuttgart 2001.

Lüderssen, Klaus: Eichendorff und das Recht. Frankfurt am Main/Leipzig 2007.

Mann, Thomas: Betrachtungen eines Unpolitischen. Herausgegeben und textkritisch durchgesehen von Hermann Kurzke. Frankfurt am Main 2009.

Moscovici, Serge: L´âge des foules. Un traité historique de psychologie des masses. Paris 1981.〔モスコヴィッシ、セルジュ『群衆の時代』、古田幸男訳、法政大学

出版局、1984年〕

Müller, Karl Alexander von: Görres in Straßburg 1819/20. Eine Episode aus dem Beginnen der Demagogenverfolgungen. Stuttgart 1926.

Müller-Salget, Klaus: Heinrich von Kleist. Stuttgart 2011.

Neubauer, John: „Liederlichkeit der Gefühle“: Kritik der Subjektivität in Eichendorffs Studie zum deutschen Roman des achtzehnten Jahrhunderts. In: (Hrsg.) Frühwald, Wolfgang/Heiduk, Franz/Koopmann, Helmut/Neumann, Peter Horst: Aurora. Jahrbuch der Eichendorff-Gesellschaft. 45. Sigmaringen 1985.

Nipperdey, Thomas: Deutsche Geschichte 1800-1866. Bürgerwelt und starker Staat. München 1983.

Nolte, Cornelia: Symbol und historische Wahrheit. Eichendorffs satirische und dramatische Schriften im Zusammenhang mit dem sozialen und kulturellen Leben seiner Zeit. Paderborn/München/Wien/Zürich 1986.

Oellers, Norbert: Das Erdbeben in Chili. In: Hinderer, Walter (Hrsg.): Interpretation. Kleists Erzählungen. Stuttgart 2011.

Offermanns, Ernst L.: Eichendorffs Roman »Dichter und ihre Gesellen«. In: Riemen, Alfred (Hrsg.): Ansichten zu Eichendorff. Beiträge der Forschung 1958 bis 1988. Sigmaringen 1988.

Perraudin, Michael: „Poesie“ ist keine „Trialschule der sogennanten Realien“: Eichendorff als systematischer Anti-Realist. Zur Dichter und ihre Gesellen und Geschichte der poetischen Literatur Deutschlands. In: Bunzel, Wolfgang/Stein, Peter/Vaßen, Florian (Hrsg.): Romantik und Vormärz. Zur Archäologie literarischer Kommunikation in der ersten Hälfte des 19. Jahrhunderts. Bielefeld 2003.

Philipp Riedl, Peter: Für »den Augenblick berechnet«. Propagandastrategien in Heinrich von Kleists Die Herrmannsschlacht und in seinen politischen Schriften. In: Frick, Werner (Hrsg.): Heinrich von Kleist. Neue Ansichten eines rebellischen Klassikers. Freiburg/Berlin/Wien 2014.

Plessner, Helmut: Die verspätete Nation. Über die politische Verführbarkeit bürgerlichen Geistes. Stuttgart 1962.〔プレスナー、ヘルムート『ドイツロマン主義とナチズム――遅れてきた国民』、松本道介訳、講談社、1995年〕

Pörnbacher, Hans: Joseph Freiherr von Eichendorff als Beamter. Dargestellt auf Grund bisher unbekannter Akten. Dortmund 1963.

Raab, Heribert: Joseph Görres. Ein Leben für Freiheit und Recht. Paderborn 1978.

Riemen, Alfred: „Das Schwert von 1813“. Die deutsche Gesellschaft der Restaurationzeit in Eichendorffs Dichtung. In: Gössmann, Wilhelm/Roth, Klaus-Hinrich (Hrsg.): Poetisierung – Politisierung. Deutschlandbilder in der Literatur bis 1848. Paderborn/München/Wien/Zürich 1994.

Ries, Franz Xaver: Zeitkritik bei Joseph von Eichendorff. Berlin 1997.

Riesman, David: The lonely crowd. A study of the changing American character. New Haven 1961.〔リースマン、デイヴィッド『孤独な群衆』、加藤秀俊訳、みすず書房、1964年〕

Ryan, Lawrence: Die „vaterländische Umkehr“ in der „Hermannsschlacht“. In: Hinderer, Walter (Hrsg.): Kleists Dramen. Neue Interpretation. Stuttgart 1981.

Safranski, Rüdiger: Romantik. Eine deutsche Affäre. Frankfurt am Main 2011.〔ザフランスキー、リュディガー『ロマン主義 —— あるドイツ的な事件』、津山拓也訳、法政大学出版局、2010年〕

Sammons, Jeffrey L.: »Welch ein vortrefflicher Dichter ist der Freyherr von Eichendorff«. Betrachtungen zu Heines Eichendorff-Urteil. In: Frühwald, Wolfgang/Heiduk, Franz/Koopmann, Helmut/Neumann, Peter Horst (Hrsg.): Aurora. Jahrbuch der Eichendorff-Gesellschaft 45. Sigmaringen 1985.

Samuel, Richard: Kleists »Hermannsschlacht« und der Freiherr vom Stein. In: Jahrbuch der deutschen Schillergesellschaft, 5. Stuttgart 1961.

Schaum, Konrad: Poesie und Wirklichkeit in Joseph von Eichendorffs Ahnung und Gegenwart. Heiderberg 2008.

Schanze, Helmut (Hrsg.): Romantik-Handbuch. Stuttgart 1994.

Schellberg, Wilhelm: Joseph von Görres. Zum 150. Geburtstage. Köln 1926.

Schenda, Rudolf: Volk ohne Buch. Studien zur Sozialgeschichte der populären Lesestoffe 1770-1910. Frankfurt am Main 1970.

Schiwy, Günter: Eichendorff. Der Dichter in seiner Zeit. Eine Biographie. München 2007.

Schmidt, Jochen: Heinrich von Kleist. Die Dramen und Erzählungen in ihrer Epoche. Darmstadt 2011.

Schmitt, Carl: Politische Romantik. Berlin 1998.

Schultz, Franz: Joseph Görres als Herausgeber, Literaturhistoriker, Kritiker im Zusammenhange mit der jüngeren Romantik. Berlin/Leipzig 1922.

Schultz, Hartwig: Joseph von Eichendorff. Biographie. Frankfurt am Main/Leipzig 2007.

Segeberg, Harro: Phasen der Romantik. In: Schanze, Helmut (Hrsg.): Romantik-Handbuch. Stuttgart 1994.

Siegert, Reinhard: Die Staatsidee Joseph von Eichendorffs und ihre geistigen Grundlagen. Paderborn/München/Wien/Zürich 2008.

Silz, Walter: Das Erdbeben in Chili. In: Müller-Seidel, Walter (Hrsg.): Heinrich von Kleist. Aufsätze und Essays. Darmstadt 1967.

Steig, Reinhold: Achim von Arnim und Jacob und Wilhelm Grimm. Stuttgart/Berlin 1904.

Stein, Robert: Görres. Ein Weckruf zu seinem 150. Geburtstag am 25. Januar 1926. Bielefeld/Leipzig 1926.

Stein, Volkmar: Zwanzig Jahre später: Dichter und ihre Gesellen. In: Aurora. Jahrbuch der Eichendorff-Gesellschaft 62. Tübingen 2003.

Strich, Fritz: Die Romantik als europäische Bewegung. In: Prang, Helmut (Hrsg.): Begriffsbestimmung der Romantik. Darmstadt 1972.

Twellmann, Marcus: Was das Volk nicht weiß… Politische Agnotologie nach Kleist. In: Blamberger, Günter/Breuer, Ingo/Müller-Salget, Klaus (Hrsg.): Kleist-Jahrbuch 2010. Stuttgart/Weimar 2010.

Viereck, Peter: Metapolitics. The roots of the Nazi mind. New York 1965.〔ヴィーレック、ピーター『ロマン派からヒトラーへ——ナチズムの源流』、西城信訳、紀伊国屋書店、1973年〕

Wehler, Hans-Ulrich: Deutsche Gesellschaftsgeschichte. Erster Band. Vom Feudalismus des Alten Reiches bis zur defensiven Modernisierung der Reformära. 1700-1815. München 1987.

Wesemeier, Reinhold: Joseph von Eichendorffs satirische Novellen. Inaugural-Dissertation zur Erlangung der Doktorwürde der hohen Philosophischen Fakultät der Königlichen Universität Marburg. Marburg 1915.

Wilhelmy, Petra: Der Berliner Salon im 19. Jahrhundert (1780-1914). Berlin/New York 1989.

Willems, Gottfried: Geschichte der deutschen Literatur. Bd. 4. Vormärz und Realismus. Köln/Weimar/Wien 2014.

Wolff, Hans M.: Heinrich von Kleist. Die Geschichte seines Schaffens. Bern 1954.

【二次文献、邦文】

アンダーソン、ベネディクト『定本　想像の共同体――ナショナリズムの起源と流行』、白石隆／白石さや訳、書籍工房早山、2007年。

伊坂青司「ドイツ・ロマン主義の精神とモチーフ」、伊坂青司／原田哲史編『ドイツ・ロマン主義研究』、御茶の水書房、2007年。

今村仁司『群衆――モンスターの誕生』、筑摩書房、1996年。

ヴィットマン、ラインハルト「一八世紀末に読書革命は起こったか」、シャルティエ、ロジェ／カヴァッロ、グリエルモ編『読むことの歴史――ヨーロッパ読書史』、田村毅／片山英男／月村辰雄／大野英二郎／浦一章／平野隆文／横山安由美訳、大修館書店、2000年。

ヴォールハウプター、オイゲン『詩人法律家』、堅田剛編訳、御茶の水書房、2012年。

小原淳『フォルクと帝国創設――19世紀ドイツにおけるトゥルネン運動の史的考察』、彩流社、2011年。

川原美江「「フォルク」のいない文学――ヘルダーからグリム兄弟にいたる民衆文学の構築」、日本独文学会『ドイツ文学』第148号、2014年。

久保田功「「愛すべき詩人」アイヒェンドルフと彼の『近代ロマン主義論』――受容史にみられる問題点を中心に」、『金沢大学文学部論集　文学科篇』創刊号、1981年。

久保田功「風刺作家としてのアイヒェンドルフ―― „Auch ich war in Arkadien“ の意味するもの」、『金沢大学文学部論集　文学科篇』第4号、1984年。

久保田功「アイヒェンドルフ文学における「書物」と「読者」〔I〕」、『金沢大学文学部論集　文学科篇』第14号、1994年。

久保田功「アイヒェンドルフ文学における「書物」と「読者」〔Ⅲ〕」、『金沢大学文学部論集　言語・文学篇』第18号、1998年。

熊谷英人『フランス革命という鏡――19世紀ドイツ歴史主義の時代』、白水社、2015年。

ゲルナー、アーネスト『民族とナショナリズム』加藤節監訳、岩波書店、2000年。

河野眞「ドイツ思想史におけるフォルクストゥームの概念について（一）」、『愛知大学国際問題研究所紀要』第120巻、2003年。

斉藤渉「フンボルトにおけるネイションの問題」、日本ヘーゲル学会『ヘーゲル哲学研究』第15号、2009年。

坂井榮八郎「十八世紀ドイツの文化と社会」、成瀬治／山田欣吾／木村靖二編『世界歴史大系　ドイツ史２――1648年～1890年』、山川出版社、1996年。

阪上孝『近代的統治の誕生――人口・世論・家族』、岩波書店、1999年。

シュミット、カール『パルチザンの理論――政治的なものの概念についての中間所見』、新田邦夫訳、筑摩書房、1995年。

嶋田洋一郎『ヘルダー論集』、花書院、2007年。

菅利恵『ドイツ市民悲劇とジェンダー――啓蒙時代の「自己形成」』、彩流社、2009年。

杉田敦「デモクラシー」、古賀敬太編『政治概念の歴史的展開　第六巻』、晃洋書房、2013年。

鈴木将史「ドイツ国民祝典劇の胎動――シュレーゲル『ヘルマン』及びクライスト『ヘルマンの戦い』について」、小樽商科大学研究報告編集委員会『人文研究』第114輯、2007年
高池久隆「現在・過去・未来――ハインリヒ・ハイネの『さまざまな歴史観』について」、岡山理科大学『岡山理科大学紀要』第30号Ｂ　人文・社会科学、1994年
高池久隆「「過渡期」における新しい文学への展望――ルードルフ・ヴィーンバルクの『美学出征』をめぐって」、日本独文学会中国・四国支部『ドイツ文学論集』第46号、2013年。

滝藤早苗「アヒム・フォン・アルニムの民謡と創作リートに関する見解」、慶應義塾大学日吉紀要『ドイツ語学・文学』第54号、2017年。

田口武史『R・Z・ベッカーの民衆啓蒙運動――近代的フォルク像の源流』、鳥影社、2014年。

田中真奈美「昏い炎――アイヒェンドルフの小説におけるデモーニッシュなものの流れ（１）」、慶應義塾大学独文学研究室『研究年報』第８号、1991年。

田中真奈美「昏い炎――アイヒェンドルフの小説におけるデモーニッシュなもの

の流れ（２）」、慶應義塾大学独文学研究室『研究年報』第9号、1992年。

田野大輔「反逆の徴――ロマン主義とナチズム再考」、『大阪経大論集』第57巻第3号、2006年。

寺田光雄『民衆啓蒙の世界像――ドイツ民衆学校読本の展開』、ミネルヴァ書房、1996年。

富沢克「ナショナリズム」、古賀敬太編『政治概念の歴史的展開』第3巻、晃洋書房、2009年。

西尾宇広「震災とデモクラシー――クライスト『チリの地震』における「声」の政治的射程」、日本独文学会『ドイツ文学』第148号、2014年。

西村稔『文士と官僚――ドイツ教養官僚の淵源』、木鐸社、1998年。

野口芳子『グリムのメルヒェン――その夢と現実』、勁草書房、1994年。

波田節夫「ヴィーラントとドイツ人意識」、日本ヘルダー学会『ヘルダー研究』第8号、2002年。

浜本隆志『ドイツ・ジャコバン派――消された革命史』、平凡社、1991年。

林立騎「パルチザン／文学――ハインリヒ・フォン・クライストの「チリの地震」」、『早稲田大学大学院文学研究科紀要』第3分冊55、2009年。

バーリン、アイザィア『ヴィーコとヘルダー――理念の歴史・二つの試論』、小池銈訳、みすず書房、1981年。

深見茂『ドイツ近代短篇小説の研究――その歴史と本質』、東洋出版、1995年。

ブリュフォード、W・H『18世紀のドイツ――ゲーテ時代の社会的背景　第2版』、上西川原章訳、三修社、1978年。

細見和之『「戦後」の思想――カントからハーバーマスへ』、白水社、2009年。

眞鍋正紀『クライスト、認識の擬似性に抗して――その執筆手法』、鳥影社、2012年。

村上淳一『仮想の近代――西洋的理性とポストモダン』、東京大学出版会、1992年。

モッセ、ジョージ・L『フェルキッシュ革命――ドイツ民族主義から反ユダヤ主義へ』、植村和秀／大川清丈／城達也／野村耕一訳、柏書房、1998年。

ヤウス、H・R「芸術時代の終焉――ハイネ、ユゴーおよびスタンダールにおける文学革命の諸相」、『挑発としての文学史』、轡田收訳、岩波書店、2001年。

横溝眞理「アイヒェンドルフとフリードリヒ・シュレーゲル」、『聖霊女子短期大

学紀要』第20号、1992年。

横溝眞理「アイヒェンドルフに対するゲレスの影響について」、『聖霊女子短期大学紀要』第31号、2003年。

横溝眞理「アイヒェンドルフに対するゲレスの影響について（2）」、『聖霊女子短期大学紀要』第32号、2004年。

横溝眞理「アイヒェンドルフに対するアーダム・ミュラーの影響について」、『聖霊女子短期大学紀要』第33号、2005年。

ルナン、エルンスト／フィヒテ、ヨハン・ゴットリープ／バリバール、エチエンヌ／ロマン、ジョエル、鵜飼哲『国民とは何か』、鵜飼哲／大西雅一郎／細見和之／上野成利訳、インスクリプト、1997年。

和仁陽「サヴィニー・ギュンダーローデ・クライスト——美的モデルネ 対 法のモデルネ？」、海老原明夫編『法の近代とポストモダン』、東京大学出版会、1993年

【朗読 CD】

Feuerstein, Torsten (Regie)/Haase, Matthias (Sprecher): Heinrich von Kleist. Das Erdbeben in Chili. Berlin 2005.

Kraus, Gottfried (Artistic Supervision)/Hoppe, Marianne (Sprecherin): Kleist. Das Erdbeben in Chili. München 2003.

Meyer-Eller, Sören (Producer)/Hinze, Wolfgang (Sprecher): Heinrich von Kleist. Das Erdbeben in Chili. Der Findling. Zwei Erzählungen. München 1998.

Mund, Heike (Regie)/Roden, Simon (Sprecher): Heinrich von Kleist. Das Erdbeben in Chili. Köln 2010.